A Faint Cold Fear Thrills Through My Veins
William Shakespeare

Zu diesem Buch

Während Chee redete, kurz die Tat, den Mörder und dessen Pistole beschrieb und hinzufügte, daß der Mann vermutlich mit einem neuen grün-weißen Plymouth unterwegs wäre, tastete er mit der linken Hand das Haar der Schwester ab. Knapp unter dem Rand der Haube entdeckte er ein kleines, kreisrundes Loch.

«Es handelt sich um zwei Morde», sagte er. «Er hat auch die Nachtschwester auf der Station im 5. Stock erschossen.»

Nur um Haaresbreite ist Jim Chee dem zweiten Mordanschlag entgangen und das auch nur, weil er nicht schlafen konnte. Beim erstenmal hatte er schlicht Glück gehabt, daß die Kugel aus dem Präzisionsgewehr nur seine Rippe gebrochen hat, ein Streifschuß also. Er hat den Killer deutlich gesehen und ist so das potentielle nächste Opfer. Aber auch Mary Landon, die bei ihm war, wird der Killer beseitigen wollen. Denn bisher ist er nie ein Risiko eingegangen, wenn es sich vermeiden ließ. So wie beim Sprengstoffattentat auf dem Krankenhausparkplatz. Nur stirbt das eigentliche Opfer – der Indianer Emerson Charley – kurz darauf im Krankenhaus an Krebs. Wer hat ein solches Interesse an ihm, daß er sogar den Leichnam verschwinden läßt?

Officer Jim Chee von der Navajo Tribal Police versucht, eine Geschichte zu klären, deren Anfänge über vierzig Jahre zurückliegen und die ebenfalls mit einer Explosion beginnt. Dillon Charley wäre fast mit draufgegangen, so aber kann er seinem Sohn Emerson davon erzählen und dieser seinem Sohn Tomas. Eine endlose Geschichte mit einer wachsenden Zahl von Toten. Und Jim Chee möchte nicht auf dieser Liste erscheinen.

Tony Hillerman, Jahrgang 1925, wuchs auf einer Farm in Oklahoma auf und besuchte acht Jahre als Tagesschüler ein Internat für Indianer. «Ich war ein Ein-Mann-Minderheitenproblem», sagte er, «und ich weiß seitdem, wie es Angehörigen einer rassischen Minderheit zumute ist.» Er war als Reporter und Journalist tätig, ehe er 22 Jahre Vorlesungen über Literatur und Ethik an der University of New Mexico hielt. Er lebt mit seiner Frau in Albuquerque.

Vom Autor liegen in der rororo thriller Reihe vor: Das Tabu der Totengeister (Nr. 2807), Schüsse aus der Steinzeit (Nr. 2810), Die Nacht der Skinwalkers (Nr. 2846), Der Wind des Bösen (Nr. 2849), Das Labyrinth der Geister (Nr. 2857), Die Wanze (Nr. 2897) und Wer die Vergangenheit stiehlt (Nr. 2931).

Tony Hillerman

Tod der Maulwürfe

Deutsch von
Klaus Fröba

rororo
Rowohlt

rororo thriller
Herausgegeben von Bernd Jost

Neuübersetzung
Veröffentlicht im Rowohlt Taschenbuch Verlag GmbH,
Reinbek bei Hamburg, April 1991
Die Originalausgabe erschien bei Harper & Row Publishers,
New York, 1980 unter dem Titel «People of Darkness»
Redaktion Jutta Schwarz
Umschlaggestaltung Peter Wippermann/Nina Rothfos

Satz Sabon (Linotronic 500)
Gesamtherstellung Clausen & Bosse, Leck
Printed in Germany
880-ISBN 3 499 42853 9

Die Hauptpersonen

Benjamin J. Vines	kann sich alles leisten, aber verlorene Zeit kann er nicht kaufen.
Rosemary Vines	ahnt ein Geheimnis.
Gordo Lawrence Sena	will Rache, nicht Gerechtigkeit.
Carl Lebeck	verschweigt und verschwindet.
Dillon Charley	hat Visionen, die seinen Leuten das Leben retten.
Emerson Charley	führt das Erbe seines Vaters fort.
Tomas Charley	ist deshalb sehr mißtrauisch.
Mary Landon	macht einen anstrengenden Lernprozeß durch.
Colton Wolf	ist ein einsamer Jäger.
Captain Leaphorn	hält sich diesmal zurück.
Officer Jim Chee	steht wieder einmal am Scheideweg.

1

Warten zu müssen – das brachte ihr Beruf so mit sich. Warten, bis Kulturen heranwuchsen, Gifte sich entwickelten, Antikörper entstanden, Reagenzien miteinander reagierten. Und sooft sie warten mußte, fuhr die Bakteriologin ihren Rollstuhl an eines der Fenster und schaute hinunter auf die Welt da unten. Die Welt da unten – das war der Parkplatz der Klinik für Krebsdiagnose und -therapie auf dem nördlichen Campus der Universität von New Mexico, gleich gegenüber dem Labor, in dem sie arbeitete. Ein stark frequentierter Parkplatz, das Gerangel um die Stellplätze war groß.

Zwei Jahre sah die Bakteriologin sich den täglichen Kampf an, dann wußte sie, wie die Sache lief. Sie wußte, wann die Politessen ihre Runden machten, wie lange es normalerweise dauerte, bis ein Abschleppwagen kam, was man riskieren durfte, bis überhaupt einer kam, und welche Fahrzeuge notorisch falsch parkten. Sogar über die Romanze zwischen einer Datsunfahrerin und dem Besitzer eines blauen Mercedes-Cabriolets (einem von diesen eingebildeten Verwaltungsschnöseln, die reservierte Stellplätze hatten) wußte sie Bescheid. Irgendwann im zweiten Jahr hatte sie auch angefangen, ein Fernglas mit ins Büro zu nehmen und es dann schließlich ganz dort gelassen – dasselbe Fernglas, das sie auch jetzt in den Händen hielt und auf einen schmutzig-grünen Pickup richtete. Der schob gerade seine Nase in eine Parklücke mit dem Schild:

Reserviert für Lehrbeauftragte
Unbefugt Parkende
werden kostenpflichtig abgeschleppt

Schon vor geraumer Zeit hatte die Bakteriologin die Erfahrung gemacht, daß Krebskranke sich nicht groß um Verordnungen scheren.

Sie sind Todgeweihte, und sie wissen es. In einer solchen Situation verliert alles andere an Bedeutung. Trotzdem, im entscheidenden

Augenblick benehmen sie sich dann doch immer wieder wie zivilisierte Bürger. Macht der Gewohnheit. Die Spielregeln so mutwillig zu verletzen wie der da unten im Pickup, das kam selten vor.

Es war ein Indianer, der sich da so provozierend benahm. Durch das Fernglas sah er gar nicht wie ein Querkopf aus. Er wirkte eher abgestumpft und krank. Schwerfällig kletterte er aus dem Führerhaus. Die Bakteriologin sah einen Koffer auf dem Beifahrersitz liegen. Und auf einmal spürte sie so etwas wie Bewunderung. Es schauderte sie sogar ein wenig. Er kam, um sich in die Klinik aufnehmen zu lassen. Und da mochten die Gesetzeshüter mit seinem Pickup anstellen, was sie wollten. Dem Schicksal eine lange Nase drehen.

Aber dann ließ der Indianer den Koffer einfach liegen.

Er war ein großer Mann mit wuchtigem Rumpf und schmalen Hüften, ein Navajo, sie kannte die typischen Merkmale. Er trug Jeans und – trotz der Augusthitze – eine dicke Baumwolljacke. Langsam ging er auf den Patienteneingang zu, mit dem schweren Gang eines kranken Mannes. Er wird sich eintragen lassen, dachte die Bakteriologin, und dann zurückkommen, den Koffer holen und den Pickup wegfahren.

Und jetzt tauchte da unten noch ein anderes Fahrzeug auf, das sich genausowenig um Gesetz und Ordnung kümmerte. Ein Cherolet, silbergrau, neu. Er rollte hinter dem grünen Pickup vorbei bis auf den Platz, der für den Direktor der Krebsklinik reserviert war. Die Fahrertür wurde geöffnet, ein schmächtiger Mann stieg aus, weiß gekleidet, den Strohhut ins Genick geschoben. Der Mann blieb stehen und starrte unverhohlen zum Pickup hinüber. Dann ging er um seinen Wagen herum und öffnete die Beifahrertür. Er beugte sich hinein, anscheinend machte er sich am Vordersitz zu schaffen. Schließlich holte er eine große, zugefaltete Lebensmitteltüte heraus. Er stellte sie zwischen die Bretter und Kartons auf der Ladefläche des Pickup, ziemlich dicht hinter das Führerhaus. Er schaute sich um, beobachtete den Parkplatz und die Gehwege, am Schluß starrte er direkt zur Bakteriologin hoch. Er war auffallend blond, fast ein Albino. Im nächsten Augenblick saß er wieder in seinem grauen Chevy und fuhr langsam davon.

Es war schon fast Mittag, als die Bakteriologin feststellte, daß die Lebewesen, die sich in ihrer *Petri-Mischung* reproduziert hatten, keine giftigen Salmonellen, sondern harmlose, nichtpathogene

Escherichia coli waren. Sie machte die vorgeschriebenen Eintragungen, schloß den Bericht ab und schob danach ihren Stuhl wieder zum Fenster. Ein Abschleppwagen war gekommen. Die Bakteriologin stellte die Sehschärfe am Fernglas neu ein. Der Gehilfe des Fahrers war gerade damit fertig, ein Abschleppseil hinten am grünen Pickup festzumachen. Mit der linken Hand gab er Zeichen, dann ging er neben dem Hinterrad des Pickup in die Hocke und beobachtete, was sich tat. Bei dieser Entfernung und durch das Isolierglas der Fenster war das Geräusch der Schleppwinde nicht zu hören. Aber die Bakteriologin konnte sehen, wie sich das Heck des Pickup langsam hob.

Plötzlich – ein blendend greller Lichtblitz. Der Knall folgte eine Sekunde später, wie ein Kanonenschuß. Am Fenster, hinter dem die Bakteriologin saß, wurde das Glas nach innen gedrückt, immer stärker, bis es brach. Dann wölbte es sich blitzschnell nach außen, die Scherben regneten zusammen mit denen Hunderter anderer Fenster auf die leeren Gehwege hinab.

2

Der Regen ging ganz plötzlich in einen Schauer aus Graupelschnee über. Er prasselte auf Jim Chees Uniformhut, drückte ihm den Kragen der Dienstjacke herunter und jagte ihm ein Schaudern über den Rücken. 3. November – zeigte der Kalender der First National Bank von Grants auf Chees Schreibtisch. Nach dem traditionellen Kalender der Navajos, der sich freilich nicht so streng an Tagen orientierte, begann jetzt die Zeit, die sie ‹Wenn-der-Donner-schläft› nannten. Nach welchem Kalender auch immer, es war zu früh für solches Wetter, selbst hier in etwa 2400 m Höhe am Hang des Mount Taylor. Howard Morgan hatte in seiner Wettervorhersage auf Kanal 7 mögliche Schneeschauer angekündigt, aber Chee hatte das nicht geglaubt und den Wintermantel in der Polizeistation zurückgelassen.

Er sah zu seinem Auto hinüber – einem weißen Chevrolet mit dem Symbol des Navajo-Stammes und dem Schriftzug *Navajo Tribal Police* auf der Tür. Sich in den Wagen zu setzen und die Heizung einzuschalten wäre eine Möglichkeit gewesen. Eine andere, sich unters Vordach am Eingangsportal der Villa von Benjamin J. Vines zu flüchten und in der Hoffnung, daß irgendwann doch jemand auf ihn aufmerksam würde, noch ein paarmal zu klingeln. Die Glocke machte ein seltsam singendes Geräusch, dessen angenehmes Echo er durch die schwere Tür hören konnte. Obwohl er bisher noch nichts damit erreicht hatte, war Chee versucht, noch einmal zu läuten, nur um wieder dieses Singen zu hören. Als dritte Alternative blieb, den Kragen der Jacke hochzustellen, um den Graupelschauer abzuhalten, und weiter zu versuchen, etwas über dieses Haus herauszufinden.

Es war, hatte er gehört, nach Plänen von Frank Lloyd Wright gebaut und galt als das teuerste Haus in New Mexico. Und es machte Chee neugierig. So, wie ihn alles faszinierte, was zur Welt des weißen Mannes gehörte. Im Augenblick war die Faszination besonders stark, weil er wahrscheinlich bald selbst zu dieser fremden Welt gehören würde. Bis zum 10. Dezember, in weniger als fünf Wochen, mußte er sich für oder gegen eine Verwendung beim FBI entscheiden und damit auch für oder gegen einen Platz in der Welt der singenden Haustürglocken.

Chee stellte den Kragen der Jacke im Nacken hoch, zog die Hutkrempe tiefer und setzte seine Inspektion fort. Er stand neben einer angebauten Dreiergarage. Wie das Haus selbst war sie aus Naturgranit gebaut und mit dem Hauptgebäude durch eine niedrige, geschwungene Mauer aus demselben Material verbunden. Gleich hinter der Mauer, auf einer knapp fünf Meter langen Grasfläche, standen zwei Gedenktafeln aus schwarzem Marmor, die Chees Aufmerksamkeit erregten. Grabsteine. Er lehnte sich über die Mauer. In den Stein unmittelbar rechts von ihm war der Name *Dillon Charley* eingemeißelt. Unter dem Namen stand die Inschrift:

Sein Geburtsdatum kannte er nicht
Gestorben ist er am 11. Dezember 1953
Ein guter Indianer

Chee grinste. War der sardonische Doppelsinn beabsichtigt? Hatte Vines, oder wer immer diese Inschrift veranlaßt haben mochte, General Sheridans Ausspruch gekannt, daß nur ein toter Indianer ein guter Indianer sei? Auf dem Stein links von Chee stand:

MRS. BENJAMIN J. VINES (ALICE)
Geboren am 13. April 1909
Gestorben am 4. Juni 1949
Eine treue Ehefrau

Treu? Wem denn? B. J. Vines? Seltsam, so etwas auf einen Grabstein zu schreiben, aber letztlich kam Chee alles merkwürdig vor, was mit den Beerdigungsbräuchen des weißen Mannes zusammenhing. Die Navajos kannten dieses sentimentale Gehabe um Leichname nicht. Der Tod nahm dem Körper seinen Wert. Selbst seine Identität ging mit dem Aushauchen des *chindi* verloren. Was vom Geist zurückblieb, mußte so gründlich wie möglich ausgemerzt werden, damit die Lebenden nicht Gefahr liefen, sich mit dem Übel des Bösen zu infizieren. Nie sprach jemand die Namen der Toten aus, und in Stein wurden sie ganz bestimmt nicht gemeißelt.

Chee sah sich noch einmal den Charley-Grabstein an. Der Name zerrte an seinem Gedächtnis. Es gab keine Charleys in Chees Volk, dem Slow Talking Dinee, und auch keinen bei den anderen Stämmen im Rough Rock Country, der Heimat seiner Familie. Aber hier, am östlichen Rand des Reservats, beim Salt Dinee, den Many Goats, dem Mud Clan und dem Standing Rock People, war der Name ziemlich verbreitet. Und irgendein Charley hatte vor kurzem etwas getan, woran Chee sich eigentlich erinnern mußte.

«Ein ziemlich ungewöhnlicher Platz für einen Friedhof, nicht wahr?» sagte jemand hinter ihm.

Eine Frau, etwa Mitte Fünfzig, mit einem schmalen, hübschen, ernsten Gesicht. Sie trug einen Mantel aus irgendeinem teuren Pelz über ihren Jeans. Eine blaue Strickmütze bedeckte die Ohren. «Eine von B. J.s kleinen Verschrobenheiten, Leute neben der Garage zu beerdigen. Sind Sie Sergeant Chee?»

«Jim Chee», stellte er sich vor. Die Frau sah ihn an, runzelte kritisch die Stirn und machte keine Anstalten, ihm die Hand zu geben.

«Sie sind jünger, als ich dachte», sagte sie. «Man hat mir erzählt, Sie wären so etwas wie ein Amtsträger in Ihrer Religion. Habe ich das richtig verstanden?»

«Ich möchte ein *yataalii* werden», sagte Chee. Er benutzte das Navajowort, weil keine andere Sprache richtig ausdrücken konnte, was es bedeutete. Die Anthropologen nannten die *yataalii* ‹Schamane›, die meisten Leute in der Umgebung des Reservats sagten

‹Sänger› oder ‹Medizinmänner›, aber keine dieser Bezeichnungen paßte so richtig zu der Rolle, die er bei seinem Volk einnehmen würde, falls er es je schaffte, sie zu spielen. «Sind Sie Mrs. Vines?» fragte er.

«Ja, sicher», sagte die Frau. «Rosemary Vines.» Sie blickte auf den Grabstein. «Die zweite Mrs. Vines. Aber sehen wir erst mal zu, daß wir nicht länger in diesem Schneeregen herumstehen.»

Das Haus hatte Chee Rätsel aufgegeben. Seine Vorderfront bestand aus einer schwungvollen, fensterlosen Biegung und sah aus wie gewachsener Fels. Aber als sie das massive Portal und die Eingangshalle hinter sich hatten, löste sich das Rätsel von selbst. Die Vorderfront war in Wirklichkeit die Rückseite. Die Decke erhob sich in einer aufsteigenden Kurve bis zu einer riesigen Glaswand. Jenseits der Glaswand fiel der Berghang steil ab. Im Augenblick war die Sicht durch Wolken und böige Schneeschauer verhängt, Chee konnte sich aber vorstellen, wie weit die Sicht an einem normalen Tag reichen mußte. Über Laguna und die Acoma-Indianerreservation hinweg nach Süden und Osten; südlich auf das sechzig Kilometer lange Meer aus erkalteter Lava, das *malpais* genannt wurde, bis zu den Zuni-Bergen, und ostwärts über die Cañoncito-Reservation bis zum gewaltigen blauen Buckel der Sandia-Berge hinter Albuquerque.

Der Raum war fast ebenso spektakulär wie die Aussicht. Ein Kamin beherrschte die Innenwand aus Naturstein links von Chee, mit einem Eisbärfell auf dem Teppich neben der Feuerstelle. Von der Wand zur Rechten starrten aus den ausgestopften Köpfen von Jagdtrophäen hundert Glausaugen zu ihm herab. Chee starrte zurück: Wasserbüffel, Impala-Gazelle, Gnu, Steinbock, Spießbock, Elch, Hirsch und ein Dutzend anderer Spezies, die er nicht kannte.

«Man braucht eine Weile, bis man daran gewöhnt ist», sagte Mrs. Vines. «Die allerschrecklichsten bewahrt er zum Glück in seinem Trophäenraum auf. Das hier sind die, die nicht zurückbeißen konnten.»

«Ich hörte schon, daß er ein berühmter Jäger ist. Hat er nicht sogar mal die Weatherby-Trophäe gewonnen?»

«Zweimal», antwortete Rosemary Vines. «1962 und 1971. Das waren schlechte Jahre für alles, was Hauer, einen Pelz oder Federn hat.» Sie drapierte ihren Nerz über eine Sofalehne. Unter dem Pelzmantel trug sie ein kariertes Männerhemd. Sie war eine adrette Frau, eine von denen, die ihren Körper pflegen. Aber sie wirkte verkrampft.

Das zeigte sich in ihrem Gesicht, in ihrer Haltung und in den angespannten Muskeln entlang ihres Unterkiefers. Ihre Hände hielt sie, ineinander verschlungen, in Höhe des Gürtels.

«Mir ist nach einem Drink zumute», sagte sie. «Wollen Sie auch einen?»

«Nein, vielen Dank.»

«Kaffee?»

«Wenn's keine Mühe macht.»

«Maria?» sagte Mrs. Vines in ein Sprechgitter neben dem Kamin. Das Sprechgitter blubberte eine Antwort.

«Bring uns einen Scotch und Kaffee.»

Sie wandte sich wieder Chee zu. «Man sagt von Ihnen, daß Sie bei Ihren Ermittlungen sehr geschickt vorgehen. Das stimmt doch, oder? Und Sie sind in Crownpoint stationiert. Und Sie wissen alles über die Navajo-Religion.»

«Ich bin dieses Jahr nach Crownpoint versetzt worden», sagte Chee, «und ich kenne mich ein bißchen in den Bräuchen meines Volkes aus.» Es war jetzt nicht der geeignete Moment, dieser arroganten Weißen zu erklären, daß die Navajos keine Religion hatten, jedenfalls nicht in dem Sinne, in dem sie dieses Wort verstand. Daß sie nicht einmal ein eigenes Wort für Religion kannten. Zuerst mußte er herausfinden, was sie von ihm wollte.

«Setzen Sie sich», sagte Rosemary Vines. Sie wies mit der Hand auf ein riesiges blaues Sofa und nahm selbst auf einem Sessel aus Chrom und glattem Leder Platz.

«Verstehen Sie auch was von Hexerei?» Sie rutschte auf die Sesselkante, lächelnd, angespannt, die verschränkten Hände jetzt im Schoß. «Von solchen Sachen wie Navajo-Wölfen oder Skinwalkers oder wie man das nennt. Verstehen Sie was davon?»

«Ja, etwas schon», antwortete Chee.

«Dann möchte ich Sie engagieren», sagte sie. «Sie haben noch Urlaub gut...»

Eine ältere Frau – eine Pueblo-Indianerin, aber Chee war sich nicht sicher, von welchem Pueblo – kam mit einem Tablett herein. Mrs. Vines nahm ihr Glas, der Farbe nach mehr Scotch als Wasser, und Chee bekam seinen Kaffee. Die Indianerin taxierte ihn mit scheuer Neugier aus den Augenwinkeln.

«Sie haben noch dreißig Tage Urlaub», fuhr Mrs. Vines fort. «Das müßte völlig ausreichen.»

Wofür? fragte sich Chee. Aber er sagte nichts. Seine Mutter hatte ihn gelehrt, daß man mit den Ohren lernt und nicht mit der Zunge.

«Wir hatten einen Einbrecher hier. Jemand ist ins Haus eingedrungen, hat sich in B. J.s Räumlichkeiten geschlichen und ein Kästchen aus seiner Andenkensammlung gestohlen. Ich möchte Sie engagieren, weil ich es zurückhaben will. B. J. liegt zur Zeit im Krankenhaus in Houston. Ich will das Ding wiederhaben, bevor er nach Hause kommt. Ich zahle Ihnen fünfhundert Dollar jetzt und zweitausendfünfhundert, wenn Sie mir das Kästchen übergeben. Schaffen Sie's nicht, gibt's auch die zwei fünf nicht. Das ist doch fair, oder?»

«Der Sheriff macht Ihnen das kostenlos», erwiderte Chee. «Was sagt er denn zu dieser Sache?»

«Gordo Sena...» sagte Mrs. Vines. «Mit dem hat B. J. nichts am Hut. Ich auch nicht. B. J. wäre es bestimmt nicht recht, wenn ausgerechnet er eingeschaltet würde. Und außerdem, was soll das bringen? Man schickt einen unfähigen Deputy her, der eine Menge Fragen stellt, ein bißchen herumschnüffelt und dann wieder geht, damit hat sich's.» Sie nippte an ihrem Scotch. «Die Polizei hat hier nichts zu suchen.»

«Ich gehöre auch zur Polizei.»

«Um so einfacher wird es für Sie sein», sagte Mrs. Vines. «Das Volk der Finsternis hat den Kasten gestohlen. Finden Sie die Leute, und bringen Sie das Kästchen zurück.»

Chee fühlte sich verschluckt von diesem Sofa, überflutet von königsblauer Bequemlichkeit aus Samt. Er lauschte Mrs. Vines' Worten nach und ließ sich durch den Kopf gehen, was sie gerade gesagt hatte. Er versuchte, einen Sinn darin zu entdecken.

Ihre Augen ließen ihn nicht los. In der einen Hand hielt sie ihr Glas. Das leichte Zittern der Hand übertrug sich auf den Inhalt. Die Flüssigkeit schwappte gegen den Glasrand, die Eiswürfel klirrten. Mit der anderen Hand zupfte sie nervös an den Baumwollfäden ihrer Hosenbeine. Schneegraupel trommelten gegen die große Glasscheibe. Hinter den Fenstern zog die Dunkelheit herauf.

«Das Volk der Finsternis», murmelte Chee vor sich hin.

«Ja. Die müssen es gewesen sein. Habe ich schon erwähnt, daß außer diesem Kästchen nichts gestohlen wurde? Schauen Sie sich um.» Ihre große Geste schien den ganzen Raum einzufangen. «Sie haben weder das Silber noch die Gemälde, noch sonst irgendwas mitgenommen. Nur diesen kleinen Kasten. Nur deswegen sind sie gekommen. Und nun haben sie ihn.»

Das Silberservice stand auf dem Sideboard – eine große Schale und ein Dutzend Pokale auf einem massiven Tablett. Ziemlich wertvoll, dachte Chee. Und an der Wand dahinter hing eine wunderschöne Navajo-*yei*-Brücke, die man im Reservat selbst beim knauserigsten Händler für 2000 Dollar loswerden konnte.

Chee widerstand dem Drang, Mrs. Vines zu fragen, was sie mit ‹Volk der Finsternis› meinte. Er hatte nie davon gehört. Aber es brachte wohl im Augenblick mehr, sie einfach reden zu lassen.

Und sie redete, auf der Sesselkante balancierend, hin und wieder an ihrem Drink nippend. Sie erzählte, daß zu der Zeit, als sie hierher, gezogen waren – das Haus war damals noch nicht ganz fertig –, ein Navajo namens Dillon Charley Vorarbeiter auf der B. J.-Vines-Ranch gewesen war – der Mann, der jetzt neben Vines' erster Frau draußen bei der Garage unter der Erde lag. Vines und Charley waren Freunde gewesen.

«Der alte Mann hatte so eine Art religiöse Sekte gegründet», sagte Mrs. Vines. «B. J. interessierte sich dafür. Mir kam's wenigstens so vor. Er hat das immer abgestritten. Angeblich amüsierte es ihn nur zuzusehen, was der alte Mann trieb. Aber er war wohl doch an der Sache interessiert. Ich habe selber gehört, wie die beiden darüber geredet haben. Und ich weiß, daß B. J. Geld gespendet hat. Und als eure Polizisten einige Kirchenmitglieder verhaftet haben, hat B. J. ihnen geholfen, wieder freizukommen.»

«Verhaftet haben?» fragte Chee. Er fing an zu verstehen. «Ging es da um Peyote?»

Wenn das zutraf, gehörte Dillon Charleys Kult zur Native American Church. Diese Sekte hatte nach dem Zweiten Weltkrieg im Checkerboard-Reservat großen Anklang gefunden, war aber schließlich vom Stammesgerichtshof wegen des Gebrauchs dieser psychedelischen Droge bei den Ritualen verboten worden. Der Bundesgerichtshof hatte das Verbot aber wieder aufgehoben, weil es angeblich die Freiheit der Religionsausübung einschränkte.

«Peyote. Ja, darum ging es», sagte Rosemary Vines. «Drogenmißbrauch.» Ihre Stimme klang spöttisch. «B. J. ist nie besonders zimperlich, wenn er sich für eine Sache engagiert. Nun, er hat jedenfalls irgend etwas aus diesem Kästchen, das sein ein und alles ist, herausgenommen und diesen Leuten gegeben. Ich habe ihn und Dillon mehrmals dabei beobachtet. Ich weiß nicht, worum es ging, aber es muß wohl im Zusammenhang mit diesem Kult ziemlich wichtig gewesen sein. Tja, und nun haben sie ihm das Ding gestohlen.»

«Was war denn drin?» fragte Chee.

Mrs. Vines nahm einen Schluck. «Lediglich Andenken, soviel ich weiß.»

«Was für Andenken?» wollte Chee wissen. «Irgendwas Wertvolles? Warum waren diese Leute so hinter dem Kästchen her?»

«Ich habe nie in das verdammte Ding reingucken können.» Sie lachte. «B. J. hat seine kleinen Geheimnisse. Er legt Wert auf seine Privatsphäre, wie ich übrigens auch.» Der Tonfall ließ ahnen, daß das oft ein Diskussionspunkt zwischen ihnen gewesen war. «B. J. nannte es sein Andenkenkästchen und behauptete, was da drin wäre, hätte für keine Menschenseele auch nur den geringsten Wert, außer für ihn.» Sie lachte wieder. «Womit er sich offensichtlich im Irrtum befand.»

«Haben Sie irgendeine Vorstellung, was er Dillon Charley aus dem Kästchen gegeben hat? Wenigstens einen Anhaltspunkt?»

Sie schnitt eine Grimasse. «Maulwürfe – sagt Ihnen das was?»

Jetzt lachte Chee. Diese Unterhaltung erinnerte ihn mehr und mehr an seine Lieblingsgeschichte aus dem literarischen Schatzkästchen der Weißen: *Alice im Wunderland*.

«Maulwürfe? Nein, das sagt mir nichts.»

«Wie heißt euer Wort für ‹Maulwürfe›?»

«Dine'etse-tle», sagte er. Er betonte dabei besonders die Folge der Gutturallaute.

Sie nickte. «So nannte Dillon Charley das auch. Ich fragte ihn einmal, was B. J. ihm denn da gegeben hätte, und genau das war es, was er mir zur Antwort gab. Wir hatten damals eine Navajo als Dienstmädchen – das war zu der Zeit, als Navajos noch für B. J. arbeiteten –, und ich habe sie nach der Bedeutung dieses Wortes gefragt. Maulwürfe, sagte sie. Wörtlich.»

«Das stimmt», bestätigte Chee. Zerlegte man den Begriff in seine Teile, bekam er sogar eine doppelte Bedeutung. *«Dinee»* war das Wort für ‹Volk›. Im übertragenen Sinne bedeutete der Ausdruck also ‹Volk der Maulwürfe›.

«Warum nennen Sie Dillon Charleys Kirchengemeinde das ‹Volk der Finsternis›?» fragte Chee.

«B. J. nannte sie so. Oder so ähnlich. Das ist ja viele Jahre her, so genau weiß ich das nicht mehr.»

Du weißt es noch ganz genau, dachte Chee. Er sagte: «Es könnte noch ein anderes Motiv für den Diebstahl des Kästchens geben. Das hier...» Er deutete in den Raum. «Das hier ist ein legendärer Ort. So, wie B. J. Vines eine lebendige Legende ist. Darum wäre es durchaus möglich, daß man sich allerlei Geschichten über sein Andenkenkästchen erzählt. Vielleicht gibt es Gerüchte, daß es mit Gold oder Diamanten oder Tausend-Dollar-Noten vollgestopft ist. Was erklären würde, warum sich der Einbrecher für Gemälde und Silber und Navajo-Brücken überhaupt nicht interessiert hat. War das Kästchen abgeschlossen? Hätte der Dieb es mitnehmen und aufbrechen müssen, um festzustellen, was drin ist?»

«Es war immer verschlossen», antwortete sie. «Man hätte denken können, daß B. J. die Kronjuwelen darin aufbewahrte. Aber er behauptete, es wären nur Erinnerungsstücke drin, sentimentaler Krimskrams. Ich wüßte nicht, warum er geschwindelt haben sollte.» Sie lächelte ihr verkrampftes, humorloses Lächeln. «B. J. ist ganz groß darin, Andenken zu sammeln. Er hebt einfach alles auf. Wenn er es nicht rahmen kann, stopft er es irgendwohin.» Das humorlose Lächeln wurde zu einem humorlosen Glucksen. «Manchmal hatte ich den Eindruck, daß dahinter die Angst steckt, er könnte eines Tages sein Gedächtnis verlieren.»

«Aber jemand, der sich nicht auskannte...»

«Jemand, der sich nicht auskannte, hätte auch nicht gewußt, wo B. J. das Kästchen aufbewahrt.» Es hörte sich gereizt an. «Dillon Charley wußte es aber. Sein Vater muß es ihm gesagt haben, anders kann ich mir das nicht erklären.» Sie erhob sich mit einer anmutigen Bewegung. «Kommen Sie, ich werd's Ihnen zeigen.»

Chee folgte ihr. «Noch was», sagte er. «Ihr Mann kennt sich doch gut mit diesem Volk der Finsternis aus. Wäre es da nicht besser, wenn er selbst nach dem Kästchen suchen würde?»

«Wie ich schon sagte: er liegt im Krankenhaus», erwiderte Mrs. Vines. «Er hatte letzten Sommer einen Schlaganfall. Bei der Jagd in Alaska. Man hat ihn zurückgeflogen. Er ist linksseitig teilweise gelähmt. Sie haben ihm in Houston ein Gerät verpaßt, mit dem ihm das Gehen leichter fällt. Aber daß er hinter Dieben herjagt, möchte ich wirklich nicht.»

«Nein, das sollte er dann lieber bleibenlassen», sagte Chee.

An der Tür blieb sie stehen und winkte Chee, ihr zu folgen. «Er ist so ein Typ, der es auch auf Krücken tun würde. Sogar in einer eisernen Lunge würde er versuchen, die Diebe zu erwischen. Deshalb möchte ich das Kästchen sofort zurückhaben. Es muß wieder dasein, wenn er heimkommt. Ich will ihm Aufregung ersparen.»

Eine teppichbelegte Treppe führte hinunter in den Raum, den Rosemary Vines ‹B. J.s Büro› nannte. Ein großer Raum mit einer Balkendecke, einem steinernen Kamin, den zum Berghang gelegene Fenster flankierten, und einem riesigen Schreibtisch mit einer Glasplatte. Drei Wände waren mit Trophäenköpfen von Raubtieren behängt. Lauter Raubtiere, und alle schienen die Zähne zu fletschen. Chee sah drei männliche und zwei weibliche Löwen, vier Tiger sowie eine ganze Reihe von Panthern, Leoparden, Pumas, Geparden und andere Raubkatzen. Zusammen vierzig oder fünfzig, schätzte er. Das Licht brach sich in Hunderten gefletschter Zähne.

«Der Einbrecher ist durch das Fenster neben dem Kamin eingedrungen und direkt dahin gegangen, wo das Kästchen zu holen war. Das hat er mitgenommen, sonst hat er nichts angerührt. Er wußte genau, wo es war.» Rosemary Vines suchte Chees Blick. «Hätten Sie's auch gewußt?»

Chee sah sich den Raum an. Rosemary Vines hatte gesagt, ihr Mann sammle Erinnerungen. Das stimmte. Der Raum war vollgestopft damit. Die Westwand, die einzige ohne Vines' Arrangement aus Raubtiertrophäen, war eine Galerie aus Fotografien und gerahmten Zertifikaten. Vines neben einem toten Tiger. Vines am Steuer eines schnellen Bootes. Vines mit einem Siegerpokal. Vines zwergenklein neben dem Rad eines riesigen Erztransporters auf der Red Deuce Mine. Vines' rundliches, graubärtiges Gesicht strahlend unter einem Tropenhelm. Sein schmaleres, jüngeres, noch schwarzbärtiges Gesicht – aus dem Cockpit eines Flugzeugs spähend. Chees Blick wanderte weiter. Zwei Glasvitrinen, eine mit Trophäen und Pokalen, die andere voller geschnitzter und modellierter Gegenstände. Regale, ein Tisch – wo immer sich ein Fleckchen fand, mußte es für jene Dinge herhalten, die Vines offensichtlich brauchte, um in die Vergangenheit zurückzuschauen.

Mrs. Vines sah Chee belustigt an. «All diese *objets d'art* sind für ihn wertvolle Erinnerungsstücke», sagte sie. Dann deutete sie auf die Galerie der Fotografien. «Und wie Sie sehen, hat mein Mann ein Problem mit seinem Ego.»

«Lag das Kästchen im Schreibtisch?» wollte Chee wissen.

«Falsch geraten», antwortete sie. Sie ging zur Kaminwand und nahm den Kopf des kleinsten Tigers von seiner Befestigung. Dahinter war eine Metallplatte in die Wand eingelassen. Obwohl sie so massiv aussah, schwang sie von selber auf. Oben an der Ecke konnte man noch die Spuren der Gewaltanwendung erkennen.

«Die haben gewußt, wo sie suchen mußten. Und auch, daß sie etwas brauchten, um die Tür aufzuhebeln. Was sie dann ja auch getan haben», sagte Mrs. Vines. «Anschließend haben sie sich sogar die Mühe gemacht, die Tür wieder zu schließen und den Tigerkopf aufzuhängen.»

Chee sah sich das Paneel an. Es hing in schweren Türangeln und war mit einem teuer aussehenden Schloß gesichert. Wer immer sich hier zu schaffen gemacht hatte, er mußte eine Art Brecheisen zwischen Paneeltür und Rahmen gekeilt und so lange gedrückt haben, bis das Schloß nachgab. Eine dicke Stahltür, die bemerkenswert schwer in den Scharnieren hing, aber sie war nicht stark genug gewesen, dem Druck standzuhalten. Chee war ein wenig verblüfft. Dem Aussehen nach hätte die Tür mehr Widerstand leisten müssen.

«Wie groß war das Kästchen?» fragte Chee.

«Es hat genau in den Safe gepaßt», sagte sie. «B. J. hatte es selbst gemacht. Vorn mit einem Kombinationsschloß, so eins mit einem Drehknopf. Sie müssen diese Leute finden. Und sagen Sie ihnen: Ich sorge erbarmungslos dafür, daß sie eingelocht werden, wenn sie das Kästchen nicht zurückgeben. Und zwar mit allem, was drin war.» Sie ging zur Tür und winkte Chee an sich vorbei. «Sie können ihnen außerdem sagen, daß B. J. sie mit einem Fluch belegen wird, wenn er nach Hause kommt und feststellt, daß das Kästchen weg ist.»

«Was?» machte Chee.

Mrs. Vines lachte. «Die Navajos hier in der Gegend halten ihn für einen Hexer», sagte sie.

«Ich dachte immer, daß er keine Schwierigkeiten mit dem Dinee hätte.»

«Das ist lange her. Als Dillon Charley starb, war das auch das Ende des guten Auskommens mit den Navajos. Innerhalb von ein oder zwei Jahren haben alle, die hier arbeiteten, gekündigt. Wir haben seit Jahren keinen mehr aus Ihrem Volk auf unserer Gehaltsliste. Maria ist eine Acoma. Die meisten unserer Hausangestellten sind Laguna oder Acoma.»

«Was ist denn passiert?»

«Ehrlich, das weiß ich wirklich nicht», sagte sie. «Ich bin sicher, daß B. J. irgendwas getan haben muß. Aber weiß Gott, was das war. Ich habe Maria danach gefragt, und sie hat gesagt, daß die Navajos glauben, B. J. wäre einer, der ihnen Unglück bringt.»

«Und Sie haben diesen Einbruch nicht dem Sheriff gemeldet?»

«Gordo Sena würde nicht den kleinen Finger für uns rühren», sagte sie. «B. J. hat vor vielen Jahren mal dafür gesorgt, daß er bei einer Wiederwahl nicht durchkam. Und später hat er noch ein paarmal versucht, ihm die Tour zu vermasseln. Zu Sena habe ich kein Vertrauen. Ich möchte nicht, daß er in irgend etwas mit der Sache zu tun hat.»

«Ich werde ihm den Fall melden müssen», sagte Chee. «Ich muß auch in Zukunft mit ihm auskommen. Schließlich ziehen wir am selben Strang.»

«Tun Sie das ruhig», sagte Mrs. Vines. «Wenn er jemanden herschickt, werde ich sagen, daß wir weder Klage erheben noch Strafantrag stellen und daß alles nur ein Mißverständnis wäre.»

Chee nahm seinen Hut vom Sofa. Er war feucht.

«Der Mann, den Sie finden müssen, ist der Sohn des alten Dillon Charley. Er hat auch die Leitung der Kirchengemeinde übernommen. Sein Name ist Emerson Charley, er lebt irgendwo in der Gegend von Grants. Nach dem Tod seines Vaters war er mehrmals hier, und jedesmal gab es Auseinandersetzungen mit B. J.»

«Worüber?»

«Ich glaube, er wollte das haben, was in dem Kästchen war. Ich habe gehört, wie er sagte, ihr Glück wäre darin eingeschlossen. Oder so ähnlich. Ich erinnere mich, daß schon der alte Dillon so etwas geäußert hat. Allerdings lachend. Aber Emerson hat nicht gelacht.»

Chee ließ den Hut zwischen den Händen kreisen. Er sah nachdenklich aus.

«Noch zwei Fragen», sagte er. «Woher konnte Emerson Charley etwas von dem Safe wissen?»

«Ganz einfach. Dillon hat es gewußt, er war oft mit B. J. hier unten. Ich bin sicher, Dillon hat seinem Sohn davon erzählt. Schließlich war Emerson ja dazu ausersehen, Dillons verrückten Kult weiterzuführen. Und Ihre zweite Frage?»

«Woran ist Dillon Charley gestorben?»

«Wie?» Mrs. Vines sah ihn verwirrt an. Dann lachte sie. «Oh, ich verstehe, was Sie denken. Nichts Mysteriöses. Er starb an Krebs.» Sie lachte wieder. «Das ist auch der Grund für diese seltsame Inschrift auf dem Grabstein. Das mit dem guten Indianer. Er war krank, und eines Tages kam er aus Albuquerque zurück und erzählte B. J., der Doktor hätte ihm gesagt, seine Krankheit wäre unheilbar. Der Doktor hätte das so formuliert, daß er in ein paar Monaten ein guter Indianer wäre.» Rosemary Vines zog eine Grimasse. «Über den eigenen Tod zu lachen – diese Art von Verrücktheit hat immer Eindruck auf B. J. gemacht. Er ließ es in den Grabstein meißeln.»

Sie drückte Chee einen Umschlag in die Hand.

«Ich muß das mit meinen Vorgesetzten besprechen», sagte Chee. «Und selber noch darüber nachdenken. Ich sage Ihnen in ein paar Tagen Bescheid. Vielleicht gebe ich das hier zurück.»

«Ihre Vorgesetzten werden nichts dagegen haben. Ich habe das schon abgeklärt.»

«Ich rufe Sie an», versprach Chee.

Die alte Acoma-Frau öffnete die Haustür für Chee und hielt sie gegen den stürmischen Wind fest. Er nickte ihr zu und trat hinaus in die Dunkelheit.

«*Tenga cuidado*», sagte die alte Frau.

Als er den kalten Motor startete, ging Chee durch den Kopf: Sie sprach natürlich nicht Navajo, sowenig wie er ihre Keresan-Sprache verstand. Aber es wäre doch viel logischer gewesen, wenn sie «sei vorsichtig» auf englisch statt in Spanisch gesagt hätte, denn sie mußte ja damit rechnen, daß er gar kein Spanisch verstand.

Dann aber wurde ihm klar, daß Mrs. Vines wahrscheinlich nicht Spanisch sprach. Und daß die alte Ancoma bei ihrer Warnung vielleicht gar nicht an das schlechte Wetter gedacht hatte.

3

Bis Chee nach der langen, vorsichtigen Fahrt von den Bergen herunter in Grants ankam, war der Sturm nach Osten weitergezogen. Es war windstill geworden, trocken und kalt, etwa 7 Grad unter Null. Eine zentimeterdicke, federleichte Schneedecke hatte der stürmische Wind übers Land gelegt.

Chee fuhr einen Umweg am Valencia County Office Building vorbei, es konnte ja sein, daß sie in der Polizeistation wegen der schwierigen Straßenverhältnisse Überstunden machten. Tatsächlich brannte noch Licht. Er lenkte den Wagen auf den Parkplatz.

Nur im Osten verdunkelten die Wolken des abziehenden Unwetters noch das Firmament. Sonst sah der Himmel wie reingefegt aus, Sternenlicht funkelte. Chee blieb einen Augenblick stehen und erfreute sich an diesem Bild. Er entdeckte die typischen Herbst-Konstellationen am Himmel – die Sternbilder, die im Süden emporsteigen, wenn die Erde sich am Ende des Sommers neigt und die Zeit ‹Wenn-der-Donner-schläft› beginnt.

Die Namen, die die Römer und Griechen ihnen gegeben hatten, waren ihm nicht so vertraut. Aber er erinnerte sich genau, wie sein Großvater die glitzernden Himmelszeichen genannt hatte. Tief am südlichen Horizont erkannte er das Spinnenweib (von den Römern ‹Aquarius› genannt) und – knapp über das Dunkel der Sturmwolken an den nordöstlichen Himmel gehängt – die unheilvollen Söhne des blauen Feuersteins, die bei den Griechen ‹Plejaden› geheißen hatten. Fast direkt über ihm funkelte ‹Der-aus-dem-Wasser-Geborene›, der Weise unter den ‹Zwillings-Helden›. Hoch über seiner rechten Schulter, umgeben von Sternen geringerer Größe und Bedeutung, strahlte majestätisch der Blaue Reiher. Nach dem Ursprungsmythos, wie man ihn in Chees Stamm erzählte, war der Reiher von First Man in die überflutete Unterwelt zurückgeschickt worden, um das vergessene Bündel der Zauberrituale zu retten. Zu spät, das Böse hatte sich schon auf der Erde ausgebreitet.

Chee spürte, wie die Kälte durch den Jackenkragen und die Hosenbeine drang. Eilig flüchtete er in die Wärme des Bürogebäudes. An der dritten Tür, ein Stück den Flur hinunter, stand: *LAWrence Sena, Sheriff, Valencia County. Bitte eintreten.* Jemand hatte Chee erzählt, daß Sena seinen Vornamen ‹Gordo› längst nicht so gern hörte wie das Kürzel mit dem groß geschriebenen *LAW*. Aber bis jetzt hatte der Versuch, zu einem unverfänglichen Spitznamen zu kommen, keinen rechten Erfolg gehabt.

Chee drehte den Türknopf und hoffte, daß wenigstens noch ein Deputy da wäre, der Sena während der Überstunden vertrat. Er war erst einmal mit dem Sheriff zusammengetroffen, damals nach der Versetzung nach Crownpoint, als er seinen Antrittsbesuch machte. Sena hatte ihn beeindruckt. Er schien ein tüchtiger, harter, intelligenter Mann zu sein, der es allerdings – genau wie Mrs. Vines – offenbar nicht nötig fand, taktvoll mit seinen Mitmenschen umzugehen, er war ja ein Mann mit Macht und Einfluß. Vielleicht kommt das daher, daß Leute dieses Schlages ganz einfach zuviel Geld haben, dachte Chee.

Uran war das Zauberwort. Vines hatte es gefunden, später seine Konzessionen für Unsummen verkauft, sich aber auch Anteile an der unerschöpflichen Red Deuce Mine gesichert, auf der das Uranerz im Übertageabbau gewonnen wurde. Die Sena-Familie verdankte ihr Glück dem Umstand, daß etwa sechs Meter unter den Kaktuswurzeln ihrer heruntergekommenen Ranch, auf der sie ein kümmerliches Dasein gefristet hatte, große Vorkommen an radioaktivem Erz gefunden wurden. Ganz klar, dachte Chee, ein so reicher Mann ist in einer Nacht wie dieser zu Hause und nicht im Büro.

Sheriff Sena stand in der Glaskabine, die den Funker der Polizeistation vom Lärm der Außenwelt isolierte. Er hörte den Funkverkehr mit. Eine Frau in mittleren Jahren mit Kopfhörern auf den Ohren stritt sich mit jemandem über den Einsatz eines Abschleppwagens. Es verging einige Zeit, bis der Sheriff Chee bemerkte.

«Hallo, Sergeant, was kann ich für Sie tun?»

«Ich möchte einen Einbruch melden», sagte Chee.

Sheriff Sena reagierte zunächst nur mäßig überrascht, kaum daß er die Augenbrauen um den Bruchteil eines Millimeters hob. Die schwarzen Augen freundlich und ausdruckslos auf Chee gerichtet, wartete er auf eine Erklärung.

«Jemand ist in B. J. Vines' Haus eingedrungen und hat ein Kästchen gestohlen», sagte Chee. «Nichts Wertvolles. Nur Andenken.»

Senas Augen waren plötzlich hellwach. «Schön», sagte er nach einer Weile, «das ist interessant.» Er zwängte sich – an Chee vorbei – aus der Kabine. «Kommen Sie mit zu meinem Schreibtisch, ich muß mir das notieren.»

Das Büro des Sheriffs war fast noch kleiner als die Funkstation, gerade groß genug für den Schreibtisch, einen Drehstuhl auf der einen und einen Küchenstuhl auf der anderen Seite.

Sena ließ seinen massigen Körper in den Drehstuhl fallen und schielte zu Chee hoch. «Vermutlich ist Vines' Telefon kaputt. Oder weshalb hat er den Einbruch nicht selbst gemeldet?»

«Vines ist gar nicht zu Hause», erklärte ihm Chee. «Seine Frau sagte, sie hätte keine offizielle Meldung gemacht, weil die Polizei ihrer Meinung nach den Fall sowieso nicht lösen könnte.»

Sena zog die oberste Schublade seines Schreibtisches auf und nahm einen Bleistift und einen Schreibblock heraus. «Können wir nicht, ja? Hat sie auch gesagt, warum nicht?»

«Nichts, was man sich merken müßte», antwortete Chee.

«Setzen Sie sich.» Sena deutete auf den Küchenstuhl. Die Jahre und das Wetter hatten unzählige Falten in sein rundes Gesicht gegraben. Sie kräuselten sich zu einem Flechtwerk, in dem jetzt nur Skepsis zu lesen war. «Hat sie etwa nicht erwähnt, daß der alte B. J. und ich nicht besonders gut miteinander auskommen?»

Chee lächelte. «Sie hat anklingen lassen, daß Sie beide keine besonderen Freunde sind. An den genauen Wortlaut erinnere ich mich nicht mehr.»

«Und warum hat sie Ihnen von dem Einbruch erzählt? Sind Sie ein Freund der Familie?»

«Sie will mich anheuern. Ich soll ihr das Kästchen wiederbeschaffen.»

«Aha.» Senas gerunzelte Augenbrauen ersetzten stumm die Frage: Warum gerade Sie?

«Sie glaubt, daß es ein Indianer war. Ein Navajo. Sie meint, es hätte was mit religiösen Dingen zu tun. Oder mit Hexerei. So was in der Art.»

Sena dachte darüber nach. «Es geht nur um diesen Kasten? Sonst wird nichts vermißt?»

«Nein, sonst nichts. Hat sie jedenfalls gesagt.»

«Sehr wahrscheinlich dachte jemand, B. J. hätte sein Geld darin versteckt.»

«Vermutlich», sagte Chee.

«Aber sie glaubt nicht, daß die Sache so einfach ist.» Das war eine Feststellung, keine Frage. Chee ging nicht darauf ein.

Eine Fotografie an der Wand hinter dem Sheriff fiel Chee auf. Anscheinend bei einer Katastrophe aufgenommen. Verbogene Reste von Stahlträgern im Vordergrund, daneben ein ausgebrannter Lastwagen, zwei Männer in Khakiuniform, den Blick starr auf irgendein Objekt außerhalb des Fotos gerichtet, hinter ihnen ein Polizeiwagen und ein Krankenwagen, beide etwa Baujahr 1950. Ganz offensichtlich der Schauplatz einer Explosion. Ein kleines weißes Kärtchen steckte in einer Ecke des Rahmens. Mit sechs Namen, anscheinend Navajonamen. Vielleicht die Namen der Opfer. Es war ein grobkörniges Schwarzweißfoto, Staub lag auf dem Glas und dem Rahmen.

Der Radiergummi am oberen Ende des Bleistifts steckte zwischen Senas Zähnen. Er lehnte sich im Drehstuhl zurück und starrte Chee an. Der Unterkiefer mahlte, der Bleistift wippte auf und ab. Eine Antenne auf der Suche nach einer logischen Erklärung. Sena nahm den Bleistift aus dem Mund. «Was hat sie sonst noch gesagt?»

Chee beschrieb ihm, wo das Kästchen gelegen hatte und wie das Versteck aufgebrochen worden war. «Sonst fehlte nichts», fügte er hinzu. «Obwohl es in dem Haus eine Menge zu holen gibt, gar nicht zu übersehen. Silber. Teppiche. Gemälde. Alles sehr wertvoll.»

«Das kann ich mir vorstellen», sagte Sena. «Vines hat mehr Geld als der König von Saudi-Arabien. Was hat Mrs. Vines da über einen religiösen Hintergrund bei der Geschichte gesagt?»

Chee erklärte es ihm. Er berichtete kurz von Mrs. Vines' Aussage über das Interesse ihres Mannes an der Sekte von Dillon Charley und von ihrer Vermutung, irgend etwas in diesem Kästchen müsse für den Kult sehr wichtig gewesen sein und nur Charley könne gewußt haben, wo es aufbewahrt wurde.

«Dillon Charley ist schon lange tot», sagte Sena.

«Er hat aber, wie mir Mrs. Vines sagte, einen Sohn. Sie nimmt an, daß Dillon ihm schon vor Jahren alles erzählt hat und daß er jetzt gekommen ist, um sich das Kästchen zu holen.»

Sena saß unbewegt wie eine Statue, den Blick auf Chee gerichtet. «So, das nimmt sie also an?»

«Jedenfalls hat sie das zu mir gesagt.»

«Der Name des Sohnes ist Emerson Charley», sagte Sena. «Klingelt da was?»

«Schwach, aber ich weiß nicht, wo ich ihn hintun soll.»

«Erinnern Sie sich an diesen Bombenanschlag in Albuquerque im August? Jemand hat eine Bombe in einen Pickup plaziert und zwei Leute von der Abschleppfirma umgebracht, die gerade den Pickup wegziehen wollten. Es war Emerson Charleys Pickup.»

Chee fiel wieder ein, daß er davon gelesen hatte. Ein rätselhafter Fall. «Ich erinnere mich. So, wie ich das damals verstanden habe, ging man davon aus, daß die Bombe für einen der Großkopfeten aus dem Krankenhaus bestimmt war. Irgendein Streit, vielleicht wegen einer Scheidungsgeschichte oder so was.»

«Offenbar die Theorie, von der die Polizei in Albuquerque ausgeht.» Senas Stimme hörte sich skeptisch an.

«Nun, jedenfalls denkt Mrs. Vines, daß Emerson das Kästchen hat. Sie will, daß ich's ihm wegnehme und ihr zurückbringe.»

«Emerson hat das Ding nicht.» Sena steckte wieder den Bleistift in den Mund und kaute darauf herum. Er sah Chee an, aber man merkte, daß er sich mit seinen Gedanken irgendwo festgehakt hatte. Er seufzte, schüttelte den Kopf und kratzte sich mit dem dicken Zeigefinger den Haaransatz an der linken Schläfe. «Emerson liegt im Krankenhaus in Albuquerque. Vielleicht ist er auch schon tot. Als ich zuletzt von ihm hörte, ging's ihm sehr schlecht.»

«Ich dachte, er wäre bei dem Anschlag unverletzt davongekommen?»

«Er war schon vorher ein todkranker Mann», sagte Sena. «Er hat sich im Krebszentrum der Universitätsklinik aufnehmen lassen. Der Mistkerl stirbt, und zwar an Krebs.» Sena sah Chee wieder durchdringend an und stieß schnaubend ein ironisches Lachen aus. «Die Polizei von Albuquerque und das FBI stehen vor einem Rätsel, wieso jemand einen Navajoindianer, der sowieso dran glauben muß, unbedingt in die Luft jagen will.»

«Können Sie sich das zusammenreimen?» fragte Chee.

Der Bleistift wippte auf und ab, auf und ab. «Nein», war die Antwort, «kann ich nicht. Nicht die Bohne. Hat Ihnen Mrs. Vines übrigens was über die Leute erzählt, die man ‹Volk der Finsternis› nennt?» Sena ließ die Frage ganz beiläufig klingen.

«Ja. Sie hat den Punkt angesprochen», antwortete Chee.

«Was hat sie gesagt?» Trotz aller Mühe, sich nichts anmerken zu lassen, verriet Senas Stimme gespannte Erwartung.

«Nicht sehr viel», sagte Chee. Er wiederholte, was Rosemary Vines über das Interesse ihres Mannes an Dillon Charleys Sekte erzählt hatte, über die Geldspenden, über Vines' Einsatz für verhaftete Sektenmitglieder und über diesen Glücksbringer, den Vines aus dem Kästchen genommen und Charley gegeben hatte. Vielleicht so etwas wie ein Talisman, vermutete Chee. Etwa in der Mitte des Berichtes unterdrückte Sena ein Gähnen. Aber seine Augen waren nicht schläfrig. «Alles ziemlich vage, das hat sie selbst zugegeben», schloß Chee.

Sena gähnte wieder. «Na schön, ich werde morgen oder übermorgen jemanden hinschicken und die Details aufnehmen lassen. Sie brauchen Ihre Zeit nicht länger mit der Sache zu vergeuden.» Sena starrte auf das Ende seines Bleistifts. «Sie hatten doch nicht vor, den Job anzunehmen, oder?»

«Ich hab mich noch nicht endgültig entschieden. Wahrscheinlich nicht.»

«Das wird das beste sein. Ich hab's Ihnen seinerzeit schon gesagt, als Sie herkamen, um sich vorzustellen – eine Woche nachdem Sie den alten Henry Becenti abgelöst hatten: das ist nun mal so, die Frage der polizeilichen Zuständigkeit in dieser Gegend kann ohne Fingerspitzengefühl ein echtes Problem werden.»

«Das kann ich mir denken», sagte Chee, obwohl sie damals, soweit er sich erinnern konnte, gar nicht über Kompetenzfragen geredet hatten. Nein, mit Sicherheit nicht.

«Ich weiß nicht», fuhr Sena fort, «ob Sie vorher schon mal hier draußen im Checkerboard Reservat gearbeitet haben. Man fährt durch die Gegend und ist in der einen Minute noch im Navajo-Reservat, in der nächsten schon im Zuständigkeitsbereich des Valencia County, und normalerweise gibt es verdammt keine Möglichkeit, den Unterschied rauszufinden. Das kann wirklich problematisch sein.»

«Da bin ich ganz Ihrer Meinung», sagte Chee.

Tatsächlich gehörte das dauernde Kompetenzgerangel zum Alltag der Navajopolizei. Selbst im Großen Reservat, das sich weiter ausdehnte als ganz New England, über die Grenzen von New Mexico, Arizona und Utah hinaus, war die Zuständigkeit für die Gerichtsbarkeit und damit für den polizeilichen Einsatz immer eine knifflige Frage. Kapitalverbrechen bei den Navajos riefen das FBI auf den Plan. War der Verdächtige kein Navajo, warf das sofort neue Probleme auf. Das Verbrechen konnte entweder in die Zuständigkeit der Staatspolizei von New Mexico oder der Verkehrspolizei von Utah oder Arizona fallen oder ein Fall für die Law and Order Division des Bureau of Indian Affairs sein. Oder ein Hopipolizist war zuständig – oder auch die Southern Ute Tribal Police oder ein Polizist bei den Jicarilla-Apachen oder einer aus dem runden Dutzend County-Sheriffs der drei Staaten. Aber hier im Checkerboard, am südwestlichen Rand des Reservats, machte das Schachbrettmuster die Sache noch komplizierter.

Etwa um 1880 hatte die Regierung in einem sechzig Meilen breiten Streifen jeweils jede zweite Quadratmeile der Atlantic and Pacific Railroad übertragen, um den Bau der Eisenbahnlinie nach Westen voranzutreiben. Die A&P war schon vor Generationen zur Santa Fe Railroad geworden, und die Navajos hatten nach und nach Teile ihrer geraubten Heimat, ihres Dinetah, zurückgekauft, aber in vielen Gegenden war es eben bei diesen schachbrettartigen Besitzverhältnissen geblieben.

«Um die Wahrheit zu sagen, Becenti und ich sind uns gleich am Anfang, als er die Crowpoint-Station übernahm, ganz schön in die Haare geraten. Der Stammesrat der Navajo hatte gerade ein Gesetz beschlossen, das den Gebrauch von Peyote verbot. Man ging damals recht energisch gegen diese Peyote-Sekte vor. Sind Sie eigentlich alt genug, um sich daran zu erinnern?»

«Ich habe davon gehört», antwortete Chee.

«Der alte Henry hat sich da tüchtig reingekniet», erklärte ihm Sena. «Er war so wild darauf, diese Peyotebrüder zu erwischen, daß er völlig vergaß, wo die Reservatsgrenze verläuft. Plötzlich stiefelte er in meinem Gebiet herum. Nun, da haben meine Jungens ein paar von seinen Jungens verhaftet. Eins kam zum anderen, aber am Schluß haben wir uns doch hier bei mir zusammengesetzt und eine Regelung ausgearbeitet, in der die Zuständigkeiten im einzelnen festgelegt wurden.» Sena sah Chee lauernd an, als wollte er sich vergewissern, ob Chee die Lektion verstanden hätte.

«Ich bin schon der Meinung, daß es Lieutenant Becentis Aufgabe war, dieses Peyote-Verbot durchzusetzen», meinte Chee.

«Normalerweise, ja. Wir waren aber zu dieser Zeit gerade dabei, einen anderen Fall zu untersuchen, und Henry brachte alles durcheinander.» Sena wischte Chees Widerspruch mit einer Handbewegung beiseite. «Wichtig war, daß wir dadurch gelernt hatten, zusammenzuarbeiten. So habe ich zum Beispiel Henry angerufen, wenn in meinem Bereich ein Navajofall vorlag, und habe gefragt, ob Henry das übernehmen wollte. Und umgekehrt hat Henry bei mir angerufen, wenn er an einer Sache dran war, bei der man sich eben nicht so streng an die Schachbrettlinien halten konnte. Und wenn wir das weiterverfolgen wollten, ist er hübsch im Reservat geblieben und hat sich rausgehalten.»

Sena steckte den Bleistift wieder zwischen die Zähne und lehnte sich im Stuhl zurück. Der Bleistift zeigte geradewegs auf Chees Nase. Senas Augen fragten stumm, ob Chee die Warnung verstanden hätte.

«Das klingt sehr kompliziert», sagte Chee.

«Ganz bestimmt. Äußerst kitzelig.» Sena schob den Drehstuhl zurück und stemmte sich hoch. «War 'n langer Tag heute. Das bißchen Schneestaub vom Himmel müßte ja eigentlich gar kein Problem sein. Aber die verdammten Texaner auf der Durchfahrt über die Interstate 40 haben so was noch nie gesehen und rutschen von Gallup bis Albuquerque reihenweise von der Straße.» Sena ging um den Schreibtisch herum, sehr beweglich für einen so massigen Mann, und führte Chee aus dem Zimmer.

«Ich glaube, es war sehr gescheit von Ihnen, diesen Job nicht anzunehmen. Den kleinen Einbruch werden wir schon selbst aufklären. Nur um Mrs. Vines zu zeigen, wie man so was macht. Hat sie auch was über Dillon Charley gesagt? Irgendeine Bemerkung?»

Wieder hatte Chee den Eindruck, daß Sena diese Frage betont beiläufig stellte.

«Nur, was ich Ihnen erzählt habe.»

«Wissen Sie, die Vines haben den alten Dillon oben bei sich beerdigt. Direkt neben dem Haus. Ist mir immer schrecklich makaber vorgekommen.»

Chee sagte nichts. Sena ergriff seinen Arm.

«Hat Rosemary Vines gesagt, warum sie das gemacht haben?»

«Nein», antwortete Chee, «sie hat nur erzählt, daß Dillon, als er vom Arzt erfuhr, daß er sterben müßte, seine Witze darüber gemacht hätte.»

«Noch mal zu dem Einbruch. Haben Sie den Eindruck, daß sie alles gesagt hat, was sie weiß?»

«Das tut im allgemeinen keiner», sagte Chee.

Sena sah ihn nachdenklich an. «Ja, das ist auch meine Erfahrung.» Er ließ Chees Arm los. «Seien Sie vorsichtig», sagte er.

4

Jimmy Chee hatte die Stiefelabsätze auf den Rand des Papierkorbes gepflanzt, hielt die Hände hinter dem Kopf verschränkt und den Blick auf Officer Trixie Dodge gerichtet. Officer Dodge versuchte, sich auf ihre Arbeit zu konzentrieren. Sie hatte Chee bereits deutlich zu verstehen gegeben, daß sie ziemlich beschäftigt wäre.

«Komm, Trixie», sagte Chee, «denk doch mal nach. Was könnte in dem Kästchen gewesen sein? Warum ist Old Lady Vines so scharf darauf, es zurückzukriegen? Und was macht den alten Gordo Sena so nervös?»

Officer Dodge fuhr fort, irgendwelche Papiere, die mit irgendwelchen Rechtsfällen zu tun hatten, aus dem Ablagekörbchen in einen Sammelordner umzusortieren. Die Unterlagen mußten heute morgen noch zum Bureau of Indian Affairs in Gallup gebracht werden. Und sie war schon ziemlich spät dran. «Wie, zum Teufel, soll ich das wissen?»

«Und du hast nie von Leuten gehört, die ‹Maulwürfe› genannt werden? Oder auch: Volk der Finsternis?»

«Nein», sagte Trixie. «Nur von Maulwürfen hab ich schon mal was gehört. Und von dieser Peyote-Sekte. Ich hab sogar einen Vetter, der dazugehört.» Officer Dodge sortierte die letzte Akte ein, dann ging sie zur Tür. «Von Leuten *mit* Maulwürfen hab ich schon gehört, aber nie von Leuten, die sich selbst Maulwürfe nennen.»

«Vielleicht ging es da um ein Amulett oder einen Fetisch oder so was?» versuchte Chee ihr auf die Sprünge zu helfen.

«Ein Maulwurf als Amulett?» Ihre Skepsis war unüberhörbar. «Welcher Navajo würde denn einen Maulwurf als Amulett wählen?» Sie erwartete wohl gar keine Antwort, sie war schon draußen und unterwegs nach Gallup.

Welcher Navajo würde einen Maulwurf als Amulett wählen? Eine gute Frage. Chee saß da, die Füße auf dem Papierkorb, die Hände im Nacken, und dachte nach. Kein konservativer, in der Tradition seines Volkes lebender Navajo würde das tun, es sei denn, unter ganz besonderen Umständen. Eher schon ein Navajo aus dem Osten, dort hatten die Stämme Rituale der Pueblo-Indianer und der Christen in ihren Kult übernommen. Ein echter Navajo benutzte Darstellungen des Heiligen Volkes der Raubtiere als Amulette. Der Maulwurf galt zwar in der Navajo-Mythologie auch als Raubtier, aber er war längst nicht so mächtig und populär wie seine Vettern Bär, Dachs, Adler und Berglöwe, um nur einige zu nennen. In Chees eigenem Medizinbeutel, den er an einem Lederriemen innen am Hosenbund trug, befand sich das Abbild eines Dachses. Es war etwa so groß wie Chees Daumen und aus Speckstein geschnitzt, ein Geschenk seines Vaters. In der Mythologie des Slow Talking Dinee war Hosteen Dachs eine gewaltige Figur. Hosteen Maulwurf dagegen spielte nur eine ganz untergeordnete Rolle.

Warum ausgerechnet ein Maulwurf? Das Symboltier des Nadirs, des dunklen Tiefpunktes gegenüber dem lichtvollen Zenit. Sein Dasein war nach unten gerichtet, in eine der sechs heiligen Richtungen. Als Sinnbild der unterirdischen Finsternis hauste er in jener fremden, dunklen Unterwelt, aus der das Dinee im Verlauf seiner Evolution bis zum menschlichen Sein emporgestiegen war. Aber verglichen mit Bär oder Adler, ja sogar mit dem gehörnten Frosch besaß er wenig Macht und Einfluß. Bei Zeremonien spielte er keine bedeutende Rolle.

Weshalb wählte jemand den Maulwurf als Symbol? Chee konnte sich nur eine Erklärung denken, die naheliegendste. Eine Ölbohrung, in die Richtung des Nadirs vorgetrieben, mitten hinein in den Herrschaftsbereich des Maulwurfs.

Chee nahm die Hände vom Hinterkopf und schob die Füße unter den Schreibtisch. Er wollte sich jetzt an einige Berichte machen. Als er den ersten zur Hälfte fertig hatte, ertappte er sich dabei, daß er an die nervöse Mrs. Vines dachte, die ihm dreitausend Dollar für die Wiederbeschaffung eines Kästchens mit Andenken bot. Und an Gordo Sena, der ihm so hartnäckig bohrende Fragen gestellt hatte. Eine arrogante Frau glaubte, ihn kaufen zu können, und ein selbstherrlicher Sheriff bildete sich ein, er könnte ihn bluffen. Was, zum Teufel, machte diesen kleinen Diebstahl so wichtig für die beiden?

Chee griff zum Telefonbuch von Albuquerque. Als er die richtige Nummer gefunden hatte, wählte er das Bernalillo County Medical Center. Zweimal wurde er weitervermittelt, dann war er mit einer Krankenschwester in der Krebsklinik verbunden.

«Ich bedauere», sagte sie, «der Patient darf keine Besucher empfangen.»

«Wir untersuchen ein Verbrechen. Mr. Charley ist der einzige, der uns dazu einige wichtige Informationen geben kann. Wir brauchen die Auskünfte dringend. Es geht nur um zwei oder drei kurze Fragen.»

«Mr. Charley ist nicht bei Bewußtsein. Er bekommt laufend Beruhigungsmittel. Sein Zustand ist kritisch.»

«Es würde nur ein paar Sekunden dauern. Ich könnte bei ihm warten, bis er wieder zu Bewußtsein kommt.»

«Es tut mir leid, das wird nicht gehen. Mr. Charley liegt im Sterben.»

Chee dachte über diese Auskunft nach. Die Frage, die er stellen wollte, hatte sich im Grunde erledigt.

«Können Sie mir bestätigen, daß Emerson Charley das Krankenhaus am vergangenen Dienstag nicht verlassen hat?»

«Wir können Ihnen sogar versichern, daß Mr. Charley sein Zimmer seit einem Monat nicht mehr verlassen hat. Er wird intravenös ernährt. Er ist zu schwach, um sich überhaupt zu bewegen.» Ihr Ton war jetzt deutlich mißbilligend.

«Na gut», sagte Chee, «dann brauche ich Namen und Anschrift der nächsten Angehörigen.»

Er bekam die Angaben von der Krankenhausverwaltung und notierte sich auf seinem Schreibblock: Tomas Charley, Rural Route 2, Grants. Kein Telefon. Emersons Sohn, Dillon Charleys Enkel. Was mochte Tomas von einer Sache wissen, die sich abgespielt hatte, als er gerade zur Welt gekommen war? Wahrscheinlich nicht viel. Vielleicht gar nichts. – Wer wußte denn überhaupt etwas in dieser seltsamen Geschichte?

Wenigstens auf eine Frage konnte Chee eine Antwort finden: Was war der Grund für die Schwierigkeiten zwischen Sheriff Sena und Henry Becenti? Er würde Becenti besuchen und ihn fragen. Und dann entscheiden, ob er bei Mrs. Vines dreitausend Dollar kassieren wollte oder nicht.

5

«An einiges kann ich mich sehr gut erinnern», sagte Henry Becenti. «Fällt sogar schwer, nicht dran zu denken. Sechs Tote. Aber was soll's, zum Teufel? Das war '47 oder '48. Lange her.»

«Ich kenne die Geschichte nur vom Hörensagen», sagte Chee. «Das Ganze hat sich ja lange vor meiner Zeit abgespielt.»

«Das war ein selbständiges kleines Team», fiel Becenti ein. «Waren mit Probebohrungen beschäftigt. Ganz da hinten, nordöstlich vom Mount Taylor. Es gab eine Explosion, die ganze Crew flog in die Luft. Alle tot. Und der alte Gordo Sena und ich, wir hatten uns wegen der Sache ganz schön in der Wolle.»

«War es denn tatsächlich ein Unfall?»

«Ja. Hast du ein bißchen Ahnung vom Ölbohren? Tja, hier ging's um eine trockene Bohrung. Es kam kein Öl. Also wollten sie's raussprengen. Den Bohrlochmantel durchlöchern.» Becenti sah Chee an, um sich zu vergewissern, ob er das soweit verstanden hätte. «Sie lassen ein Rohr mit Nitroglyzerin in das Bohrloch runter. Wenn es da ist, wo sie hoffen, am ehesten Erfolg zu haben, lassen sie das Ding hochgehen. Damit wollen sie erreichen, daß der Fels da unten zerschlagen wird und das Öl ins Bohrloch laufen kann. Nun, diesmal ging das Nitro schon ganz oben hoch. Hat alle in die Luft gejagt. Kleine Stücke von ihnen lagen verstreut in der Gegend rum.» Becentis Gesicht drückte Ekel aus. Er schüttelte den Kopf, als könnte er dadurch die Erinnerung loswerden.

Sie saßen auf einem Felssims, der aus dem Hang über Becentis Haus herausragte. Sie saßen dort oben, weil Chee etwa zur selben Zeit angekommen war wie Becentis Schwiegermutter. Changing Woman aber hatte die ersten Navajostämme gelehrt, daß Schwiegermutter und Schwiegersohn streng darauf achten müssen, jeden Kontakt zu vermeiden, wenn das Ehepaar auf dem Grund und Boden der Familie der Braut lebt. Old Woman Nez und Henry Becenti hatten dieses Tabu vierzig Jahre lang strikt beachtet. Becenti hatte damals das Haus für sich und seine Braut nahe dem Hogan seiner Schwiegereltern gebaut. Wenn Old Woman Nez zu Besuch kam, richtete er es stets so ein, daß er nicht zu Hause war. Der Felssims dicht unter dem Bergrücken, mit einem weiten Blick über das großartige Ambrosia Lake Valley, war einer jener Orte, an die er sich dann am liebsten zurückzog.

«Warum hat die Sache Sena so beschäftigt, wenn es doch ein Unfall war?» fragte Chee.

«Senas älterer Bruder war unter den Opfern. Er gehörte zu den Bohrspezialisten. Gestängewechsler nennt man die Leute, glaube ich. Sena ist wegen der Geschichte fast übergeschnappt.»

Becenti schüttelte eine Zigarette halb aus der Schachtel, bot sie Chee an, griff, als Chee ablehnte, selbst danach und steckte sie mit einem Streichholz an. Er saß da, zog an der Zigarette und sah zum Mount Taylor hinüber, der sich – fast fünfundvierzig Kilometer weit entfernt – deutlich im Osten abzeichnete. Die Sonne war hinter dem Horizont untergegangen, aber der Gipfel des Berges lag noch im Glanz ihres Lichtes.

Die Navajos nannten den Berg Tsoodzil, Berg der Türkissteine. Einer der vier heiligen Berge, die First Man geschaffen hatte, um das Dinetah zu beschützen. Er hatte ein blaues Stück Erde aus der Unterwelt ans Licht emporgezogen, darauf den Berg aufgeschichtet und mit türkisgrünen und blauen Feuersteinen verziert. Dann hatte er den Berg mit einem Zaubermesser an der Erde festgeheftet und Turquoise Girl als Wohnung zugewiesen. Bis zum Ende der Vierten Welt würde Big Snake das Mädchen dort bewachen. Im Augenblick sah es so aus, als wäre das Zaubermesser herausgerutscht. Der heilige Berg schien im Himmel zu schwimmen. Ein Streifen Nebel trennte ihn vom Talboden ab.

Wunderschön, dachte Chee. Und auf der anderen Seite dieses Berges stand das Haus von B. J. Vines, dessen Frau den Diebstahl eines Kästchens für sehr, sehr wichtig hielt und glaubte, Hexerei oder dergleichen wäre dabei im Spiel. Der Rauch von Becentis Zigarette drang Chee in die Nase.

«In den ersten Tagen nach dem Unglück dachten wir, es hätte zwölf Tote gegeben», fuhr Becenti fort. «Gab ja keine Verbindung zu den Leuten. Heute treibt sich 'ne Menge Volk da oben rum, aber damals lebte dort weit und breit niemand. Die einzigen Ohrenzeugen der Explosion wohnten meilenweit entfernt. Die hatten sich aber nicht darum gekümmert. Die Teams blieben manchmal mehrere Tage lang auf der Bohrstelle, deshalb hatte keiner Grund, sich Sorgen zu machen. Bis das Wochenende kam. Da wurde dann doch einer nervös, und das war Sena. Er war damals Deputy. Er fuhr raus, um nachzusehen, was da los war.»

Becenti pumpte die Lunge voll Zigarettenrauch und stieß ihn dann langsam wieder aus. Es war windstill, der Rauch kringelte sich zu Figuren. Von der Seite sah Becenti aus, als hätten ihm die Jahre keine Spuren ins Gesicht gegraben. Aber seine Augen hatten mehr als vierzig Jahre lang Volltrunkene, Messerstecher, Opfer von Verbrechen und die Reste von Fahrzeugen gesehen, die mit Tempo 130 in den Straßengraben gerast waren. Die Augen waren darüber alt geworden.

«Die Sache passierte an einem Freitag – ja, stimmt, ein Freitag war's. Gordo fuhr am Montag raus. Die Vögel waren schon eher dort. Auch die Kojoten. Zankten sich um die Bissen.» Sein Blick schien zu fragen, ob Chee die ganze Tragweite der Ereignisse begriffen hätte. «Nun ja, wie ich schon sagte, Senas Bruder hat auch da draußen gearbeitet. Gordo konnte ihn nicht finden. Oder besser gesagt, er hat nicht genug von ihm finden können, um ganz sicher zu sein, daß es wirklich sein Bruder war. Und dann tauchte plötzlich einer der Männer, die wir für tot gehalten hatten, in Grants auf. Es stellte sich heraus, daß die sechs Gelegenheitsarbeiter, die dabeigewesen waren und die wir schon für tot gehalten hatten, allesamt noch am Leben waren.»

Becenti wandte die Augen vom Mount Taylor ab und sah Chee an. «Sie waren gewarnt worden, an dem Tag nicht zur Arbeit zu gehen.»

«Aber es war doch ein Unfall», sagte Chee zögernd. «Wer konnte da wissen, daß so was passieren würde?»

«Der Vorarbeiter dieser Leute war ein Peyote, ein Zeremonienmeister. Er hatte am Abend zuvor seine Zauberrituale abgehalten und dabei eine Vision gehabt. Gott hat zu ihm gesprochen und ihm gesagt, daß draußen an der Bohrstelle etwas Schlimmes passieren würde.»

«Und er hat seine Leute gewarnt?»

«Ja. Als Sena das herausfand, drehte er fast durch. Das mit den Visionen hat er nicht glauben wollen. Er war davon überzeugt, daß an der Sache etwas faul wäre und jemand seinen Bruder ermordet hätte.»

«Das kann man verstehen», sagte Chee.

«Na ja, jedenfalls griff sich Sena drei von den Leuten aus diesem Team und lochte sie in Grants ein. Und suchte nach dem Peyotehäuptling. Ich auch, und zwar wegen Drogenmißbrauchs in der Reservation. Einer meiner Leute erwischte ihn zuerst und nahm ihn vorläufig fest. Da tauchte Senas Deputy auf und wollte ihn formell verhaften und mitnehmen.» Becentis zerklüftetes Gesicht entfaltete sich zu einem Grinsen. «Haben uns verdammt in die Haare gekriegt über die Frage, wer für ihn zuständig wäre. Ob der Ort, an dem er lebte, zum Reservat gehörte oder der Rechtshoheit des County unterlag. Und wie das mit dem Bohrloch zu beurteilen wäre – Reservat oder County. Sah fast so aus, als ob deswegen ein neuer Indianerkrieg ausbrechen könnte. Weil das Bohrloch tatsächlich nicht zum Navajogebiet gehörte, hab ich den Mann schließlich doch an Sena übergeben.»

Becenti machte einen kräftigen Lungenzug, blies den Rauch langsam aus und schaute wieder zum Berg hinüber. Die Sonne war inzwischen tiefer gesunken, der Berggipfel lag in mattes rosarotes Licht gehüllt. Chee schwieg, wie es die Sitte der Navajos gebot. Wenn Becenti noch mehr zu sagen wußte, würde er es schon sagen. Es gab keinen Grund, ihn zu drängen.

«Rausgekommen ist nichts dabei», fuhr Becenti endlich fort. «Zumindest nicht für Sena. Der Peyote-Zeremonienmeister blieb bei seiner Geschichte, und es gab ja auch wirklich keinen Grund anzunehmen, daß irgend jemand diese Leute absichtlich in die Luft gejagt hätte. Sena ließ die Verhafteten schließlich laufen. Wir hatten trotzdem noch Ärger mit der Sache. Der Stammesrat wollte, daß diese Peyote-Sekte endgültig verschwindet. Also versuchten wir, jeden zu schnappen, der Peyote bei sich hatte. Aber inzwischen wurde überall ehrfürchtig und voller Bewunderung geraunt, der Peyote-Priester hätte seinen Leuten das Leben gerettet, und die Gemeinde wurde immer größer.»

«Du hast aber die Verdächtigen weiter verhaftet?»

«Ich hab's versucht. Sie wechselten die Orte ihrer Zeremonien, waren mal da, mal dort. Sie gingen sozusagen in den Untergrund.» Becenti lachte wieder. «Es wurde fast ein richtiger Geheimbund daraus. Die Führer fingen an, Maulwurfamulette zu tragen. Sie nannten sich jetzt ‹Volk der Finsternis›.» Becenti gebrauchte dasselbe Navajowort, an das sich auch Mrs. Vines erinnert hatte.

«Der Peyote-Häuptling – das war doch ein Navajo namens Dillon Charley, oder?» fragte Chee.

«Richtig», antwortete Becenti, «so hieß der Mann. Das war der mit den Visionen.»

«Hatte B. J. Vines irgendwas mit dieser Ölbohrung zu tun?»

«Nein, der kam ja erst in diese Gegend, als das alles längst vorbei war. Aber, bei Gott, Vines und Charley standen später anscheinend auf gutem Fuß miteinander. Charley arbeitete für Vines. Nach der Explosion fing Sheriff Sena an, Charley zu hassen, und sehr bald haßte er dann auch Vines.» Becenti sah Chee an. «Was weißt du denn alles über Vines?»

«Nur das, was man so hört. Er kam zu Beginn der Uranfunde als armer Schlucker her und machte dann den Riesenfund auf Feld 17. Verkaufte die Konzession für zehn Millionen Dollar an die Anaconda Uranium, sicherte sich aber einen prozentualen Anteil am geförderten Erz und wird jetzt mit jedem Erztransporter, der die Red Deuce Mine verläßt, ein bißchen reicher. Inzwischen hat er mehr Geld als die Regierung. Großwildjäger ist er, Pilot und so weiter…»

«Stimmt alles», bestätigte Becenti. «Aber eins hast du vergessen: Er und Sena lagen von Anfang an im Streit miteinander. Sena war damals schon Sheriff, und als er sich wieder mal zur Wahl stellen mußte, bot Vines einen Anglo gegen ihn auf, investierte viel Geld in die Sache und setzte Himmel und Hölle in Bewegung, um Sena zu schlagen. Er schaffte das auch, aber zwei Jahre später schlug Sena den Anglo bei der Wahl und ist seitdem ununterbrochen Sheriff im Valencia County. Und er hat Vines die Sache nie verziehen.»

«Wie kam Dillon Charley denn mit Vines zusammen?» fragte Chee.

«Durch die Politik. Er stand bei der Sheriffwahl auf Vines' Seite gegen Sena. Verschaffte dem Anglo die Stimmen der Navajos, der Lagunas und der Acomas. Stand wohl schon damals auf Vines' Gehaltsliste. Später arbeitete er auf der Vines-Ranch. Starb vor ein paar Jahren.»

«Und was wurde aus dem Volk der Finsternis?»

«Von denen hab ich seit Jahren nichts mehr gehört. Aber die Sekte gibt's noch. Du wirst dich bestimmt erinnern: Die Gerichte haben entschieden, daß Peyote ein Sakrament wäre und daß die Leute das Recht hätten, sich bei ihren Ritualen mit dem Zeug zu dopen. Charleys Sohn – ich glaube, sein Name ist Emerson – wurde so was wie Oberpriester, als Dillon gestorben war. Und seit er nun auch krank ist, spielt sein Sohn den Peyote-Zeremonienmeister.»

«Tomas Charley?»

Becenti nickte. «Ein Scheißkerl. Und ziemlich verrückt. In der Charleyfamilie waren ja alle irgendwie behämmert, aber mit diesem jüngsten Sproß ist es am schlimmsten. Seine Mutter ist eine Laguna. Wie ich hörte, ist er Mitglied in einem der Kivas der Laguna. Er ist hier in der Gegend der Peyote-Häuptling der Native American Church. Und außerdem ist er auch noch als Heiler in unserem Volk tätig.»

«Wie kam's denn dazu?»

«Ein Onkel väterlicherseits ist *yataalii*. Kein übler Bursche. Er hat Tomas den Blessing Way beigebracht, und der wendet ihn hin und wieder an. Aber die meisten Leute suchen sich lieber einen anderen.»

«Warum hältst du ihn für verrückt?»

Becenti zuckte lachend die Achseln. «Hat zuviel von dem verdammten Peyote gekaut und sich damit das Gehirn verknotet. Hat Visionen. Bildet sich ein, daß er mit Gott redet. Wirklich ein beknackter Typ.» Becenti suchte nach einem Beispiel. «Voriges Jahr kam er in mein Büro. Erzählte mir, Jesus hätte ihm gesagt, daß eine schlimme Trockenheit bevorstünde. Und wir sollten alle Leute warnen und auffordern, Vorräte anzulegen. Diesen Herbst kam er wieder und wollte uns einreden, daß ein Hexer seinen Vater krank macht. Sein Vater, das ist Emerson Charley.»

«Nun, es war ja auch verdammt trocken», sagte Chee. «Und sein Vater liegt tatsächlich im Sterben.»

«Es ist immer trocken bei uns», sagte Becenti, «und sein Vater hat Krebs, soweit ich weiß. Daß es ans Sterben geht, wußte ich allerdings nicht.» Er dachte nach. «Wie auch immer, verhext ist er nicht. Krebs scheint sich in der Familie zu vererben, genauso wie Verrücktheit. Ich glaube, auch der Großvater ist schon an Krebs gestorben.»

«Dillon Charley? Ja, das stimmt. Mrs. Vines hat mir das erzählt.»

Becenti war unangenehm berührt. Er war alt genug, um noch fest in den Traditionen der Navajos verwurzelt zu sein. Eine der traditionellen Regeln schrieb vor, den Namen eines Toten niemals auszusprechen. Der Geist des Toten wäre nämlich sonst aus seiner Ruhe aufgestört worden und hätte den, der ihn beim Namen gerufen hatte, bestraft.

«Weißt du, daß Vines Dillon Charley neben seinem Haus beerdigt hat?» fragte Chee.

«Ja, ich hab davon gehört. Die Weißen haben wirklich seltsame Bräuche.»

Besonders ihre Beerdigungsbräuche, dachte Chee. Er hatte viele Jahre unter Weißen gelebt, zuerst im Internat, dann an der Universität von New Mexico, an der er sein Diplom in Anthropologie gemacht hatte, aber die Einstellung der Weißen zum toten Körper eines Menschen hatte er immer noch nicht ergründen können.

«Kannst du dir irgendeinen Grund denken, warum Vines so darauf aus war, Dillon Charley zu beerdigen?»

Becenti verzog das Gesicht. «Nein, zum Teufel.»

«Du hast gesagt, dieser Tomas Charley wäre verrückt. Ist er verrückt genug, um in Vines' Haus einzusteigen und ein Kästchen mit Andenken zu klauen?»

Becenti nahm die Zigarette aus dem Mund und sah Chee an. «Ist so was passiert?» fragte er. «Warum sollte denn jemand so ein Ding stehlen? Vines und seine Frau sind Jäger. Keiner der beiden hätte irgendwelche Hemmungen, ohne Zögern auf jeden zu schießen, der in ihr Haus eindringt.»

«Der Großvater von Tomas soll mal geäußert haben, Vines hätte in seinem Kästchen das Glück für das Volk der Finsternis eingeschlossen», sagte Chee. «Vielleicht ist das auch Tomas zu Ohren gekommen.»

Becenti nickte. «Na gut. Wenn's so ist, dann ist er verrückt. Verrückt genug, irgendwo einzubrechen, um sich ein bißchen Glück zu stehlen.»

6

Als Chee am nächsten Morgen zum Dienst kam, lagen drei pinkfarbene Notizzettel auf seinem Schreibtisch. Einer enthielt die Aufforderung, Captain Leaphorn in der Chinle-Station anzurufen. Die beiden anderen waren Telefonvermerke, B. J. Vines hatte zweimal angerufen. Das erste Mal gestern, das zweite Mal, kurz bevor Chee ins Büro gekommen war. Chee sollte zurückrufen.

Er legte die beiden Zettel zunächst beiseite und rief in Chinle an. Leaphorn ging es um die Identifizierung eines Navajos in mittleren Jahren, der bei einem Verkehrsunfall getötet worden war. Der Captain wies Chee an, jemanden nach Thoreau zu schicken, um bei einer bestimmten Familie Nachforschungen anzustellen. Chee schrieb eine kurze Notiz und legte sie zu den Aufträgen, die Officer Dodge nachmittags erledigen sollte.

Dann griff er nach den beiden Zetteln mit dem Vermerk «B. J. Vines anrufen», lehnte sich zurück und sah sie sich genauer an. Beide waren mit den Initialen «T. D.» abgezeichnet.

Trixie Dodge saß inzwischen auch an ihrem Schreibtisch in der anderen Ecke des Büros. Sie war anscheinend mit dem falschen Bein aus dem Bett gestiegen, jedenfalls sah sie ziemlich grimmig aus. So ganz genau hatte es Trixie bei diesen Notizen anscheinend nicht genommen. Sie hätte schreiben müssen «B. J. Vines' Frau anrufen». Vines selbst kam ja erst in ein paar Wochen aus dem Krankenhaus zurück.

«He, Trixie, du hast da ‹B. J. Vines anrufen› notiert. Kam der Anruf nicht von Mrs. B. J. Vines?»

Trixie sah nicht auf. «Vines», sagte sie.

«Mr. Vines?» hakte Chee nach.

«Es war ein Mann. Hat gesagt, daß er B. J. Vines heißt. Hat nach dir gefragt und darum gebeten, daß du ihn anrufst. Unter der Nummer, die ich dir aufgeschrieben habe.» Immerhin, sie sagte das sehr geduldig.

Chee wählte die Nummer. Schon nach dem ersten Rufton meldete sich eine männliche Stimme: «Hallo?»

«Hier ist Jim Chee von der Navajo Tribal Police. Ich habe hier eine Notiz, daß ich B. J. Vines anrufen soll.»

«Ah, prima», sagte die Stimme, «ich bin Vines. Ich wollte mit Ihnen über den kleinen Diebstahl bei uns sprechen. Könnten Sie mal bei mir vorbeikommen?»

«Wann?»

«Je eher, desto besser. Meine Frau hat ja mit Ihnen über die Sache gesprochen. Und...» Die Stimme machte eine Pause, dann war ein nervöses Lachen zu hören. «Nun, es gibt da einige Mißverständnisse, die beseitigt werden müssen.» Jetzt wurde der Ton ironisch. «Wie immer, wenn Rosemary sich einmischt.»

«Okay», sagte Chee. «Ich komme kurz nach dem Mittagessen vorbei.»

«Sehr gut, danke.»

Chee nahm den Zettel mit dem Auftrag in Thoreau wieder von Trixies Stapel. Thoreau lag auf seinem Weg zu Vines. Er würde das selbst erledigen.

7

Die Puebloindianerin öffnete ihm die Tür, und während sie Chee ins Raubtierzimmer führte, tat sie, als wären sie einander nie zuvor begegnet. Diesmal saß ein Mann hinter dem Schreibtisch mit der Glasplatte – ein kleiner, kugelköpfiger Mann, dessen Gesicht noch runder wirkte, weil es von einem eisgrauen Vollbart eingerahmt war. Es kostete ihn Mühe, sich hochzustemmen.

«Ben Vines», stellte er sich vor und streckte Chee die Hand hin.

Eine schmale, harte Hand. «Nehmen Sie Platz.» Beide setzten sich. Als Chee mit Mrs. Vines hier gewesen war, hatte der Raum nicht so hell gewirkt. Herbstsonne flutete herein, malte Glitzern auf die Glasaugen und Elfenbeinzähne der Raubkatzen, und im Sonnenlicht sahen die Trophäen nicht mehr bedrohlich aus. Das Löwenweibchen über Vines' linker Schulter schien sogar zu lächeln, genau wie Vines.

«Soweit ich weiß, hat meine Frau Ihnen erzählt, wir hätten hier einen Einbruch gehabt, und Sie beauftragt, diesen mysteriösen Fall zu lösen?»

«Sie bat mich darum, ja.»

«Das ist mir sehr peinlich», sagte Vines. Das Fleckchen Gesicht, das Vines' Barthaar frei ließ, wirkte durchaus nicht peinlich berührt. Wachsame schwarze Augen musterten Chee. «Hier gibt's kein Verbrechen aufzuklären», sagte Vines.

«Nein?»

«Nein.» Vines lachte. «Meine Frau ist manchmal ein bißchen unberechenbar. Sie ist ein nervöser Typ. Hin und wieder wirft sie die Dinge durcheinander.»

«Es kann eine Frau schon nervös machen, wenn jemand ins Haus eindringt und einen Wandsafe aufbricht.»

«Wie nervös man dadurch wird, hängt ja auch davon ab, wer hinter der Sache steckt.» Vines verlagerte sein Gewicht im Sessel, sah kurz aus dem Fenster und wandte sich dann wieder Chee zu. «Hat sie Ihnen gezeigt, wo der Safe ist?»

«Hinter diesem Kopf.» Chee nickte dem Tigerkopf zu.

Vines stand auf und ging schwerfällig zur Wand hinüber. Es strengte ihn sichtlich an, das Gleichgewicht zu halten. Er zog den Tigerkopf vom Haken und ließ ihn zu Boden fallen. Die Tür des Safes bewegte sich wieder leicht in den gut geölten Scharnieren. Dahinter gähnte es dunkel und leer.

Vines sah nachdenklich aus. Er nahm eine Packung Zigaretten aus der Jackentasche, schüttelte eine Zigarette heraus und steckte sie sich an. Zu seinen Füßen lächelte der Tigerkopf mild zur Decke empor.

«Rosemary und ich haben spät geheiratet. Jeder von uns hatte sein Leben genossen, und jeder von uns legte Wert darauf, auch künftig seine Selbständigkeit zu behalten. Sie genauso wie ich. Wir behielten beide unsere alten Freunde. Und die Erinnerung an alte

Zeiten gehörte jedem ganz allein. Beide haben wir's so gehalten. Beide wollten wir's so.»

Vines hatte, während er das sagte, mit dem Gesicht zum Safe gestanden. Jetzt wandte er sich zu Chee um. Dünne Fäden Tabakrauch stiegen zwischen seinen Lippen auf, wie grauer Nebel sickerten sie durchs Barthaar über der Oberlippe. Jetzt erst fiel Chee auf, daß Vines die linke Körperhälfte nicht mehr voll unter Kontrolle hatte. Der Mundwinkel und die Muskulatur rings um das linke Auge waren erschlafft.

«Dieser Safe hat einen Schlüssel und eine Zahlenkombination. Rosemary hat weder den Schlüssel, noch kennt sie den Nummerncode. Aber ich habe einen Werkzeugkasten im Keller. Mit einem Stemmeisen.» Vines drückte die Safetür zu. «Sie haben sicher schon festgestellt, daß das ein ganz gewöhnlicher Wandsafe ist. Er muß ja schließlich nicht dieselbe Sicherheit bieten wie die Stahlkammer einer Bank. Und er ist eben auch nicht so konstruiert. Er soll's einem Dieb ein bißchen schwerer machen, das ist alles. Wenn Sie ein Stemmeisen zwischen Tür und Rahmen treiben, kriegen Sie genug Hebelwirkung, um das Schloß aufzuknacken. Kommen Sie, schauen Sie sich's an.»

Chee trat näher und stellte fest, was er schon beim ersten Mal festgestellt hatte. Die Safetür war aufgebrochen worden. Mit irgendeinem Werkzeug. Und es waren Spuren zurückgeblieben. Eine Ecke der Tür war leicht verbogen. Das Ganze kam Chee irgendwie seltsam vor, aber auch das war nichts Neues. Zweifellos eine schwere Tür. Es gehörte enorme Kraft dazu, so eine Tür aufzuwuchten, selbst wenn man ein Stemmeisen ansetzte. Es sei denn, bei der Konstruktion wäre schlechtes Material verwendet worden. Chee suchte nach einer Herstellermarke, fand aber keine.

«Sie sollten sich Ihr Geld für diese Tür zurückgeben lassen», sagte er.

Vines lachte. «Ich fürchte, die Garantiezeit ist abgelaufen. Ich selbst habe den Safe einbauen lassen, und nachträglich glaube ich, daß die Leute nicht das beste Material genommen haben.»

«Wer hat den Einbau gemacht?»

«Weiß ich nicht mehr genau. Leute aus Albuquerque. Ich habe das gleich beim Hausbau mit erledigen lassen, und das ist jetzt dreißig Jahre her.» Er drückte die Tür zu. «Worauf ich aber hinauswollte: Rosemary hat zwar keinen Schlüssel zu diesem Safe, aber sie kommt natürlich ohne Schwierigkeiten an den Werkzeugkasten ran. Und aus dem ist das Stemmeisen verschwunden. Ich hab's in ihrem Kleiderschrank gefunden.»

«Oh», machte Chee.

Vines zuckte die Achseln, seine Miene verriet nichts. «Kurz und gut, ich bitte Sie wegen der ganzen Sache um Entschuldigung. Und ich möchte Sie für die Unannehmlichkeiten, die Sie hatten, entschädigen.» Er zog einen Scheck aus der Tasche. «Sie sind zweimal hergekommen. Wären zweihundert Dollar angemessen?»

Chee schielte auf den Tigerkopf, der am Boden lag. Das Biest schien ihn verschlagen anzugrinsen. Er dachte an die verbogene Ecke der Safetür. Und an die gähnende Leere dahinter. Aber auch an das, was Mrs. Vines ihm erzählt hatte. Unter anderem, daß ihr Mann im Krankenhaus läge. Und die zweihundert Dollar, die Vines ihm angeboten hatte, waren viel zuviel.

Vines sah ihn lauernd an. So, wie er die Sache darstellte, handelte es sich eindeutig um eine interne Familienangelegenheit. Kein Fall für die Polizei. Nichts, worum Chee sich kümmern mußte. Jede weitere Frage wäre eine unerwünschte Einmischung gewesen.

Dennoch fragte Chee: «Hatte Mrs. Vines denn das Kästchen?»

Vines schien, den Blick ohne erkennbaren Zorn auf Chee gerichtet, einen Augenblick darüber nachzudenken, wie er auf soviel Unverschämtheit reagieren sollte. Dann seufzte er. «Ich weiß es nicht. Vielleicht hatte sie's. Vielleicht hat sie's inzwischen weggeworfen. Nur, das spielt alles keine Rolle. Sie hat Ihnen ja erzählt, daß nichts Wertvolles drin war. Und so ist es. Andenken. Dinge, die mich an die Vergangenheit erinnert haben. Nichts von Bedeutung. Nicht mal mehr für mich.»

Er ließ den Scheck zwischen beiden Fingern baumeln, hielt ihn Chee hin. «Ich weiß, daß Sie die Sache dem Sheriff gemeldet haben. Sie mußten das natürlich tun, ganz klar. Der alte Gordo war gestern hier und hat mir eine Menge Fragen gestellt. Und nun frage ich mich, was Sie ihm eigentlich alles erzählt haben?»

«Nur das, was Mrs. Vines mir gesagt hat.»

Vines machte drei langsame, vorsichtige Schritte auf Chee zu und steckte ihm den Scheck in die Hemdtasche.

«Das ist nicht nötig», wehrte Chee ab, «ich bin mir nicht mal sicher, ob das überhaupt erlaubt ist.»

«Nehmen Sie das Geld», sagte Vines. «Für Rosemary und mich

wäre es eine Erleichterung. Falls Sie damit gegen irgendwelche Bestimmungen verstoßen, zerreißen Sie den Scheck einfach. Ist Ihnen übrigens aufgefallen, daß unser Sheriff sich sehr dafür interessiert, was ich so treibe?» Vines schlurfte mühsam zu seinem Sessel zurück.

«Ja, das habe ich bemerkt.»

«Hat er nicht versucht, Sie auszufragen?»

«Na ja», machte Chee.

Vines hatte wohl mehr erhofft, aber allmählich schien ihm klarzuwerden, daß er vergeblich auf weitere Erläuterungen wartete. «Mich hat Gordo mit Fragen über das Volk der Finsternis gelöchert», nahm er den Faden selbst wieder auf. «Und dabei kam heraus, daß Rosemary anscheinend jemanden aus der Charley-Familie verdächtigt, das Kästchen gestohlen zu haben.»

«Das ist richtig.»

Wieder wartete Vines eine Weile. Wieder ein Seufzen. «Ich hatte vor vielen Jahren eine Menge Ärger mit Gordo Sena. Dachte allerdings, das wäre längst vergessen.» Er drückte die Zigarette aus und ging zum Fenster. Durch die Scheiben sah man fast den ganzen Osthang des Mount Taylor. Hier oben veränderte sich die Vegetation, an die Stelle der Ponderosatannen traten nun Kiefern, Rottannen und Espen. Der Boden unter den Espen war gelb von Herbstlaub. Schräg einfallendes Sonnenlicht überflutete den gelben Teppich mit goldener Glut, als stünde das Laub in Flammen.

«Es war in den frühen fünfziger Jahren», fing Vines zu erzählen an. «Da habe ich das Uranerzlager gefunden, das die Red-Deuce-Gesellschaft jetzt ausbeutet. Ich hab dieses Haus gebaut und einen Navajo namens Dillon Charley eingestellt. Als Aufseher, wenn Sie's so nennen wollen, er sollte eben überall nach dem Rechten sehen. Ich wußte nicht, daß Gordo was gegen diesen Charley hatte. Gegen ihn und ein paar andere Indianer, die alle zu Charleys Sektengemeinde gehörten.» Mit einem raschen Blick zu Chee wandte Vines den Kopf, in der Lichtflut, die durchs Fenster fiel, sah sein grauer Bart aus, als wäre er mit einer dünnen Rauhreifschicht besprüht. «Diese Gemeinde gehörte zur Peyote-Sekte. Nach dem Stammesgesetz der Navajos war sie damals verboten.»

«Ja, ich weiß», sagte Chee.

«Nun, Sena verfolgte die Leute auf Schritt und Tritt. Er nahm sie willkürlich fest und verhörte sie mit den schlimmsten Methoden.

Da habe ich mich eingemischt. Ich beauftragte einen Rechtsanwalt aus Grants, für die Freilassung gegen Kaution zu sorgen und die Vollzugsbehörde wegen Rechtsbruchs zu verklagen. Dann habe ich einiges Geld lockergemacht, um einen Gegenkandidaten zu unterstützen, und auch tatsächlich erreicht, daß Sena für eine Wahlperiode nicht Sheriff wurde. Einige Jahre lang herrschte damals offene Feindschaft zwischen Gordo und mir. In den letzten Jahren schien der Streit aber beigelegt zu sein. Ich frage mich, ob er ihn jetzt wieder anheizen will. Deshalb will ich wissen, welche Fragen er Ihnen gestellt hat.»

«Er hat gefragt, warum Ihre Frau mich anheuern wollte», sagte Chee und schilderte kurz, wonach Sena sich erkundigt hatte.

«Was halten Sie denn von dieser Geschichte mit dem Bohrloch?» fragte Vines. «Hat Sena Ihnen davon erzählt? Hat er gesagt, warum er den alten Dillon Charley so haßte?»

«Er hat nicht darüber gesprochen. Aber er hält es wohl für ziemlich seltsam, daß Dillon Charley diese Vorahnung hatte und seine Leute warnen konnte.»

«Glauben Sie an Visionen?» Durch die Fülle des Barthaares meinte Chee zu erkennen, daß Vines amüsiert wirkte. Aber er war sich nicht sicher.

«Das hängt von den Umständen ab. Auf keinen Fall glaube ich an Verbrechen ohne Motive. Und bisher konnte anscheinend niemand ein Motiv für einen Sprengstoffanschlag finden, oder?»

«Nun, es gibt da schon einige Theorien.»

«Zum Beispiel?»

«Senas Theorie kennen Sie ja, nehme ich an. Er hat zwar offensichtlich keine Ahnung, welches Motiv eine Rolle gespielt haben könnte, aber er scheint von der Idee besessen zu sein, daß Dillon Charley in eine Art Verschwörung verwickelt war. Und dann gibt's da noch die andere Theorie, daß Gordo selbst der Täter war.»

«Warum?»

«Wie man so hört, war Gordos älterer Bruder überall Liebkind, auch bei seiner Mutter. Gordo hat vermutlich gewußt, daß die alte Dame die Ranch an Robert vererben wollte. Also hat er das Bohrloch samt Robert in die Luft gejagt.»

«Wie könnte er das arrangiert haben?»

Vines zuckte die Achseln. «Keine Ahnung. Es handelte sich ja um eine Nitroglyzerinexplosion, eine von den Ladungen, die man in ein

Bohrloch hinunterläßt, damit's da unten zu rumoren anfängt. Aber die Ladung ging zu früh los. Man könnte das Zeug durch einen Gewehrschuß hochgehen lassen, stelle ich mir vor. Aber was rede ich, das ist ja alles passiert, bevor ich hierherkam.»

«Und wie paßt Dillon Charleys Vision in diese Sena-ist-der-Täter-Theorie?»

«Gar nicht so schlecht. Dillon findet irgendwie raus, daß Sena etwas Gefährliches plant. Er hält eine Peyote-Zeremonie ab und tut so, als hätte er eine Vision. Er warnt seine Leute, ja nicht in die Nähe des Bohrloches zu gehen. Sena jagt die Sprengladung hoch, aber bald danach wird ihm klar, daß Dillon etwas von seinem Plan gewußt haben muß. Also macht er ihm die Hölle heiß, um ihn aus der Gegend zu vertreiben.»

«Könnte sein», gab Chee zu.

«Gordo möchte natürlich wissen, ob Dillon Charley mir was erzählt hat. Hat er Sie nicht in diese Richtung ausgefragt?»

«Mehr oder weniger, ja», antwortete Chee. «Hat Dillon Charley Ihnen denn was erzählt?»

Vines lächelte. «Fragen Sie in Gordos Auftrag?»

«Sie haben das Thema angeschnitten. Aber gut, ich formuliere die Frage anders: Was, glauben Sie, hat sich tatsächlich damals da draußen am Bohrloch abgespielt?»

«Wissen Sie, Nitro ist ein verdammt gefährliches Zeug. Damals waren solche Unfälle an der Tagesordnung. Ein paar Jahre vorher hatte es schon mal einen ähnlichen Fall in New Mexico gegeben.»

«Glauben Sie denn, daß es ein Unfall war? Glauben Sie, daß Dillon Charley sich nur Sorgen gemacht hat, weil man Nitro an der Bohrstelle einsetzen wollte?»

Vines schwenkte seinen Sessel zur Fensterfront. Chee konnte nur noch sein Profil sehen.

«Ich glaube, daß Gordo Sena seinen Bruder ermordet hat», sagte Vines.

8

Colton Wolf war ein wenig hinter seinem Zeitplan zurück. Er hatte sich zum Frühstück *œufs en gelée* gemacht und sich dabei peinlich genau an das Rezept im *Gourmet* gehalten. Das verlangte sehr viel Zeit. Der Aspik brauchte zur Gelierung zwölf Minuten in mäßig kochendem Wasser. Die Zubereitung des Erbsenpürees als Garnierung dauerte noch länger. Danach brauchten die Eier eine Stunde, bis sie in den Aspikformen abgekühlt waren.

Der halbe Vormittag war vorbei, als er die Tischdecke zusammenfaltete und das Silber und das Porzellan in der Spüle seines Wohnwagens abwusch. Er hatte eingeplant, anschließend zwei Stunden am Modell der Baldwin-Dampfmaschine weiterzubasteln. Diesen Zeitansatz verkürzte er jetzt auf achtzig Minuten, in denen er dann tatsächlich, fast ständig die Juwelierlupe vor Augen, mit dem größten Teil der Kolbensektion des Modells fertig wurde.

Um 11.35 Uhr klingelte der Wecker. Colton zog die Schutzhauben über die kleine Drehbank und die Präzisionsbohrmaschine, ordnete alle benutzten Metallwerkzeuge sorgfältig in die Aussparungen des Werkzeugkastens ein und stellte diesen in den verschließbaren Blechschrank neben der Sitzgruppe. Dort bewahrte er auch seine Sammlung alter Dampfmaschinen auf. Alle von ihm selbst gebastelt, mit originalgetreuen Funktionen. Sie konnten Pfeiftöne von sich geben, Transmissionen antreiben und Räder rotieren lassen.

Im gleichen Schrank waren auch die Utensilien untergebracht, die er für seinen Job brauchte. Zwei Gewehre, drei auseinandergenommene Pistolen, einige Schalldämpfer, drei kleine Dosen mit isolierten Drähten für elektrische Zünder an Sprengladungen, ferner eine Bonbondose mit Plastiksprengstoff und einige Spraydosen mit Rasierschaum und Deodorant. Acht Dynamitstäbe und mehrere Sprengkapseln bewahrte er im Kühlschrank auf. Bis auf die Gewehre und die Zielfernrohre hatte er fast alle Ausrüstungsgegenstände selbst gebastelt – zum einen, weil man seine Spur nicht zurückverfolgen konnte, wenn er derlei Dinge nicht irgendwo kaufte, zum anderen, weil man einen Teil der Ausrüstung einfach nirgendwo zu kaufen bekam.

Die Spraydosen mit Rasierschaum und Deodorant dienten dazu, kleinere Teile durch die Sicherheitskontrollen auf Flugplätzen zu schmuggeln. So konnte man zum Beispiel eine zerlegte Pistole einschließlich Schalldämpfer in zwei Spraydosen verstecken und problemlos im Koffer von Ort zu Ort transportieren. Falls aufgegebenes Gepäck überhaupt kontrolliert wurde, fand sich nichts Verdächtigeres als ein Deodorant mit orientalischer Duftnote. Auch die Sprengzünder waren das Produkt seiner Geschicklichkeit. Das Prinzip hatte ihm ein ehemaliger Soldat der Special Forces beigebracht, ein Mithäftling im Point-of-the-Mountain-Gefängnis in Idaho. Ein unauffälliges Kästchen mit zwei Batterien und einer kleinen Quecksilberkugel, die den elektrischen Kontakt schloß, sobald das Kästchen bewegt wurde.

Colton verschloß alles sorgfältig und machte sich auf den Weg zur Post.

Nicht etwa, daß er Post erwartete. Der tägliche Gang zum Postamt gehörte einfach zur Routine, der er sein Leben unterwarf. Wo immer er seinen Wohnwagen abstellte, mietete er sofort ein Postfach. Dabei gab er eine fiktive Geschäftsadresse an. Dann schickte er Boxholder postlagernd nach El Paso eine Nachricht, in der er seine neue Postfachanschrift mitteilte. Auf diese Weise hielt er Verbindung zu dem Mann, der ihm Aufträge übermittelte. Das war Coltons einziger Kontakt zur Außenwelt – zugleich aber auch der Schwachpunkt in seiner beruflichen Existenz. Oft verfolgte ihn bis in seine Träume hinein der Gedanke, die Welt da draußen könnte ihn eines Tages gerade wegen dieses Schwachpunkts überführen und töten. Colton wünschte sich manchmal, seinen Lebensunterhalt auf andere Art zu verdienen, aber es gab nichts anderes. Um so mehr war er bestrebt, die mit seinem Beruf verbundenen Risiken so gering wie möglich zu halten. Vorsichtig zu sein war zur entscheidenden Maxime in Colton Wolfs Leben geworden.

Er fuhr seinen GMC Pickup hinter ein Nebengebäude der Post und nahm alle parkenden Wagen sorgfältig in Augenschein. Nichts, was ihm verdächtig vorgekommen wäre. Er stellte den Pickup an der Hauptstraße ab und schlenderte zum Postgebäude hinüber. Wieder beobachtete er alles um sich herum sehr sorgfältig.

Zwei Frauen und ein Mann waren in der Schalterhalle. Er prägte sich ihre Gesichter ein. Die Beamten hinter den Schaltern kannte er bereits. Colton ging zur Wand mit den Postfächern. Durch das Glas sah er, daß im Fach 1191 ein Umschlag lag. Er tat so, als interessierte ihn lediglich das Fach 960. Es war leer. Colton verließ den Schalterraum und ging zurück zur Hauptstraße. Dort kaufte er ein: ein kleines Filetsteak, ein halbes Pfund Pilze, ein Pfund helle Trauben, einen Liter Sahne und eine kleine Tüte schwarzen Pfeffer. Er ging zurück zum Pickup, setzte sich hinein und legte die Lebensmittel auf den Beifahrersitz. Er suchte eine Radiostation mit Countrymusik und ließ zwanzig Minuten verstreichen. Dann machte er sich wieder auf den Weg zum Postamt. Jetzt waren fünf Kunden im Schalterraum, aber keiner sah einem der drei ähnlich, die er vorhin gesehen hatte. Colton ging geradewegs zum Postfach 1191 und nahm den Umschlag heraus. Darunter lag ein kleineres Kuvert. Er schob beide Schreiben in die Jackentasche und ging zum Pickup zurück. Niemand folgte ihm. Auch als er ein paar Minuten später die Auffahrt zum Freeway hochfuhr, war kein verdächtiges Fahrzeug hinter ihm. Colton Wolf hatte wieder einmal den Kontakt mit der Welt überlebt.

Der kleinere Umschlag war ohne weiteren Vermerk an die Nummer seines Postfaches adressiert. Er enthielt einen Papierstreifen mit einer Reihe von Zahlen. Nachdem Colton sie in die richtige Reihenfolge gebracht hatte, ergaben sie eine Telefonnummer und die Zeit 14.10 Uhr. Er steckte den Papierstreifen in die Hemdtasche. Auf dem zweiten Umschlag stand als Absender Detektei Webster mit einer Adresse in Los Angeles. Colton hatte diesen Absender erwartet, denn sonst kannte nur Boxholder das Postfach. Trotzdem spürte er ein Kribbeln in der Magengegend, als er den Brief auf den Beifahrersitz des Pickup legte. Er würde ihn erst zu Hause öffnen. Bis dahin mußte er versuchen, nicht daran zu denken.

Im Wohnwagen räumte er die Lebensmittel weg und schaltete die Kaffeemaschine ein. Dann setzte er sich in den Lehnstuhl und rieb die schweißnassen Handflächen an den Hosenbeinen trocken. Er schlitzte den Umschlag auf und nahm zwei Schreibmaschinenblätter, um ein Rechnungsformular gefaltet, heraus. Er legte die Rechnung beiseite.

> Lieber Mr. Wolf,
> zunächst die schlechte Nachricht: Der Hinweis, den ich in Anaheim bekommen hatte, hat zu nichts geführt. Die Frau konnte dem Alter nach nicht Ihre Mutter sein, sie war viel zu jung. Noch vor dem geplanten Kontakt mit einem Detektiv in Anaheim fand ich ihre Geburtsurkunde bei der Kreisverwaltung, so daß ich Ihnen zusätzliche Kosten ersparen konnte.

Jetzt die gute Nachricht: Ich habe einen Lastwagenfahrer aufgetrieben, der in den frühen sechziger Jahren bei der Spedition Mayflower in Bakersfield gearbeitet hat und sich daran erinnert, daß es damals in der Firma einen Buddy Shaw gab. Er wußte eine Adresse, unter der Shaw in San Francisco gelebt hat. Die Adresse ist überholt, aber sie gibt uns die Chance, die Spur wiederaufzunehmen…

Das war das erste Blatt. Colton legte es auf die Sessellehne und nahm sich das zweite vor. Als er damit fertig war, las er beide Blätter noch einmal sehr langsam durch. Danach sah er sich die einzelnen Posten der Ausgabenaufstellung auf der Rechnung an. Sie umfaßte den Zeitraum eines Monats und stellte Wolf fünf volle Arbeitstage sowie zusätzliche, im einzelnen aufgelistete Ausgaben in einer Gesamthöhe von etwas mehr als tausendeinhundert Dollar in Rechnung. Er legte die schmalen, langfingrigen Hände in den Schoß und dachte nach.

Auch sein Gesicht war schmal geschnitten, und seine Statur hätte man fast schmächtig nennen können. Dennoch schien er auf bedrohliche Weise immer auf dem Sprung zu sein, angespannt wie eine gebogene Klinge. Sein Haar war dünn und hatte die Farbe von gebleichtem Stroh. Augenbrauen und Wimpern hoben sich kaum von der blassen, sommersprossigen Haut ab. Die Augen zeigten ein helles Blaugrün, eine Farbe wie Gletschereis. Colton Wolf sah farblos aus, ausgebleicht, ohne Pigmente, antiseptisch, sauber, gefühllos.

Tatsächlich bewegten ihn im Augenblick sehr gemischte Gefühle. Wenn er nicht zu intensiv nachdachte, überwog Hoffnung. Der Detektiv würde Buddy Shaw finden. Und Shaw lebte bestimmt noch mit Coltons Mutter zusammen oder wußte zumindest, wo man sie finden konnte. Dann hatte Colton Wolf endlich wieder eine Mutter. Ging er kritischer an die Sache heran, dann glaubte er nichts von alldem. Webster nahm ihn nur aus, damit hatte sich's. Der Privatdetektiv nutzte ihn nun schon vier teure Jahre lang aus und hatte ihn immer nur betrogen. Es gab gar keine Reisen, Hotelübernachtungen und Ferngespräche, es gab keine Spur von Buddy Shaw. Webster war nicht erfolgreicher als der erste Detektiv, den Colton angeheuert hatte. Er saß einfach auf seinem fetten Hintern in seinem Büro in Encino, phantasierte sich einmal im Monat einen Brief an Colton zusammen und fügte eine frisierte Rechnung bei.

Der erste Detektiv hatte sich das Haus angesehen, das Colton und seine Mutter und Buddy Shaw in Bakersfield bewohnt hatten. Er hatte herausgefunden, daß das Haus inzwischen immer nur für kurze Zeit vermietet worden war. Niemand in der Nachbarschaft konnte irgendwelche nützlichen Aussagen machen. Niemand wußte etwas von einem Mann, einer Frau und einem Kind, die hier vor neunzehn Jahren gelebt hatten. Colton hatte den Bericht des Detektivs wütend zerrissen und die Fetzen weggeworfen.

Aber er kannte den Inhalt auswendig. In dem Haus wohnte jetzt eine Mexikanerin. Der Makler, der das Haus verwaltete, hob Akten darüber nur fünf Jahre auf. Während der letzten fünf Jahre hatten vor der Mexikanerin noch drei andere Mieter das Haus bewohnt. Keiner hatte seine neue Anschrift hinterlassen. Es gab aber auch im County keine Akte über eine Heirat zwischen einem gewissen Buddy Shaw oder irgendeinem anderen Shaw mit einer gewissen Linda Betty Fry. Die Unterlagen der Spedition Mayflower in Bakersfield wiesen aus, daß vor neunzehn Jahren ein Buddy Shaw elf Monate lang in ihrem Lagerhaus gearbeitet hatte. Man hatte ihn entlassen, weil er dauernd betrunken war. In den Polizeiakten war E. W. Shaw, bekannt unter dem Namen Buddy Shaw, dreimal vermerkt: Er war wegen Trunkenheit und ungebührlichen Benehmens verwarnt worden, hatte dreißig Tage wegen schwerer Körperverletzung gesessen und war nach einem bewaffneten Überfall festgenommen worden. Über die weiteren Konsequenzen stand nichts in den Akten.

Noch schwieriger war es mit seiner Mutter, da fand sich kaum eine Spur. Nur auf Shaws Bußgeldbescheid wegen ungebührlichen Benehmens war als Mittäterin eine Linda Betty Maddox vermerkt.

Colton erinnerte sich sehr genau an den Brief des Detektivs, insbesondere den letzten Absatz:

> Solange Sie uns nicht mehr Informationen über die gesuchte Person geben können, besteht keine Aussicht, sie zu finden. Können Sie uns Angaben machen über ihr Alter, den Geburtsort, die Namen der Eltern und Geschwister, die früheren Schul- oder Ausbildungsadressen, den Ort und das Datum der Eheschließung? Haben Sie irgendwelche Informationen aus der jüngsten Vergangenheit? Ohne solche Auskünfte können wir die Spur nicht aufnehmen. Es besteht dann keine Hoffnung, die Gesuchte ausfindig zu machen.

Keine Hoffnung, sie zu finden. Colton lebte damals unter dem Namen Fry in Oklahoma City. Er hatte sich sofort auf den Weg nach Bakersfield gemacht. Zwei lange, anstrengende Tage und Nächte auf dem Highway.

In Nevada begannen die Zweifel, ob sein Name überhaupt Fry wäre. Vielleicht hieß er in Wirklichkeit Maddox? Er erinnerte sich dunkel an Fry – rundes, dunkles, pockennarbiges Gesicht, mürrischer, verdrossener Mund, ziemlich dickbäuchig. Sie hatten mit ihm zusammen in San Jose gelebt. Colton war dort als Colton Fry zur Schule gegangen. Er hatte geglaubt, Fry wäre sein Vater. Aber vielleicht war das doch ein gewisser Maddox? Colton konnte sich allerdings nicht an einen Mann dieses Namens erinnern.

Irgendwo westlich von Las Vegas hatte er beschlossen, sich einen neutralen Namen zuzulegen. Er wollte ihn so lange tragen, bis er seine Mutter gefunden hatte. Sie würde ihm den richtigen Namen sagen. Und ihm von seinem Vater und seinen Großeltern erzählen. Und von der Heimat der Familie. Sicher ein kleines Städtchen. Auf dem Friedhof standen die Grabsteine seiner Familie. Sobald er seine Mutter gefunden hatte, wußte er endlich, wer er wirklich war. Bis dahin wollte er nicht Fry oder Maddox heißen, sondern sich selbst einen Namen aussuchen. Einen schlichten Namen. Er entschied sich für Wolf.

Der Kaffee brodelte. Durch die Aluminiumwand des Wohnwagens drang das Dröhnen einer Lastwagenfanfare vom Highway herüber. Colton nahm nichts davon wahr. Erinnerungen hielten ihn gefangen. Er dachte daran zurück, wie er seinerzeit in Bakersfield angekommen und in die altvertraute Gegend gefahren war. Die Mexikanerin hatte die Tür geöffnet, aber sie sprach kein Englisch. Ihre Tochter hatte übersetzt. Nein, von einer schlanken, blauäugigen, blonden Frau namens Linda Betty wußte man nichts, ebensowenig von einem vierschrötigen, stämmigen Mann namens Buddy Shaw. Colton sah das Mädchen, das bei seinen Fragen immer nervöser geworden war, wieder deutlich vor sich. Auch die bröckelnden Betonstufen zur Veranda hatte er wieder vor Augen. Sie hatten eigentlich schon genauso ausgesehen, als er elf Jahre alt war und dort, wenn Buddy Shaw und seine Mutter betrunken waren, nächtelang gesessen und darauf gewartet hatte, daß Shaw sich endlich schlafen legte, damit er ins Haus schlüpfen konnte.

Colton hatte damals neben seinem Pickup gestanden und zum

Haus zurückgeschaut. Das schüttere Gras, an das er sich erinnerte, gab es nicht mehr. In einem der Fenster war das Glas durch eine Sperrholzplatte ersetzt worden. Aber sonst sah das Haus unverändert aus. Er hatte es zum letztenmal am Tag nach seinem zwölften Geburtstag gesehen. Das war der letzte gewesen, an dem er ein Zuhause hatte. Der Klassenkamerad, bei dem er anschließend eine Weile untergekrochen war, hatte eines Tages gesagt, er könnte nicht länger bei ihnen übernachten. So hatte er sich also auf den Weg gemacht und inständig gehofft, daß Buddy Shaw endlich wieder nüchtern wäre und ihn ins Haus lassen würde. Er war zum Haus geschlichen und hatte vorsichtig durch die Fenster gespäht.

Das Haus war leer. Mutters Töpfe in der Küche, ihr Krimskrams im Badezimmer – alles verschwunden. Nur in dem Zimmer, in dem er geschlafen hatte, lagen noch seine Sachen. Die Bettwäsche auf seinem Klappbett war abgezogen. Aber die blaue Jacke, die ihm seine Mutter irgendwoher besorgt hatte, hing noch am Wandhaken. Ebenso seine Baseballmütze. Auch seine Comics lagen noch herum. Colton hatte eine Scheibe eingeschlagen, sich dabei in seiner Hast an der Hand verletzt und war ins Haus eingestiegen. Es war nichts mehr da außer den Möbeln, die schon bei ihrem Einzug im Haus gewesen waren, und seinen Sachen.

Colton Wolf drückte sich tiefer in den Sessel. Das ganze Entsetzen, das ihn bei dieser Entdeckung überfallen hatte, packte ihn erneut. Die panische Verwirrung, die furchtbare Erkenntnis, verlassen und verstoßen zu sein, das schreckliche Gefühl hoffnungsloser Einsamkeit. Wo war die Mutter hingegangen? Wie konnte er sie wiederfinden? Warum war sie weggegangen?

Die Kaffeemaschine gab ein letztes Zischen und Glucksen von sich, der Kaffee war fertig. Aber wenn er es überhaupt gehört hatte, ignorierte Colton Wolf das Geräusch. Tief in Gedanken versunken, grübelte er über dieselben Fragen nach, die er sich vor neunzehn Jahren gestellt hatte.

Kurz nach halb zwei stand er aus dem Sessel auf und goß sich einen Becher Kaffee ein. Mit dem Becher in der Hand ging er zum Pickup. Den Kaffee trank er während der Fahrt. Er fuhr zu einer Telefonzelle an der Central Avenue und erledigte den Anruf. Dazu wählte er die Vorwahl von El Paso, Texas, danach langsam die Nummer, die er vom Zettel abgelesen und entschlüsselt hatte. Der Sekundenzeiger seiner Uhr näherte sich jetzt 14.10 Uhr. Er wählte die letzte Zahl und steckte die Münzen in den Automaten. Drei Sekunden vor der genauen Zeit ertönte der erste Rufton.

Die Reaktion kam prompt. «Hier ist Boxholder», sagte eine Stimme. Das übliche Codewort zwischen ihnen.

«Okay», sagte Colton. «Hier ist ebenfalls Boxholder.»

«Wir haben einen weiteren Auftrag in New Mexico», sagte die Stimme. «Ich glaube, da ist eins zum anderen gekommen.»

«Derselbe Auftraggeber?» wollte Colton wissen.

Stille. Dann endlich: «Wir sprechen niemals über die Auftraggeber, das sollte doch endlich klar sein.»

«'tschuldigung», murmelte Colton.

«Die Bedingungen sind wieder fast genau dieselben. Die Zielperson ist unbewacht. Die Sache eilt.»

«Wie sehr?» Colton schätzte es gar nicht, unter Zeitdruck zu arbeiten. Entsprechend frostig klang seine Frage.

«Keine Terminarbeit. Einfach nur: je eher, desto besser. Mit jedem Tag wird das Risiko größer. Je später, um so schlechter.»

«Ich hasse es, Dinge überstürzt zu erledigen. Da geht meistens was schief.»

«Sie müssen die Sache nicht übernehmen. Vielleicht wäre es sogar besser, wenn wir einen anderen damit beauftragten. Aber ich weiß ja, daß Sie den ursprünglichen Auftrag noch zu Ende bringen wollen, und das führt Sie sowieso nach Albuquerque, und...»

«Ich denke, daß ich die andere Sache in etwa vierundzwanzig Stunden erledigt habe. Vielleicht heute abend schon.»

«Gut, nur dazu sind wir verpflichtet. Wenn das erledigt ist, haben wir den Vertrag erfüllt.» Boxholders Stimme ging plötzlich in ein glucksendes Lachen über. «Hat ja wohl ein bißchen länger gedauert, als alle dachten. Aber was soll's, das macht nichts.» Schweigen. Dann: «Ich kann mir vorstellen, daß Sie diesen Leuten zeigen wollen, wie gut Sie normalerweise sind, oder?»

Colton verzog das Gesicht. Boxholder ging davon aus, daß ein unzufriedener Auftraggeber ihm, Colton Wolf, keine Ruhe lassen würde. Womit er recht hatte. Boxholder glaubte auch, daß er sehr stolz auf seine bisherige Arbeit war. Und auch damit hatte er recht. «Okay», sagte er schließlich, «nennen Sie mir die Einzelheiten.»

Das tat Boxholder. Dann klärten sie noch Zeitpunkt und Telefonnummer für Coltons Vollzugsmeldung.

Colton mußte jetzt drei Stunden totschlagen. Er spazierte in der

Stadt umher. Dabei warf er den Brief an das Detektivbüro Webster ein. Der Brief enthielt seinen Scheck über 1087,50 Dollar und einen Zettel mit dem Vorschlag, die Detektei solle doch in allen Zeitungen an der Westküste Anzeigen veröffentlichen, in denen Linda Shaw/Fry/Maddox aufgefordert wurde, sich bei Webster zu melden. Er dehnte den Spaziergang noch eine Weile aus.

Schließlich setzte er sich auf eine Bank bei einer Bushaltestelle. Er beobachtete Schüler, die auf dem Heimweg den nahe gelegenen Fußgängerüberweg benutzten. Die meisten waren jünger als fünfzehn Jahre und kamen, in lautstarke Gespräche verwickelt, grüppchenweise daher. Einmal überquerte ein Junge ganz allein den Zebrastreifen. Colton dachte sich, daß er wohl erst vor kurzem in diese Gegend gezogen wäre und noch keinen Anschluß an die anderen gefunden hätte. Denn wenn man irgendwo neu ist, kann man sich nicht so schnell mit jemandem anfreunden, weil alle schon ihre festen Freunde haben.

Als er acht Jahre alt gewesen war, hatten sie fast ein Jahr lang in San Diego gewohnt, immer im selben Apartment, und dort hatte er einen Freund gehabt. Und mit vierzehn, als er lange genug in der Besserungsanstalt in Taylorville gewesen war, hatte er auch die eine oder andere Freundschaft geschlossen. Aber das war etwas anderes. In einer solchen Anstalt kannte am Anfang keiner einen anderen, alle suchten Kontakt. Taylorville war gar nicht so schlecht gewesen, und er hatte Glück gehabt, daß man ihn zur Verbüßung der zweiten Strafe wieder dorthin gesteckt hatte. In Taylorville hielt man einem wenigstens die Schwulen vom Leib, anders als in Folsom, wo er die Strafe wegen bewaffneten Raubüberfalls abgesessen hatte.

Schließlich war es spät genug geworden. Er rief in der Klinik der Universität von New Mexico an und fragte nach Mrs. Myers von der Station für Schwerkranke.

Ihre Stimme war sanft wie immer: «Es tut mir sehr leid, aber es ist alles vorbei. Er lag schon den ganzen Tag im Koma, und irgendwann hat das Herz versagt.»

«Nun, man muß eben einen tieferen Sinn darin sehen.»

«Das ist wahr», gab ihm Mrs. Myers recht, «aber es ist doch jedesmal ein Schock.»

«Ja», sagte Colton. Es überraschte ihn selbst, daß er nach Worten suchte, um die Unterhaltung auszudehnen. Dafür gab es jetzt keinen Grund mehr.

Er war fertig mit Mrs. Myers. Nach mehr als zwei Monaten mit häufigen, sorgfältig vorbereiteten Anrufen war das das letzte Telefongespräch mit ihr.

Zuerst hatte er den Namen der Schwester festgestellt, die die Abendschicht auf der Krebsstation hatte. Er hatte ihn von der Klinikverwaltung erfahren, indem er vorgab, er wollte ihr einen Dankesbrief schreiben. Und als er dann beim ersten Anruf herausfinden wollte, wie es um den Patienten stand, hatte er gesagt: «Sind Sie übrigens Mrs. Myers? Er hat mir viel von Ihnen erzählt, vor allem auch, wie freundlich Sie zu ihm sind. Dafür möchte ich Ihnen ganz herzlich danken.» Damit waren die Weichen gestellt. Colton sprach selten mit anderen Leuten, aber er wußte sehr gut, wie man das macht. Er hatte es sich im Fernsehen abgeguckt und stets aufmerksam Gespräche in Restaurants, auf Flugplätzen und beim Anstehen nach Kinokarten verfolgt, überall dort, wo Leute miteinander redeten. Hin und wieder übte er sich auch in Konversation, mit Taxifahrern oder mit den Callgirls, die er zweimal im Monat in Motels traf. Aber er sprach ganz selten mehr als einmal mit derselben Person, außer natürlich mit Boxholder. Nach so vielen Gesprächen mit Mrs. Myers fragte er sich ab und zu, wie sie wohl aussähe und was für ein Typ sie wäre – dieselben Fragen, die er sich auch über Boxholder stellte. Eines Abends war er sogar versucht gewesen, einfach in die Klinik zu gehen und einen Blick auf Mrs. Myers zu werfen. Aber das wäre mit einem Risiko verbunden gewesen, und Colton Wolf ging nie ein Risiko ein.

«Nun denn», sagte er noch einmal, «jedenfalls danke ich Ihnen herzlich.» Dann legte er auf.

9

Colton verließ den Wohnwagen, als auf Kanal 7 gerade die Zehn-Uhr-Nachrichten begannen. Er trug eine schwarze Hose, einen schwarzen Pullover und Schuhe mit Kreppsohlen. Normalerweise trug er keine Kopfbedeckung, aber heute abend hatte er eine nachtblaue Wollmütze über das strohblonde Haar gezogen. Er hatte eine Pilotentasche dabei mit einem Klappspaten, einer grünen Decke, einem weißen Baumwollmantel mit dem Aufdruck *Strong-Thorne-*

Bestattungen und einen Satz Autokennzeichen von New Mexico. Nach dem Telefongespräch war er zum Flughafen von Albuquerque gefahren, hatte auf dem Parkplatz für Langzeitparker die Nummernschilder von einem Auto abmontiert und durch andere Kennzeichen ersetzt, die von einem etwas entfernt parkenden Wagen stammten. Wenn der Diebstahl gemeldet wurde, jagte die Polizei erst mal das falsche Fahrzeug.

Er fuhr wieder zum Flughafen, stellte den Pickup im Parkhaus ab und mietete sich bei Hertz einen Chevrolet Kombi. Dabei wies er sich durch einen Führerschein und eine Kreditkarte als Charles Minton mit einer Postfachadresse in Dallas aus. Danach fuhr er auf der Interstate 25 nach Süden, an der Ausfahrt Rio Bravo bog er nach Westen ab. Er fuhr sehr langsam und behielt die zurückgelegte Entfernung auf dem Tageskilometerzähler im Auge.

In der Nähe des Flusses bog er von der asphaltierten Straße auf einen schmalen Feldweg ab. Er hielt an, schaltete die Innenbeleuchtung so, daß sie beim Öffnen der Tür nicht anging, und stieg aus. Er montierte die Hertz-Nummernschilder ab und ersetzte sie durch die gestohlenen.

Es war jetzt kurz nach 23.00 Uhr. Eine wolkenlose Nacht mit mildem Halbmondlicht. Colton fuhr weiter. Der Feldweg schlängelte sich auf das Gattertor eines Weidezauns zu, dahinter teilte er sich. Colton hielt sich links. Der Weg verkümmerte zu zwei Radspuren, die in vielen Windungen durch die Pappeln im schlammigen Tal des Rio Grande, dann auf polternden Brückenplanken über einen Bewässerungskanal und schließlich steil bergab führten. Etwa hundert holperige Meter hinter dem Kanal hielt Colton an.

Im Scheinwerferlicht das Gerippe eines alten Ford, völlig verrostet, durchsiebt von Hunderten von Einschußlöchern. Dahinter das Wrack eines anderen Autos, ebenfalls voller Einschußspuren. Frustrierte Jäger schienen seit Jahren ihren Zorn über fehlendes Jagdglück an den Blechhaufen auszulassen. Überall Schrott und Müll. Eine verrottete Matratze, ein Kühlschrankgehäuse, Dosen, Flaschen, Pappkartons, alte Lumpen, zerrissene Dachpappe, dazwischen wucherte Gestrüpp.

Colton schaltete das Licht und den Motor aus und kurbelte an beiden Seiten die Wagenfenster herunter. Bewegungslos blieb er etwa zehn Minuten im Wagen sitzen. Er hörte das Ticken des abkühlenden Motors und hin und wieder das Röhren schwerer Dieselmotoren auf der Interstate hoch über dem Tal. Die Nacht war windstill. Er hörte keine anderen Geräusche. Zufrieden nahm er den Klappspaten aus der Pilotentasche und stieg aus.

Er zog die alte Matratze zur Seite und begann da, wo sie gelegen hatte, zu graben. Sorgfältig häufte er den Aushub ringsum auf. Die lehmige, aber lockere Erde machte keine Schwierigkeiten, trotz der Dunkelheit kam er zügig voran. Er brauchte eine Grube von etwa 1,90 Meter Länge und 1,20 Meter Tiefe.

10

Colton kam etwa um zwei Uhr morgens auf dem Parkplatz der Universität von New Mexico an. Er hatte das Gelände bereits vorher erkundet, aber seitdem waren zwei Wochen vergangen. Falls sich etwas verändert hatte, wollte Colton das rechtzeitig wissen. Er zog die Windjacke aus und streifte den weißen Mantel des Bestattungsinstituts über. Die Frau hinter dem Schalter in der großen Eingangshalle sah nicht von ihrer Lektüre auf, als Colton das Gebäude betrat. Auf dem Weg zu den Aufzügen begegnete ihm niemand, auch die Halle im zweiten Stock war leer.

So weit, so gut. Aber an der Tür zum morphologischen Labor am Ende der Vorhalle hing ein Pappschild: *Morphologisches Labor verlegt ins Staatliche Laborgebäude.* Colton starrte auf das Schild. Ein kurzes enttäuschtes Schnaufen, dann bog er rasch um die Ecke, auf die breite Eingangstür der Leichenhalle zu. Immer noch dieselben Sperrholzplatten, die den Türrahmen vor Schrammen schützen sollten, wenn die Leichenkarren dagegen rempelten. Wie erwartet war die Tür verschlossen.

Hatte man die Leichenhalle zusammen mit dem Autopsielabor in das andere Gebäude verlegt? Aber die Klinik brauchte doch einen Raum, um Verstorbene wenigstens über Nacht aufbewahren zu können. Colton zog aus einer versteckten Lasche im Hosenaufschlag eine schmale Stahlklinge. Damit öffnete er die Tür so schnell wie mit einem Schlüssel. Er schloß die Tür hinter sich, den Lichtschalter fand er auch im Dunkeln. Drei Leichenwagen standen an der Wand, alle leer. Daneben die Chromtür zum Kühlraum, Colton öffnete sie. Zwei Leichenwagen standen in der Mitte des Raumes.

Auf beiden zeichneten sich unter den weißen Tüchern menschliche Körper ab. Colton las das Schild an der ersten Bahre. Es wies den Toten aus als Randy A. Johnson, 23 Jahre alt, Roswell, New Mexico. Exitus bereits bei Einlieferung. Verletzungen an Kopf und Nacken. Ein Motorradunfall. Colton sah sich das Schild am zweiten Wagen an. Darauf stand: Emerson Charley. Autopsie. Einlieferung durch die Krebsklinik.

Colton schlug das Leichentuch zurück. Er hatte das Gesicht vorher nur aus der Ferne gesehen. Es war jetzt hohlwangig und vom langen Todeskampf entstellt. Aber er erkannte es wieder. Diesmal würde nichts schiefgehen. Er zog das Tuch wieder über das Gesicht des Toten.

Draußen im Vorraum blieb Colton zunächst stehen und horchte. Ein fernes Dröhnen aus der Wäscherei des Krankenhauses. Sonst war nichts zu hören. Colton sah auf die Uhr. Fünf nach drei. Er entschied sich, nicht zu warten. Die Chancen hätten sich dadurch nicht verbessert.

Um genau 3.14 Uhr hatte er den Kombi vor die Laderampe gefahren. Die Tür zum Lagerraum stand noch einen Spaltbreit auf, so, wie er sie verlassen hatte. Immer noch das Dröhnen aus der Wäscherei. Er ließ die Hecktür des Kombis offen. Fünfundvierzig Schritte von der Tür an der Laderampe bis zur Tür der Leichenhalle. Colton drückte die Tür auf und schlüpfte nach innen.

Neben den Leichenwagen lagen zwei rote Wäschebeutel aus Plastik. Er nahm einen und stopfte ihn unter das Leichentuch, neben den Toten. Dann schob er den Wagen langsam aus dem Kühlraum. Am Ausgang der Leichenhalle blieb er wieder stehen und horchte. Fünfunddreißig Schritte durch den Vorraum und etwa sechzig Sekunden zum Verstauen der Leiche im Kombi.

Im Vorraum herrschte absolute Stille, bis auf das Geräusch der Gummireifen auf den Fliesen. Auf der Laderampe schob Colton den Wagen so weit wie möglich zur Seite, damit man ihn von der Eingangstür nicht sehen konnte.

Zuerst schob er den Wäschebeutel auf die Ladefläche des Kombis. «Komm, mein Freund», sagte er dann leise, wickelte das Tuch fester um den Toten und hob ihn hoch. Die Leichenstarre hatte schon eingesetzt. Der Körper war überraschend leicht. «Also los», sagte Colton. Er schob die Leiche in den Kombi und deckte sie mit der grünen Decke aus der Pilotentasche zu.

Der gefährlichste Teil des Unternehmens war jetzt fast vorbei. Er schloß leise die Hecktür des Kombis und schob den Leichenwagen zurück in den Vorraum. Der Kombi sprang sofort an. Als Colton nach links in die Haupteinfahrt abgebogen war, schaute er in den Rückspiegel. Niemand zu sehen. Niemand hatte ihn gesehen. Alles hatte perfekt geklappt. Er hatte keinerlei Spuren hinterlassen.

Auf dem Weg zurück zum Grab schaltete er einen Sender mit Countrymusik an. Er fühlte sich glücklich wie seit Monaten nicht mehr. Zum erstenmal wieder glücklich, seitdem er Boxholder angerufen und von dem Fehlschlag unterrichtet hatte.

Quälend drängte sich die Erinnerung auf. Zwei Stunden auf dem Flughafen herumsitzen und warten müssen, bis es Zeit war, die Nummer in El Paso zu wählen. Angst vor dem Anruf haben. Bisher hatte er niemals versagt. Von Anfang an – gleich bei der Brandstiftung im Nachtklub in Denver, vor sieben Jahren – hatte er immer nur Erfolge gemeldet. Nicht einfach: erledigt, sondern: perfekt erledigt. Keine Zeugen. Keine Beweise. Keine Spuren. Perfektion. Und dann jedesmal Boxholders warme, freundliche Stimme, wenn er ihm gratulierte.

Diesesmal hatte es keine Glückwünsche gegeben. Zunächst war es still gewesen, dann hatte Boxholder mit frostiger Stimme gesagt: «Geben Sie mir die Telefonnummer, von der aus Sie jetzt anrufen. Bleiben Sie in der Nähe. Ich spreche mit dem Auftraggeber und rufe zurück. Ich erwarte, daß ich Sie sofort erreiche.»

«Sagen Sie ihm, daß ich auf die Bezahlung verzichte», hatte Colton gesagt. «Sagen Sie ihm, daß ich die Panne auf jeden Fall ausbügeln und den Job zu Ende bringen werde.»

«Sie tun zunächst gar nichts und warten auf meinen Anruf.»

Colton hatte gewartet. Länger als vier zermürbende Stunden, bis das Telefon wieder geläutet hatte.

«Ihr Mann hat sich gerade in der Klinik angemeldet, als Sie ihm die Überraschung bereiten wollten, und dort liegt er jetzt. Wir sollen nichts mehr unternehmen, ihn nur im Auge behalten. Und wenn er stirbt, schaffen Sie die Leiche weg. Sie holen sie und sehen zu, daß Sie sie irgendwie loswerden, klar?»

«Großer Gott», hatte Colton gesagt, «ich soll Babysitter für diesen Typ spielen, bis er stirbt?»

«Nicht lange. Er hat Krebs, und zwar die Art, die schnell zum Tod führt.»

«Aber warum sollte ich ihn dann überhaupt...?» Colton ließ den Rest seiner Frage unausgesprochen.

«Vielleicht ging es dem Auftraggeber nicht schnell genug. Kann Ihnen doch egal sein, oder?»

«Ja, Sie haben recht», mußte Colton zugeben.

Aber die Sache war ihm schon damals seltsam und unbegreiflich vorgekommen, und so war es immer noch. Die Leiche holen und wegschaffen. Wirklich ungewöhnlich. Aber er hatte den Auftrag perfekt erledigt. Die Leiche lag im Grab, wie es sich gehörte. Die verrottete Matratze und anderer Müll deckten alles zu. Keiner würde je Emerson Charleys Leiche finden.

Berichtszeit war morgen mittag. Colton freute sich schon darauf. Boxholder würde zufrieden sein.

11

Jim Chee hatte den Zweihundert-Dollar-Scheck von Ben Vines und die fünf Hundert-Dollar-Noten von Mrs. Vines zu einem straffen Zylinder gerollt, wie eine etwas groß geratene Zigarette sah das aus. Jeden Abend vor dem Schlafengehen steckte er diesen Zylinder in einen seiner Schuhe vor dem Bett. Jeden Morgen, nach dem kurzen Gebet zur Begrüßung des heraufziehenden Tages, schüttelte er die Rolle aus dem Schuh und überlegte, was er nun damit anfangen sollte. Was bisher immer nur zu dem Ergebnis geführt hatte, daß er den Zylinder in die Hemdtasche steckte und so der Entscheidung wieder einmal aus dem Wege ging.

Am vierten Morgen merkte Chee, daß der Scheck an einer Ecke auszufransen begann. Er rollte den Zylinder auf, legte den Scheck und die Banknoten nebeneinander auf den Tisch und sah sich beides nachdenklich an. Zweihundert Dollar waren entschieden zuviel für das bißchen Arbeit, das er geleistet hatte. Noch irritierender fand er, daß Mrs. Vines 3000 Dollar für die Wiederbeschaffung eines Kästchens zahlen wollte, das sie selbst gestohlen hatte. Für Leute, die so unvorstellbar reich wie die Vines waren, bedeuteten solche Summen sicher nicht viel. Aber das war genau die Art des Denkens, vor der sein Onkel ihn gewarnt hatte.

«Glaub nur nicht, daß einem Mann eine einzige Ziege nicht viel bedeutet, bloß weil er deren tausend besitzt», hatte Hosteen Nakai gesagt. «Zu den tausend hat er's gebracht, weil sie ihm mehr am Herzen liegen als all seine Verwandten.» Mit anderen Worten: Erwarte ja nicht, daß ein reicher Mann freigebig ist.

Welchen Rat würde ihm sein Onkel jetzt geben, im Zusammenhang mit diesem Geld? Chee lächelte vor sich hin. Er würde ihm gar nichts raten, jedenfalls nicht sofort, sondern ihm zunächst viele Fragen stellen: Wer von den beiden Vines lügt? Was haben sie für einen Grund, so viel Geld zu bieten? Warum halten die Navajos im Chekkerboard Vines für einen Hexer? Glauben sie das tatsächlich? Und wie paßt der Charley-Clan in diese Geschichte? Wenn Chee darauf keine Antwort wußte, würde Hosteen Nakai ihn lächelnd daran erinnern, daß er ihm eindringlich und immer wieder gesagt hatte: Du mußt lernen, die Weißen zu verstehen.

Chee strich mit beiden Zeigefingern die Geldscheine glatt. Rosemary Vines hatte ihn angelogen, zumindest hatte sie nicht die ganze Wahrheit gesagt. Er hob den Scheck hoch und studierte B. J. Vines' markante Unterschrift. Auch Vines hatte ihm fast nur Lügen aufgetischt. Chee faltete den Scheck und steckte ihn ins Kreditkartenfach seiner Brieftasche. Die Scheine schob er ins Geldfach. Er mußte mit Tomas Charley reden, vielleicht war er danach schlauer.

Um aber mit Tomas Charley reden zu können, mußte er ihn erst einmal finden. Becenti hatte sich nur daran erinnert, daß er jenseits vom Checkerboard lebte, östlich der Grenze, irgendwo in der Umgebung des Mount Taylor. Chee führte mehrere Telefongespräche. Kurz vor Mittag hatte er herausgefunden, daß Charley bei der Firma Kerrmac Nukleare Brennstoffe beschäftigt war. Ein Anruf beim Personalbüro in Grants ergab, daß Tomas Charley Fahrer eines Erztransporters war, heute frei hatte, telefonisch zu Hause nicht zu erreichen war und bei der Firma unter der gleichen Adresse eingetragen war, die man Chee schon in der Klinik genannt hatte: eine Postabholer-Anschrift an der Straße zwischen Grants und dem Dorf San Mateo.

Ungefähr 30 Meilen von Crownpoint entfernt, der Luftlinie nach. Aber auf der Straße wurden leicht 90 Meilen daraus. Chee informierte Officer Benny Yazzie, der ihn im Büro vertreten mußte, daß er nicht vor Feierabend zurück wäre.

Während der Fahrt versuchte Chee, die Verse aus dem Lied der Nacht weiter auswendig zu lernen. Er schaltete den Kassettenrecorder ein und ließ das Tonband bis zu der Stelle vorlaufen, wo der Sänger den Geist von Talking God in der heiligen Maske ruft. Auf der Interstate 40 hielt er sich auf der rechten Spur, so daß er durch den Verkehr nicht abgelenkt wurde und aufmerksam zuhören konnte. Erfahrene Trucker, die genau wußten, daß die Tribal Police hier keine Befugnisse hatte, donnerten mit ihren Lastzügen an ihm vorbei. Pkw-Fahrer gingen auf die zulässigen Fünfundfünfzig herunter, wenn sie ihn überholten, und schauten trotzdem noch nervös und verunsichert zu ihm herüber. Chee achtete weder auf die einen noch auf die anderen. Er konzentrierte sich auf den Gesang. Mit fester, sicherer Stimme sang sein Onkel die Worte, die Changing Woman das Volk der Navajos schon bei seiner Erschaffung gelehrt hatte:

> Über den Hügeln des Abends kommt er daher.
> Er schwebt und bewegt, bedeckt mit dem Goldstaub des Abends.
> Talking God schwebt und bewegt, schwebt im Glanz der verglühenden Sonne.
> Er schwebt und bewegt auf dem Pfad der Schönheit.
> Er kommt daher, von Harmonie und Schönheit umgeben.

Chee hatte den Kassettenrecorder auf den Beifahrersitz gestellt. Er schaltete ihn aus, konzentrierte sich kurz und wiederholte die fünf Verse, wobei er sich Mühe gab, sowohl die Noten und den Rhythmus als auch den Sinn der Worte richtig zu treffen. An der Ausfahrt nach Grants war er mit sich zufrieden. Er hatte nun alle Verse der heiligen Maske fest in seinem Gedächtnis gespeichert.

Chees Gedächtnis war überdurchschnittlich gut, selbst nach den Maßstäben eines Volkes, das größten Wert auf das Erinnern legt und die Kinder von frühester Jugend an lehrt, immer wieder das Vergangene in sich wachzurufen. Wegen dieses Talents hatten sie in seiner Familie immer geglaubt, daß er zum *yataalii* berufen wäre. Das Slow Talking Dinee hatte mehr Sänger hervorgebracht als irgendein anderer unter den mehr als sechzig Clans der Navajos. Besonders in der Familie seiner Mutter hatte es überdurchschnittlich viele *yataalii* gegeben. Sein Onkel, der Bruder seiner Mutter, war einer der bekanntesten: Hosteen Frank Sam Nakai, der das Lied der Nacht und den Gesang des Sieges über die Feinde und die wichtigsten Verse aus anderen Gesängen vortragen konnte und hin und wieder am Navajo Community College in Rough Rock Vorlesungen über die Bedeutung von Zeremonien hielt. Er war es auch, der für Chee den Kriegernamen ‹Tiefer Denker› ausgewählt hatte. So war Hosteen Nakai einer der wenigen, die Chees wahres, verborgenes Wesen erkannt hatten. Sein Onkel hatte ihm seinen wirklichen Namen gegeben, aber als Chee ihn gebeten hatte, ihn zu lehren, ein *yataalii* zu werden, hatte Hosteen Nakai das zunächst abgelehnt.

«Da gibt es etwas, was du vorher tun mußt», hatte er gesagt, «weil sonst nichts, was für dein Leben ist, seinen Lauf nehmen kann.» Hosteen Nakai hatte von ihm verlangt, den weißen Mann und dessen Denken zu studieren. Und nachdem er gelernt hätte, die Welt der Weißen zu verstehen – diese fremde Welt, von der das Navajovolk eingeschlossen war, sollte er sich entscheiden, ob er lieber dem Weg des weißen Mannes folgen oder ein Navajo bleiben wollte.

Sein Onkel hatte ihn im Auto mit nach Gallup genommen, in die Railroad Avenue, wo sie aus dem geparkten Wagen die Bars und Kneipen beobachten konnten – und die Navajos und Zunis, die dort ein und aus gingen. Jimmy Chee erinnerte sich gut an diese Eindrücke. An die Frau, die aus der *Turquoise Tavern* kam, und an den Mann mit dem schwarzen Navajohut. Beide waren betrunken und torkelten. Die Frau verlor das Gleichgewicht, er sah noch vor sich, wie sie auf dem Gehweg gelegen hatte, inmitten von Schmutz und Unrat. Der Mann hatte sich schwankend zu ihr hinuntergebeugt, um ihr zu helfen. Dabei war ihm der Hut vom Kopf gerutscht und in den Rinnstein gefallen. Hosteen Nakai hatte die Szene beobachtet, äußerlich beherrscht, doch mit zornfunkelndem Blick.

«Sie können sich nicht entscheiden», hatte er schließlich gesagt. «Der Weg, den Changing Women uns gelehrt hat, ist ihnen zu beschwerlich. Sie erkennen seine Schönheit nicht mehr. Doch die Wege des weißen Mannes verstehen sie auch nicht. Man muß sich aber entscheiden. Es ist heutzutage leicht, ein Weißer zu werden, und es ist schwierig, ein Navajo zu bleiben. Du bist zur Schule gegangen und hast die Möglichkeit, noch mehr zu lernen. Du wirst später leicht einen Job bekommen, wenn du gelernt hast zu erkennen, was für den weißen Mann wichtig ist und was nicht.»

Jimmy Chee hatte damals gesagt, daß er sich schon entschieden hätte. Er wollte als Navajo dem Weg der Harmonie folgen.

Aber Hosteen Nakai hatte diese Entscheidung nicht akzeptiert.

«Du kannst dich erst endgültig entscheiden, wenn du den weißen Mann wirklich verstehst. Es gibt vieles bei den Weißen, was es bei uns nicht gibt. Ein Navajo zu sein, das heißt auch, kein Geld zu haben. Wir werden uns über dieses Thema wieder unterhalten, wenn du älter bist. Wenn du es dann noch willst, werde ich dir mein Wissen weitergeben. Aber vorher mußt du den Weg des weißen Mannes studieren.»

Nun gut, Chee hatte studiert. Nach der Shiprock High School hatte er sich an der University of New Mexico eingeschrieben und Anthropologie, Soziologie und amerikanische Literatur belegt. Und nie hatte er versäumt, die Weißen und ihr Verhalten zu beobachten. Das faszinierte ihn genauso wie die drei Studienfächer. Während der Semesterferien, zu Hause bei seiner Mutter in den Chuska Mountains, unterrichtete Hosteen Nakai ihn im Wissen des Dinee. Schließlich begann sein Onkel, ihn die rituellen Gesänge zu lehren, mit denen die Menschen von Krankheit und Verzweiflung geheilt und zurück auf den Weg der Harmonie geführt werden. Chees ausgezeichnetes Gedächtnis kam ihm dabei sehr zugute.

Auf dem Zubringer von Grants zur abgelegenen Seite der Ambrosia Lake-Uranfelder nahm Chee die Kassette aus dem Recorder und steckte sie in die Hülle zurück. Er mußte sich jetzt darauf konzentrieren, das Haus von Tomas Charley zu finden. Er entdeckte es schließlich ein Stück abseits der schmalen asphaltierten Straße. Ein kleines Haus aus luftgetrockneten Ziegeln, gerade groß genug für zwei Räume. Später war ein Holzanbau mit roten Dachziegeln angebaut worden. Im Vorgarten stand – auf angekohlten Holzbohlen aufgebockt – ein 62er Chevrolet Impala ohne Räder. Chee fuhr den Streifenwagen daneben und wartete im Auto. Wenn jemand zu Hause war und Besucher empfangen wollte, würde er an der Tür auftauchen. Erschien niemand, würde Chee nach einer Höflichkeitsfrist zur Tür gehen und anklopfen.

Die Haustür wurde aufgestoßen. Chee sah, daß ihn jemand durch das Fliegengitter beobachtete. Ein Kind. Chee wartete. Niemand sonst zeigte sich. Chee stieg aus.

«*Ya-tah*», sagte er, und fügte dann «hallo» hinzu.

«Hallo.» Es war ein Junge, ungefähr zwölf Jahre alt.

«Ich suche Tomas Charley.»

«Er ist weggefahren. Holt meine Mutter ab.»

«Und wo?»

«Also – nicht bei uns zu Hause», sagte der Junge. «Meine Mutter webt Teppiche. Onkel Tomas hat sie zur Teppichversteigerung gebracht und holt sie jetzt dort ab.»

«In Crownpoint?»

«Ja. Bestimmt verkauft sie 'ne Menge Teppiche dort.»

Chee lächelte gequält. «Ich habe heute nicht viel Glück», sagte er. «Von Crownpoint komme ich gerade, und jetzt muß ich den ganzen Weg wieder zurückfahren.»

«Wollen Sie sich dort mit meinem Onkel treffen?» fragte der Junge.

«Wenn ich ihn finde, ja. Was für einen Wagen fährt er?»

«Einen 75er Ford Pickup, einen F-150, blau. Wenn Sie ihn treffen, sagen Sie ihm bitte, daß jemand da war, der vielleicht den alten Chevy kaufen will. Onkel Tomas war gerade weg, als der Mann kam. Sagen Sie ihm, daß der Mann ihn sprechen wollte?»

«Mach ich», versprach Chee. «Noch was?»

«Der Mann will versuchen, ob er Onkel Tomas vielleicht noch auf der Versteigerung trifft. So 'n Blonder. Hat 'ne gelbe Jacke an. Er sagt, er will sich auf der Versteigerung nach Onkel Tomas umsehen.»

«Okay», sagte Chee. Er musterte das alte Auto mit ganz neuem Interesse. An den bloßliegenden Bremstrommeln fraß der Rost, die Polsterung der Rücksitze war zerfetzt.

Tomas Charleys Neffe war wohl allzu leichtgläubig. Niemand nahm den weiten Weg nach Crownpoint in Kauf, um über so einen Schrotthaufen zu verhandeln.

12

Es war nach Sonnenuntergang, als Chee am Tribal Police Office in Crownpoint vorbeifuhr. Im Gebäude brannte kein Licht. Am anderen Ortsende, auf dem Parkplatz der Grundschule, standen rund zweihundert Fahrzeuge, ein Zeichen dafür, daß die Novemberauktion der Teppichweber gut besucht war. Chee sah sich um und fand nach kurzem Suchen den blauen Ford 150 Pickup, der Tomas Charley gehören mußte. Daneben parkte ein Plymouth. Grün und weiß, so hatte der Junge den Wagen des angeblichen Kaufinteressenten beschrieben. Chee sah sich das Fahrzeug genauer an. Der Wagen war fast neu, er hatte weniger als dreitausend Meilen auf dem Tacho. Ein Aufkleber auf dem Armaturenbrett wies ihn als Leihwagen der Firma Hertz vom Flughafen Albuquerque aus.

Im Schulgebäude stand die Luft. Weiß der Himmel, wie viele Düfte sich hier vermischten. Es roch nach geröstetem Brot, nach Bohnerwachs, Tafelkreide, gekochtem Hammelfleisch mit rotem Chili, nach Schafwolle, nach Pferden und nach Menschen. In der Aula der Schule schlenderten etwa hundert Kauflustige zwischen den Verkaufstischen mit Teppichen umher und notierten sich die Versteigerungsnummern günstiger Angebote. Zu dieser Zeit saßen die meisten Leute wahrscheinlich in der Cafeteria und aßen die traditionellen Tacos der Navajos – dünne Tortillas, mit einer atemberaubend scharfen Mischung aus geschmortem Hammel und Chilipfeffer. Chee blieb nahe dem Eingang stehen und ließ den Blick durch den Saal schweifen. Er kannte Charley nicht, nur Becentis skizzenhafte Beschreibung gab ihm eine ungefähre Vorstellung. Aber ein gelernter Polizist geht eben, wenn er einen Saal voller Leute mustert, methodisch vor, reine Routine.

«Suchen Sie jemanden?»

Eine junge Frau im blauen Rollkragenpullover hatte ihn angesprochen. Die Frau war schlank, der Pullover sehr weit. Schade, ein Lächeln wollte sie sich wohl nicht abringen.

«Ich versuche, einen Mann namens Tomas Charley zu finden», sagte Chee. «Das Dumme ist nur, daß ich nicht weiß, wie er aussieht.»

Das Gesicht der Frau war oval, umrahmt von blondem Haar. Ihre großen blauen Augen musterten Chee ohne Scheu. Sie sah ausgesprochen gut aus. Frauen dieses Typs waren ihm häufig an der Universität von New Mexico begegnet. Am häufigsten unter angloamerikanischen Studentinnen, die Kurse über die Ethnologie der amerikanischen Urbevölkerung belegt hatten. Diese Kurse waren bei den Anglos, vor allem bei den weiblichen Studenten, sehr beliebt. Gut möglich, daß sie mit der Einschreibung rassisch-ethnische Schuldgefühle abreagieren wollten. Chee hatte aber auch bemerkt, daß das Interesse dieser Studentinnen eher indianischen Männern als indianischer Mythologie galt. Ihre Augen schienen zu fragen, ob Indianer denn wirklich so anders wären als die blonden Jungen, mit denen die Mädchen aufgewachsen waren. In den Augen der Frau mit dem

Rollkragenpullover las er dieselbe Frage. Das heißt, er bildete es sich ein. Aber – da war noch etwas anderes. Nur, was?

Er lächelte sie an. «Wenn man nicht weiß, wie jemand aussieht, ist es ziemlich schwierig, ihn zu finden.»

«Warum gehen Sie dann nicht einfach wieder und lassen ihn in Ruhe?» fragte sie. «Warum sind Sie hinter ihm her?»

Chees Lächeln verschwand. «Ich habe eine Nachricht für ihn von seinem Neffen. Jemand will sein altes Auto kaufen und...»

«Ach so.» Die junge Frau war verlegen. «Ich sollte wohl besser keine voreiligen Schlüsse ziehen. Tut mir leid. Zumal ich Ihnen sowieso nicht weiterhelfen kann.»

«Tja, da muß ich mich eben durchfragen.» Ihre Abneigung gegen Polizisten war auch eine Standardreaktion. Chee hatte sie bei vielen Anglos kennengelernt, auf die das Navajoreservat eine magische Anziehungskraft zu haben schien. Fast hätte man denken können, daß es irgendwo eine staatliche Agentur gab, die nichts anderes zu tun hatte, als Sozialarbeitern einzutrichtern, Polizisten wären samt und sonders böse Menschen und die übelsten Burschen rotteten sich bei der Navajo Tribal Police zusammen.

«Sind Sie vom Bureau of Indian Affairs?» fragte er.

«Nein», antwortete sie, «ich arbeite bei der Kooperative der Weber mit.» Sie deutete flüchtig auf den Abrechnungstisch, wo zwei Navajofrauen Papierstapel durchsahen. «Hauptamtlich bin ich Lehrerin an der hiesigen Schule. Englisch und Sozialkunde, fünfte Klasse.» Die Feindseligkeit, die er noch vor wenigen Minuten in ihren Augen erkannt hatte, war verschwunden. Jetzt stand nur noch Neugier darin geschrieben.

«Ich bin Jim Chee», sagte er und hielt ihr die Hand hin. «Ich gehöre zur hiesigen Polizeistation. Noch ziemlich neu hier.»

Sie nahm seine Hand. «Ich hab's an der Uniform gesehen. Mein Name ist Mary Landon. Ich bin auch neu hier. Ich komme aus Wisconsin, aber ich habe im vergangenen Frühjahr schon ein paar Wochen lang an der Laguna Pueblo School unterrichtet.»

Chee fühlte ihre Hand schmal und kühl in seiner, dann wurde sie schnell weggezogen.

«Ich muß zurück an die Arbeit», sagte Mary Landon, und schon war sie im Gewühl verschwunden.

Daß Charley tatsächlich da war, erfuhr Chee erst eine halbe Stunde später. Wenn es eilig gewesen wäre, hätte er natürlich schneller ans Ziel kommen können. Aber Chee hatte sich vor allem damit beschäftigt, einen allgemeinen Eindruck von den Leuten zu gewinnen, die in seinem Zuständigkeitsbereich wohnten.

Und dann stand plötzlich Mary Landon wieder neben ihm. «Da drüben, das ist er», sagte sie, «der im schwarz-rot karierten Mantel, mit dem schwarzen Filzhut.»

«Danke», sagte Chee. Mary Landon lächelte immer noch nicht.

Tomas Charley war allein, stand mit dem Rücken an die Wand gelehnt und schien jemanden in der Menge zu beobachten. Mary Landon sagte noch irgend etwas, aber Chee hörte es nicht mehr. Er hatte schon Charley im Visier.

Tomas Charley war ein kleiner Mann, nicht viel größer als eins fünfundsechzig, ein hageres Leichtgewicht. Sein Gesicht war hohlwangig, die Augen tief eingesunken, unter dem Hutrand sah eine flache Stirn hervor. Er wirkte angestrengt wachsam, wie auf dem Sprung. Plötzlich nahm er Chee wahr. Er schaute schnell weg, aber Sekunden später richtete er den Blick wieder auf Chee, diesmal lange und forschend. Becenti hatte Tomas Charley einen Verrückten genannt, einen Fanatiker. Die kleinen schwarzen Augen ließen tatsächlich an jemanden denken, der Visionen hat. Um so einen Mann zum Reden zu bringen, mußte man vorsichtig vorgehen und Glück haben.

Wie sich aber herausstellte, war diese Einschätzung falsch. Sie redeten zuerst eine Weile über die Teppichauktion und die anhaltende Trockenheit. Nur ganz behutsam lenkte Chee, neben Charley an die Wand gelehnt, die Konversation in die gewünschte Richtung. Der Auktionator, ein rotwangiger Weißer mit westtexanischem Dialekt, hatte sein Geschäft wieder aufgenommen. Chee war mittlerweile beim Thema Kompetenzstreitigkeiten zwischen der Navajopolizei und den weißen Sheriffs im allgemeinen und Sheriff Sena im besonderen angekommen. Der erste Teppich wurde für fünfundsechzig Dollar versteigert. Die Gebote für den zweiten blieben bei hundertzehn Dollar stecken. Das genügte dem Auktionator nicht, er legte den Teppich beiseite und machte Witzchen über den Geiz des Publikums. Dann hob er den Teppich plötzlich wieder hoch, verlangte hundertfünfundfünfzig Dollar dafür und bekam sie auch.

Chee erzählte von Mrs. Vines' überzogenem Angebot, von ihren Aussagen über den Einbruch, von seiner Entscheidung, sich aus der Sache herauszuhalten, und davon, daß B. J. Vines den Auftrag seiner Frau widerrufen hatte. Das Gespräch wurde immer mehr zum Monolog, Tomas Charley flocht nur selten eine Bemerkung ein.

«Dieser Einbruch geht mich nun nichts mehr an», sagte Chee. «Mir ist egal, wer da lange Finger gemacht hat.» Er grinste Charley an. «Ich weiß, wer in Vines' Haus eingestiegen ist und das Kästchen geklaut hat, und du weißt es auch. Andere, zum Beispiel Gordo Sena, werden es nie erfahren. Ich will nur wissen, was in dem Kästchen war, das ist alles.»

Charley sagte nichts. Chee wartete. Beim fünften Teppich gab es hektische Gebote. Er ging schließlich für zweihundertvierzig Dollar weg.

«Ich bin ziemlich neugierig geworden», sagte Chee nach einer Weile. «Da ist doch einiges faul mit B. J. Vines. Und mit Gordo Sena. Und auch mit Mrs. Vines.»

Charley sah Chee an, dann wandte er den Blick ab. Er hatte die Arme vor der Brust gekreuzt. Aber Chee bemerkte, daß die Finger der linken Hand nervös auf den rechten Arm trommelten.

«Warum hat Vines deinen Großvater bei seinem Haus begraben? Ist das nicht ziemlich ungewöhnlich? Warum hat jemand versucht, deinen Vater zu ermorden? Warum wollte Mrs. Vines unbedingt, daß ich dieses alte Kästchen ihres Mannes wiederfinde? Warum soll ich es nun auf einmal nicht mehr wiederfinden? Und warum lag Gordo Sena so viel daran, daß ich mich aus der Sache raushalte?»

Die letzte Frage stellte Chee besonders eindringlich. Die Finger hörten zu trommeln auf. Charley verzog trotzig den Mund.

«Es kümmert mich verdammt wenig, daß du in Vines' Haus eingedrungen bist und irgendwas geklaut hast. Ist nicht mein Bier. Aber was, zum Teufel, war in dem Kästchen?»

«Steine», sagte Tomas Charley, «schwarze Steinbrocken.»

Chee wurde klar, daß er nie ernsthaft darüber nachgedacht hatte, was eigentlich in dem Kästchen sein könnte. Auf diese Antwort war er überhaupt nicht gefaßt. Er ließ sich das eine Weile durch den Kopf gehen, dann fragte er: «Keine Papiere? Nicht irgend etwas Geschriebenes?»

«Fast nur Steinbrocken», sagte Charley.

«Und was noch?»

«Ein paar Orden. Zeug aus dem Krieg. Lauter so 'n Kram.» Charley zuckte die Achseln.

«Erzähl's mir genauer.»

Charley sah ihn verblüfft an. «Na ja», begann er aufzuzählen, «im Deckel war eine kleine Karte mit dem Namen und der Adresse von Vines eingeklebt. Drei Orden lagen drin. Den einen kenn ich, das Purple Heart. Die beiden anderen sahen wie Sterne aus. Der eine aus irgendeinem braunen Metall, der andere so ähnlich, nur mit einem kleinen silbernen Stern in der Mitte. Dann ein paar Abzeichen, wie sie Fallschirmjäger tragen. Und ein Divisionswappen mit einem Adlerkopf. Und silberne Dienstgradabzeichen, wie sie Lieutenants in der Army haben.» Charley überlegte. «Und Fotos. Eins von einem Mädchen und eins von einem Mann und einer Frau neben einem alten Auto. Und dann eben die schwarzen Steinbrokken.» Charley schwieg, die Aufzählung war jetzt vollständig.

«Sonst nichts?» fragte Chee. «Du warst doch hinter irgendwas her? Was war das?»

Charley zuckte die Achseln.

«Das Glück?» fragte Chee.

Charleys Miene verfinsterte sich. «Vines war ein Hexer», sagte er. Er benutzte nicht das Navajowort für Zauberer, er sagte auch nicht in ihrer Sprache Skinwalker oder Navajowolf. Er gebrauchte eine Bezeichnung aus der Keresansprache – das Wort, mit dem die Laguna und Acoma einen Hexenmeister bezeichnen.

«Das habe ich auch gehört», bestätigte Chee. «Hast du gedacht, in dem Kästchen wäre sein spezieller Fetisch?»

Charley sah Chee an, dann blickte er zur Seite. Sekundenlanges Schweigen. Der Auktionator begann gerade wieder einen neuen Vers seiner rhythmischen Versteigerungslitanei.

«Er war drauf und dran, meinen Vater zu töten. Ich wollte den Fluch umkehren und auf Vines selbst zurücklenken. Und ich dachte, was ich dazu brauche, wäre in dem Kästchen.»

Chee verkniff sich alles, was ihm auf der Zunge lag. Er sagte nicht, «dein Vater stirbt an Krebs» und «das hat nichts mit Hexerei zu tun, das liegt daran, daß Körperzellen unkontrolliert zu wuchern anfangen».

Er sagte das nicht, weil Tomas Charley fest davon überzeugt war, daß die Krankheit seines Vaters etwas mit einem todbringenden Fluch zu tun hätte. Und dann mußte nach dem Glauben der Navajos ein Gesang zelebriert werden, üblicherweise das Lied des Sieges über die Feinde oder der Gesang der Preisgabe. Traditionelle Beschwörungszeremonien, die den bösen Zauber umkehren und gegen den Hexer selbst richten. Allerdings braucht man etwas, was dem Hexer gehört, nur dann kann das Ritual wirksam werden. Aber Tomas Charley war ja zur Hälfte ein Laguna. Er sah Vines, wie die Lagunas einen Zauberer sehen. Wahrscheinlich ganz anders als Chee.

Der Auktionator schloß die begonnene Transaktion ab, indem er einer Frau mit der Auktionskarte 72 den Zuschlag für einen kleinen Teppich mit Edelsteinmuster gab. Chee und Charley lehnten an der Wand und beobachteten die Auktion. Ihre Schultern berührten sich.

«Warum hat Vines deinen Vater verhext? Weißt du das?»

«Vines war nicht immer ein Zauberer», antwortete Charley. «Anfangs, glaube ich, war er ein guter Mensch. Schließlich hat er ja meinen Großvater und unsere Gemeinde unterstützt. Von ihm haben wir unser Totem bekommen, den Maulwurf. Das ist ein mächtiges Totem, es hilft dem Großen Meister Peyote, das Tor zu den Visionen für uns zu öffnen. Vines wollte diesen Totem zurückhaben, nur für sich allein, und deshalb hat er meinen Vater krank gemacht. Und als mein Vater tot war, hat er seinen Leichnam gestohlen.»

Auf der Bühne hob der Auktionator zusammen mit seinem Gehilfen eine gewebte Satteldecke hoch. «Das is 'n Superprachtstück», näselte er in seinem Texanisch. Er tat so, als müßte er ein gewaltiges Gewicht hochstemmen. «Da muß schon ein kräftiger Gaul her, um das Gewicht zu tragen. Ist so dicht gewebt, da geht kein Wasser durch. Ich fang mal mit achtzig an. Achtzig zum ersten. Na, achtzig? Achtzig. Achtzig zum zweiten. Fünfundachtzig. Schon besser! Fünfundachtzig zum ersten. Wer sagt neunzig? Natürlich, jetzt kommen die Kenner. Neunzig zum ersten. Neunzig! Neunzig zum zweiten!»

«Er hat den Leichnam deines Vaters gestohlen?» Chee war verblüfft und verwirrt. Soweit er wußte, hatte Emerson Charley in der vergangenen Woche noch gelebt. Er war todkrank gewesen, aber er hatte noch gelebt. Wie lange war das her? Fünf, sechs Tage? Er starrte Charley an. Der schmale, dünne Mann starrte zurück. Sein Gesicht spiegelte die innere Anspannung wider. Eine Erinnerung schien ihn zu quälen.

«Wann hat Vines die Leiche deines Vaters gestohlen?»

«Vor zwei, drei Tagen. Aus dem Krankenhaus drüben in Albuquerque. Und er hat auch das Maulwurf-Totem wieder.»

«Wie hat er das denn gemacht? Ist er einfach reinmarschiert und mit der Leiche auf der Schulter wieder rausgekommen?»

Charley zuckte die Schultern. «Vines ist ein Hexer. Die vom Krankenhaus haben angerufen und gesagt, mein Vater wäre gestorben. Und was sie mit der Leiche machen sollten? Ich hab gesagt, ich hol sie. Aber als ich hinkam, war Vines schon damit weg. Das ist alles, was ich weiß.»

«Was hat man im Krankenhaus dazu gesagt?»

«Die wußten überhaupt nicht, worum es ging. Nur, daß die Leiche verschwunden war. Da war so ein Krankenpfleger, der hat gemeint, jemand aus der Verwandtschaft hätte ein Beerdigungsinstitut beauftragt, den Toten abzuholen. Er hätte die Leiche, wie sich's gehört, in die Leichenkammer gebracht, hat er gesagt. Und am nächsten Tag wär sie weggewesen. Er hätte sich zuerst nichts dabei gedacht, weil er überzeugt war, ein Beerdigungsunternehmen hätte den Toten abgeholt.»

«Hast du das Verschwinden der Leiche der Polizei gemeldet?»

«Natürlich. Aber die haben nichts unternommen.»

Klar, die Polizei hatte nichts unternommen. Chee konnte sich gut vorstellen, wie sich das abgespielt hatte. Charley kommt ins Polizeigebäude und hat erst mal Mühe, jemanden zu finden, der für die Meldung zuständig ist. Er sagt an der Information, daß er den Diebstahl einer Leiche durch einen Hexer melden will.

Und der Mann an der Information? Hatte der wenigstens verdutzt den Kopf geschüttelt? Oder nur gelangweilt hochgesehen? Was für ein Verbrechen sollte denn da überhaupt vorliegen? Schlimmstenfalls handelte es sich um den Abtransport einer Leiche vor Freigabe durch den Coroner. Wahrscheinlich wieder eine der üblichen Familienfehden: der Tote war schon von einem anderen Verwandten abgeholt worden. Und Tomas Charley hatte wahrscheinlich nicht auf den Tisch geschlagen und Himmel und Hölle in Bewegung gesetzt, um sich Gehör zu verschaffen. Er konnte sich ja denken, was dabei herauskam. Für einen Navajo, der auf sein Recht pochte, hatten die bei der Polizei doch nur ein müdes Lächeln übrig. Und für ihn stand sowieso fest, daß ein Hexer mit der Leiche seines Vaters davongeflogen war.

Eine würdelose Situation, dachte Chee mit aufkeimendem Ärger. Und laut sagte er: «Diese verdammten Mistkerle! Soll ich mich mal um die Sache kümmern?»

Charley dachte nach.

«Weißt du», antwortete er dann, «ich bin halb Acoma und halb Navajo, aber wenn's um Leichen geht, bin ich wohl doch mehr Navajo. Der alte Mann ist gestorben, der Körper bedeutet nichts mehr. Tote Körper bringen höchstens Unheil. Aber meine Mutter ist eine Acoma. Sie will Gewißheit haben, daß der Körper beerdigt ist, wie es sich nach ihrem Glauben gehört. Sie könnte sich nicht damit abfinden, daß ein Zauberer die Leiche hat und sein Unwesen damit treibt.»

«Ich will sehen, was ich tun kann. Warum glaubst du, daß Vines die Leiche hat?»

Charley zögerte. «Das hat was mit unserer Kirche zu tun», sagte er. «Da muß ich weit ausholen, wenn ich das erklären soll.»

Und dann holte er weit aus. Er begann beim Zweiten Weltkrieg, als sein Großvater bei einer Kolonne der Santa-Fe-Eisenbahn gearbeitet und dabei einen Indianer aus Oklahoma kennengelernt hatte, der ihn mit der Native American Church und mit dem großen Meister des Peyote bekannt gemacht hatte. Sein Großvater hatte eine weitere Kirchengemeinde im Checkerboard Country gegründet, und eines Tages hatte der Meister des Peyote das Tor aufgestoßen, so daß Großvater Charley Gott erkannte. Er arbeitete damals in einem Team von Ölsuchern. Gott selbst sprach eines Abends zu ihm. Daß am nächsten Tag Böses geschehen würde, sagte er ihm, und daß er seine Crew warnen müßte und daß niemand zur Arbeit gehen dürfte. Gottes Warnung bestätigte sich, an der Bohrstelle ereignete sich eine schreckliche Explosion, und unter den Navajos und Laguna-Acomas verbreitete sich wie ein Lauffeuer die Kunde von der Vision und der wunderbaren Rettung. Großvaters Gemeinde wuchs sehr schnell. Im folgenden Jahr kamen mehr als zweihundert neue Gläubige zu den Zeremonien des Peyote-Kults. Eines Tages tauchte dann ein weißer Mann auf. Er war Uransucher und hieß Benjamin Vines. Er schloß sich der Gemeinde an, und schon bei einem der ersten Peyote-Trips erzählte er allen, daß der große Meister des Peyote ihn mit einem Traum gesegnet und ihm gezeigt hätte,wo Uranerz zu finden wäre.

«Das alles weiß ich von meinem Vater», fuhr Tomas Charley fort. «Vines ging los und suchte nach dem Uranerz. Und ungefähr einen Monat später kam er zurück und erzählte meinem Großvater, er wäre tatsächlich auf Uran gestoßen, genau an der Stelle, zu der ihn der Meister des Peyote geführt hätte. Sie hielten wieder eine Zeremonie ab, und wieder hatte Vines eine Vision. Diesmal erklärte ihm der

Peyote-Meister, daß er nun schon zwei Wunder für die Kirche meines Großvaters gewirkt hätte, die Rettung der Ölsucher vor der Explosion und das Geleit bei Vines' Suche nach dem Uranerz. Und er sagte auch, Vines wäre ein Auserwählter, und die geretteten Ölsucher wären Auserwählte. Und weil die Segnungen ihren Ursprung im Dunkel der Erde hätten – in einer Ölquelle und in einem Uranerzlager –, sollte die Gemeinde fortan den Maulwurf als Totem haben und ‹Volk der Finsternis› heißen.»

«Und Vines gab deinem Großvater einen Maulwurf-Fetisch?»

«Das war etwas später. Sie konnten eine Weile kein Zeremoniell abhalten, weil die Navajo Tribal Police und das Bureau of Indian Affairs jeden einlochten, der nach Peyote roch. Gordo Sena verfolgte ja sowieso jeden, der zur Kirche meines Großvaters gehörte. Aber dann hatten sie doch wieder ein Zeremoniell an einem geheimen Ort, und Vines übergab feierlich die Maulwurf-Fetische an meinen Großvater und die anderen Männer, die der Meister des Peyote vor der Explosion gerettet hatte.» Einen Augenblick lang schwieg er, dann sagte Charley: «Das alles ist passiert, bevor Vines ein Hexer wurde.»

«Wie ist es denn dazu gekommen?» fragte Chee.

«Zunächst wurde mein Großvater krank. Man hielt einen Gesang für ihn ab, aber der wirkte nicht richtig. Er ging ins Krankenhaus. Mehrmals. Schließlich aber starb er. Vines beerdigte ihn bei seinem Haus, das er damals gerade baute. Mit meinem Großvater schlief auch die Kirche ein, mehrere Jahre lang. Dann erweckte mein Vater sie zu neuem Leben. Vines wollte meinen Vater dazu überreden, ihm das Medizinbündel und das Kästchen mit all den Sachen zur Beschwörung des Peyote-Meisters zu geben – und die Maulwurf-Totems und überhaupt alle heiligen Dinge der Kirche. Aber mein Vater hat das natürlich nicht hergegeben. Seitdem ist Vines nie wieder zu einer Zeremonie gekommen.»

Das schien das Ende der Geschichte zu sein. Charley lehnte an der Wand, den Blick auf die Auktionsbühne gerichtet, wo der Texaner gerade für fünfundvierzig Dollar einen kleinen *yei*-Teppich an Nummer 18 verkauft hatte und jetzt einen weiß-grauen Teppich mit Diamantdesign von Two Gray Hills anbot: «Dreihundert Dollar müssen Sie bei jedem Handelsposten im Reservat glatt dafür hinlegen. Also, ich fang mal bei zweihundertfünfzig an...»

«Was passierte dann?» hakte Chee nach.

Wieder brauchte Charley eine Weile, ehe er zögernd fortfuhr: «Dann fingen diese seltsamen Gerüchte an.»

«Was für Gerüchte?»

«Vines wäre ein Hexer.»

Eine lange Pause. Und Chee dachte, es müßte wohl an Charleys Navajoblut liegen, daß ihm das Gespräch nun gar nicht mehr behagte. Navajos reden nicht gern über Hexer.

«Paß mal auf», schlug Chee vor, «du brauchst doch dieses alte Kästchen mit den Steinen nicht mehr. Du sagst mir jetzt, wo ich es finden kann, und ich sorge dafür, daß es der Besitzer zurückbekommt. Wenn jemand fragt, wo ich es gefunden hätte, sage ich, ein anonymer Anruf hätte mich auf die richtige Spur geführt. Einverstanden?»

«Es liegt draußen im *malpais*», sagte Charley. «Es war verschlossen, darum mußte ich es irgendwohin mitnehmen, wo ich es aufbrechen konnte. Das Ding ist ziemlich schwer, ich hab's dann einfach dort liegenlassen.»

Er erklärte Chee genau, wo er das Kästchen finden könnte. «Ich muß jetzt gehen», sagte er dann, «ich muß morgen arbeiten.»

«Hast du dich schon mit dem Mann getroffen, der deinen alten Chevy kaufen will?» fragte Chee.

Charley war überrascht. «Jemand will die alte Kiste kaufen?»

«Das hat jedenfalls dein Neffe behauptet. Er bat mich, dir zu sagen, daß sich hier auf der Versteigerung ein Mann mit dir treffen will, der sich für dein altes Auto interessiert.»

«Der Typ muß ganz schön bescheuert sein», meinte Charley. Und dann ging er.

Ich bin wahrscheinlich auch ganz schön bescheuert, dachte Chee, während er Charley nachsah, der den Gang hinunter auf den großen Tisch zuging, an dem der Auktionsgehilfe den Teppichwebern den erzielten Erlös auszahlte. Steine in einem Andenkenkästchen. B. J. Vines als mystischer Prophet. B. J. Vines als Hexer. Eine Leiche verschwindet aus einer Klinik. Und ein gewisser Chee verschwendet seine Zeit an einer Sache, die vorn und hinten keinen Sinn macht.

Er beobachtete, müßig durch die Menge schlendernd, die Versteigerung, bis ihm bewußt wurde, daß er im Grunde nach Mary Landon Ausschau hielt. Sie interessierte sich für ihn, dessen war er sich sicher. Aber er war genauso überzeugt, daß ihr Interesse gar nicht ihm persönlich galt. Eher so etwas wie allgemeine Neugier.

Irgendein anderer Navajo, sauber, adrett und ein bißchen herausgeputzt, wäre für diese blauäugige Frau genauso interessant gewesen. Na gut, das beruhte auf Gegenseitigkeit. Er war nämlich zur Zeit ebenfalls auf ganz spezielle Weise an weißen Frauen interessiert. Weil die Navajofrauen, die er kannte – seine Mutter, deren beide Schwestern, die seine ‹kleinen Mütter› waren, und die Navajomädchen, mit denen er befreundet war –, ihm nicht dabei helfen konnten, Rosemary Vines' Wesen zu ergründen. Und er konnte nicht von sich behaupten, viel vom Wesen weißer Mädchen und Frauen zu verstehen. Ihre Neugier hatte ihn stets abgestoßen. Aber er mußte sich – wenn auch zu seiner eigenen Überraschung – eingestehen, daß ihm besonders viel daran lag, das Wesen weißer Frauen ausgerechnet an Mary Landon zu studieren. Dummerweise war aber diese Mary Landon nirgendwo zu sehen.

Er ging auf den Parkplatz hinaus und genoß nach der stickigen Hitze im Saal die frische kalte Luft. Tomas Charley stand neben seinem Pickup und sprach mit einem weißen Mann in einer gelben Windbluse. Der Weiße war blond. Der Aufkäufer wertloser, rostiger Chevrolets hatte seinen Mann gefunden. Chee starrte neugierig zu den beiden hinüber. Der Blonde schien diesen Blick zu spüren. Er starrte zurück. Chee erinnerte sich jetzt, daß derselbe Mann ihn und Charley schon während ihrer langen Unterhaltung im Auktionssaal beobachtet hatte. Von Mary Landon war auch hier draußen nichts zu sehen.

Schließlich fand er sie in der Küche der Cafeteria, wo sie zusammen mit einem halben Dutzend anderer Frauen mit Aufräumungsarbeiten beschäftigt war.

«Ich konnte die Nachricht inzwischen übermitteln», sagte Chee, «danke für Ihre Hilfe.»

Es war jetzt das dritte Mal, daß er mit ihr sprach, und Chee hatte eine ganz spezielle Theorie über das dritte Zusammentreffen zweier Menschen. Beim drittenmal begegneten sie sich nicht mehr wie Fremde.

«Das muß ja eine sehr lange Nachricht gewesen sein», sagte Mary. «Ich nehme an, Sie haben noch einen anderen Gesprächsstoff gefunden als den, daß da jemand ein Auto kaufen will.» Es hörte sich an, als hätte sie ihm von Anfang an nicht geglaubt. Aber wenigstens lächelte sie dabei.

Chee überlegte krampfhaft, was er sie fragen oder welchen

Grund er sonst haben könnte, noch eine Weile in der Küche herumzustehen und mit ihr zu reden. Es fiel ihm nichts ein, sein Gehirn war blockiert. «Wie wär's mit einer Tasse Kaffee?» hörte er sich schließlich fragen. «Die Cafeteria wird wohl noch geöffnet sein.»

Als sie ihn zum erstenmal angeschaut hatte, war es ein recht distanzierter Blick auf einen Sergeant der Tribal Police gewesen. Jetzt sah sie ihn an wie einen Mann, der zu einer Tasse Kaffee einlädt, immerhin schon eine andere Art der Taxierung. «Ich muß zuerst mit diesen Töpfen hier klarkommen», sagte sie.

«Ich helfe Ihnen», bot Chee an.

Er spülte jeden Abend in seinem Wohnmobil das Geschirr – den Teller, die Tasse, das Messer und die Gabel vom Frühstück, und dann dasselbe Sortiment vom Abendessen und zusätzlich die Pfanne, die er zur Zubereitung beider Mahlzeiten gebraucht hatte. Allerdings, gemeinsam mit anderen Geschirr zu spülen, das hatte er seit der Studentenzeit nicht mehr getan.

«Sieht ja fast so aus, als würde Ihnen das Spaß machen? Vielleicht haben Sie Ihre eigentliche Berufung verfehlt!»

Chee suchte nach einer besonders witzigen Antwort, aber es fiel ihm überhaupt nichts ein.

In der Nische im Crownpoint-Café lernten sie sich näher kennen. Mary war im vergangenen Jahr nach Laguna gekommen, als man Ersatz für einen Lehrer brauchte, der bei einem Autounfall verletzt worden war. In diesem Jahr hatte sie den Job an der hiesigen Grundschule ergattert. Sie stammte aus einem kleinen Ort in der Nähe von Milwaukee, hatte an der University of Wisconsin studiert, ihre Hobbies waren der Kanusport und das Wandern, überhaupt liebte sie die freie Natur. Was sie nicht mochte, waren überhebliche, angeberische Leute. Es machte ihr Freude, Navajokinder zu unterrichten, aber sie stand deren völligem Unverständnis für die Herausforderungen des Wettbewerbs recht hilflos gegenüber. Sie bemühte sich, die Navajosprache zu lernen, doch die Aussprache war so unglaublich schwierig, daß sie bis jetzt erst nur einige wenige Sätze beherrschte. Die sagte sie auf, und Chee tat so, als hätte er sie verstanden. Mary Landon fühlte sich nicht verspottet, sondern freute sich und belohnte ihn mit einem besonders freundlichen Blick. Chee fragte nach ihren Eltern und erfuhr, daß ihr Vater ein Sportwarengeschäft hatte. Die Frage, warum sie der Polizei so ablehnend gegenüberstand, verkniff er sich. Jetzt war nicht der richtige Augenblick, so etwas zu fragen. Und sie stand ja mit dieser Einstellung weiß Gott nicht allein da.

Mary Landon erfuhr, daß Chee zum Slow Talking Dinee gehörte, dem Clan seiner Mutter, und daß er für das Bitter Water Dinee, dem Clan seines Vaters, geboren war. Chees Vater lebte nicht mehr. Ein Onkel mütterlicherseits stand als *yataalii* in hohem Ansehen. Mary war lange genug im Navajoreservat, um zu wissen, welche Bedeutung diese Schamanen im zeremoniellen Stammesleben hatten. Sie erfuhr noch viel über Chees Familie, angefangen mit seinen beiden älteren Schwestern bis hin zur einer Unzahl Cousins, Onkel und Tanten, von denen eine den Greasy Water Clan im Tribal Council vertrat.

«Sie ist eine Schwester meiner Mutter, also ‹meine kleine Mutter›, wie wir sagen. Und im übrigen ein richtiges Biest.»

«Sie spielen das Spiel nicht ganz fair», protestierte Mary Landon. «Ich habe Ihnen viel von mir erzählt, Sie aber reden fast nur über Ihre Familie.»

Dieser Vorwurf überraschte Chee. Man stellte sich doch durch Beschreibung der Familienordnung vor – wie denn sonst? Doch dann wurde ihm bewußt, daß das bei den Weißen anders war. Sie identifizierten sich durch das, was sie als Individuum geleistet und erlebt hatten. Er rührte Zucker in seinen Kaffee und dachte darüber nach.

«Bei uns wird das Spiel aber so gespielt. Wenn ich Sie einem Navajo vorstellen würde, könnte ich nicht sagen: Das ist Mary Landon, sie ist Lehrerin in Crownpoint – und so weiter. Ich würde sagen: Diese Frau gehört zu der und der Familie – erst die Familie der Mutter, dann die des Vaters, und dann würde ich alle Ihre Onkel und Tanten aufzählen, so daß schließlich jeder wüßte, wie er Sie einzuordnen hat.»

«Diese Frau?» fragte Mary. «So würden Sie mich vorstellen, nicht mit meinem Namen?»

«Nein, das wäre ungehörig. Inzwischen haben zwar mehr Leute englische Namen als noch vor wenigen Jahren, aber unter traditionellen Navajos ist es sehr unhöflich, den Namen eines Menschen in seinem Beisein auszusprechen. Ein Name ist nur ein Bezugswort, wenn die betroffene Person nicht anwesend ist.»

Mary Landon schüttelte ungläubig den Kopf. «Aber das ist...» Sie ließ unausgesprochen, wie sie das fand.

«Ziemlich albern?» wollte Chee ihr helfen. «Sie müssen das im Zusammenhang mit dem ganzen System verstehen. Unsere wirklichen Namen sind ein Geheimnis, wir nennen sie unsere Kriegernamen. Ein naher Verwandter sucht diesen Namen aus, wenn man noch ganz klein ist. Einen Namen, der zur Persönlichkeit des Kindes paßt, soweit sich das schon erkennen läßt. Höchstens ein halbes Dutzend Leute erfährt jemals den Kriegernamen eines Navajos. Er wird nur bei bestimmten Zeremonien benutzt: Wenn ein Mädchen ihr *kinaalda*, ihr Pubertätszeremoniell, erhält oder wenn ein Gesang für jemanden abgehalten wird. Später verwenden die Leute einen Spitznamen, wenn sie von einem reden. Zum Beispiel ‹Schreihals-Baby› oder ‹Schneller Fuß› oder auch ‹Langhand› oder ‹Der Häßliche›.» Chee lachte. «Ich habe einen Onkel von der Vaterseite, der von allen nur ‹Der Lügner› genannt wird.»

«Und wie ist es mit ‹Jim Chee›? Das ist also nicht Ihr richtiger Name?»

«Der weiße Mann ist gekommen – und mit ihm die Handelsposten. Man brauchte einen Namen, den der Händler notieren konnte, wenn einer von uns ihm seine Edelsteine verpfänden wollte oder sich Kredit für den Kauf von Lebensmitteln geben ließ. So haben die Händler unseren Spitznamen so was wie einen offiziellen Anstrich gegeben. Und dann mußte man einen Namen auf Geburtsurkunden angeben, und schon hatte man einen Familiennamen. Ich hatte auch Spitznamen, zwei oder drei. Und Sie haben sicher auch einen?»

«Ich?» fragte Mary überrascht.

«Wie lange sind Sie schon in Crownpoint? Drei Monate? Natürlich, dann haben die Leute schon längst einen Namen für Sie.»

«Zum Beispiel? Was für einen?»

«Einen, der zu Ihnen paßt. Vielleicht ‹Hübsche Lehrerin› oder ‹Dickköpfiges Mädchen›», Chee zuckte die Achseln. «Oder ‹Blauauge› oder ‹Blonde Frau› oder ‹Die Frau, die schnell spricht›. Soll ich rausfinden, wie man Sie nennt?»

«Ich weiß nicht, lieber nicht. Wie nennt man Sie denn?»

«Hier? Keine Ahnung. In Rough Rock nannten sie mich...» Er unterbrach sich, dann sagte er das Wort langsam und akzentuiert in der Navajosprache. «Es bedeutet ‹Der, der ein Sänger werden will›.»

«Oh, wollen Sie das wirklich?»

«Ich wollte es», sagte Chee. «In gewisser Weise will ich es immer noch. Es hängt ganz davon ab.»

«Wovon?»

«Ich habe mich beim FBI beworben. Eigentlich nur, um zu sehen, wie ich dabei abschneide. Die Tests habe ich schon hinter mir. Auch vor der Auswahlkommission in Albuquerque habe ich schon Rede und Antwort gestanden. Letzte Woche bekam ich die Nachricht, daß ich angenommen worden bin. Ich soll mich am 10. Dezember bei der FBI-Akademie in Virginia melden.»

Sie sah ihn neugierig an. «Sie werden also ein FBI-Agent?»

«Ich weiß es noch nicht.»

«Sie haben sich noch nicht entschieden?»

«Ich will nichts überstürzen. Wir leben nach der Navajozeit.» Kaum hatte er das gesagt, wurde ihm auch schon klar, daß die Bemerkung arrogant war – und vor allem falsch. Der 10. Dezember, das war kein Navajodatum. Das war ein Termin in vier Wochen. Ein unausweichliches, knallhartes Datum.

«Aber Sie können nicht beides sein, Schamane und FBI-Agent?»

«Nein, das geht eigentlich nicht», sagte Chee. Er wollte das Thema wechseln, über alles mögliche reden, bloß nicht darüber. Denn es ging eben wirklich nicht. Man konnte nicht Navajo und zugleich FBI-Agent sein. Man blieb kein Navajo, wenn man von seinem Volk wegging.

«Übrigens», sagte er, «danke für Ihre Hilfe bei der Suche nach Tomas Charley. Ich habe herausbekommen, was ich wissen wollte. Das heißt, falls er die Wahrheit gesagt hat.»

Mary Landon sah ihn groß an. Zu spät fiel ihm ein, was er ihr als Grund für seine Suche nach Charley genannt hatte.

«In Ihrem Geschäft lügen die Leute wohl ziemlich oft, oder?»

Wenn sie nur gemeint hätte, ob die Polizei oft angelogen wird, wäre die Antwort ja gewesen. Aber Chee spürte den versteckten Vorwurf. Deshalb ging er bei seiner Antwort auf den eigentlichen Hintergrund ihrer Frage ein.

«Tut mir leid. Ich hatte seinem Neffen wirklich versprochen, Charley die Nachricht über den Autoverkäufer zu übermitteln. Ich mußte aber auch ein dienstliches Gespräch mit ihm führen.»

«Und das konnten Sie mir wohl nicht sagen.» Das war eher eine Feststellung als eine Frage, und die ehrliche Antwort wäre natürlich nein gewesen. Aber Chee hatte keine Lust, ehrlich zu antworten, zumal er glaubte, wieder diese Feindseligkeit zu spüren – oder war es eher eine Mischung aus Vorsicht und Argwohn?

«Ich könnte es Ihnen erzählen, aber nur, wenn es Ihnen nichts ausmacht, von Dingen zu hören, die nicht zusammenpassen und kein klares Bild ergeben. Wollen Sie sich wirklich so was anhören?»

Sie wollte. Und Chee erzählte ihr von Vines und seiner Frau und dem gestohlenen Andenkenkästchen, von Sheriff Gordo Sena und vom Volk der Finsternis, von einem verschwundenen Leichnam und schließlich auch davon, was Tomas Charley ausgesagt und wo er das Kästchen versteckt hatte.

«Und wenn Sie sich das jetzt alles unvoreingenommen vor Augen halten», schloß Chee, «dann sehen Sie, daß ein Navajopolizist seine Neugier befriedigen will, sonst nichts. Kein Fall von besonderer Bedeutung. Erst recht keiner für den Richter.»

«Aber ein seltsamer Fall», stellte Mary fest. «Was ist wohl mit Mr. Charleys Vater passiert? Was glauben Sie? Und was wollen Sie als nächstes tun?»

«Wie das mit der Leiche war, weiß ich nicht. Vielleicht ist sie nur auf irgendwelchen verschlungenen Wegen der Bürokratie verlorengegangen, und niemand hat sich die Mühe gemacht, intensiv danach zu suchen. Was mich angeht, so werde ich als nächstes raus ins *malpais* fahren, dieses Kästchen suchen und mir die Steinbrocken ansehen. Dann werde ich's Vines zurückgeben. Er sagt zwar, daß er's gar nicht wiederhaben will, aber er muß ja wohl an den Orden und Medaillen interessiert sein.»

«Und wie wollen Sie das Vines erklären?»

«Gar nicht. Ich werde das Büro des Sheriffs in Grants anrufen und sagen, ich hätte einen anonymen Hinweis bekommen, wo ich das Kästchen finden könnte, und da hätte es dann auch tatsächlich gelegen. Die Leute vom Sheriffbüro sollen dann Vines verständigen, daß er's bei mir abholen kann, wenn er's zurückhaben will.»

Mary Landon hob die Augenbrauen und sah ihn über den Rand der Kaffeetasse zweifelnd an.

«Ich weiß», gab Chee zu, «das ist eine Lüge. Aber wie soll ich es sonst anstellen, daß Vines seine dämliche Schachtel wiederbekommt, ohne daß Charley in den Knast muß?»

«Ich sehe auch keine andere Möglichkeit», sagte Mary nach kurzem Zögern. «Aber ich rätsele an etwas anderem herum. Woher wußte Charley, daß er Ihnen trauen kann?»

Chee hob die Schultern. «Vielleicht, weil ich so vertrauenswürdig aussehe?»

Sie lachte. «Wenn irgendwas feststeht, dann die Tatsache, daß Sie keinesfalls vertrauenswürdig aussehen. Aber davon mal abgesehen: nehmen Sie mich mit, wenn Sie das Kästchen suchen gehen?»

«Gerne», sagte Chee, «wir fahren morgen raus.»

Die Apartments, die der Schuldistrikt den Lehrern in Crownpoint zur Verfügung stellte, lagen ein paar hundert Meter von der Schule entfernt in Richtung Ortsrand. Als sie an der Schule vorbeikamen, brannte dort kein Licht mehr. Der Parkplatz war leer, bis auf einen Pickup. Es war Tomas Charleys blauer Ford 150. Chee fuhr langsamer und starrte auf den Wagen.

«Ich wohne nicht in der Schule, die Apartments liegen da vorn», sagte Mary.

«Ich weiß», sagte Chee, «ich bringe Sie sofort nach Hause. Aber...»

Er bog ab, fuhr auf den Parkplatz und stoppte neben dem Pickup. «Das ist Charleys Wagen. Warum steht der hier herum?»

Der Pickup war verschlossen, die Frontscheibe vom Frosthauch beschlagen. Chee ging um den Wagen herum und leuchtete mit der Taschenlampe in die Fahrerkabine. Er suchte nach irgendwelchen Anzeichen, die seine Frage beantworten konnten. Aber er fand nichts.

13

Malpais bedeutet, wörtlich aus dem Spanischen übersetzt, ‹schlechtes Land›. In New Mexico nennt man so vor allem die ausgedehnten Landstriche aus erstarrter Lava, die auf der Landkarte als häßliche schwarze Flecken erscheinen. Das *malpais* im Checkerboard Country liegt am Fuße des Mount Taylor. Es ist durch dieselben vulkanischen Urkräfte entstanden, die einige Jahrmillionen früher den Berg zu einem Viereinhalbtausender aufgetürmt hatten. Inzwischen hat ihn die Erosion wieder auf die nicht ganz so spektakuläre Höhe von 3400 Metern abgetragen. Bei Ausbrüchen in geologisch relativ junger Zeit sind aus Spalten und Rissen an der Basis des Berges zusätzliche Ströme flüssiger Lava ausgetreten, die nun auf einer Länge von etwa vierzig Meilen die Talsohle zwischen der Cebolleta Mesa und den Zuni Mountains bedecken. Ein Teil des *malpais* ist also erdgeschichtlich alt und durch Regen und Wind oder durch die Einwirkung von Wüstengras, Moosen und Algen längst erodiert. An anderen Stellen, wo die Lava geologisch jünger ist, ist sie noch steinhart, schwarz und unbelebt. Die Fahrspur, der Chee folgte, führte im Zickzack durch das ältere, weniger rauhe Gestein. Es war dennoch ein mühevoller Weg.

«Hier draußen war ich noch nie», sagte Mary Landon, «mitten in der Lava. Als hätte jemand ein Meer aus schwarzer Tinte gekocht, die urplötzlich zu Stein erstarrt ist.»

«Hier haben sogar die Nagetiere meistens ein dunkles Fell», erklärte ihr Chee. «Eine entwicklungsgeschichtlich bedingte Schutzfarbe, nehme ich an.»

«Unglaublich, daß es hier überhaupt Tiere gibt.»

«Doch», sagte Chee, «alle möglichen Schlangen und Echsen. Auch Säugetiere. Kaninchen, Mäuse, Känguruhratten und so weiter.»

«Wo finden die denn Wasser?»

«Einige brauchen gar keins. Sie kommen mit der Feuchtigkeit aus, die in den Pflanzen gespeichert ist. Es sammelt sich aber auch Regen- und Schmelzwasser in Felslöchern. Sogar ein paar Quellen gibt es hier draußen, zu einer sind wir gerade unterwegs. Charley weiß, wo man hier Wasser findet. Er braucht für seine Zeremonien verschiedene Kräuter und den giftigen weißen Stechapfel, und solche Pflanzen wachsen vor allem an Quellen. Bei der Quelle, zu der wir fahren, hat er das Kästchen versteckt.»

«Und woher wissen Sie, wo die Quelle liegt?» fragte Mary.

«So was finde ich entweder durch logische Schlußfolgerungen heraus oder, etwas einfacher, indem ich Charley danach frage. Genau das habe ich getan, und er hat mir den Weg erklärt: immer dieser Fahrspur nach, bis zu der Stelle, wo der jüngere Lavafluß den älteren kreuzt.» Chee deutete nach vorne. «Wie dort drüben. Dann noch ein kleines Stück geradeaus weiter, bis sich die Spur teilt. Da vorn, man kann's schon von hier aus sehen. Danach müssen wir der rechten Spur folgen, etwa hundert Meter bergab liegt die Quelle. Sehen Sie den Tamariskenbusch? Dort geht es nach rechts, hat Charley gesagt.»

«Ja, warum fahren Sie dann nicht nach rechts?» fragte Mary.

«Ich möchte Ihnen den jungen Lavastrom da vorne zeigen. Wir stellen den Wagen dort ab und gehen zu Fuß weiter.»

Der junge Lavastrom war mindestens tausend Jahre alt. Er sah aus, als ob er erst gestern erstarrt wäre, noch wie im Rohzustand und kaum erodiert, pechschwarz wie Kohle. Selbst Schaumspritzer waren noch zu erkennen, die von der weißglühenden, blubbernden Masse ausgestoßen worden waren, als sie sich kochend und zischend über die Erde gewälzt hatte. Sie stiegen über die alte Verwerfung auf den ersten Buckel aus junger Lava. Von dort fiel der Blick zehn Meilen weit auf eine bizarre, tiefschwarze Höllenlandschaft, die sich bis zu den blauen Umrissen der Cebolleta Mountains dehnte.

«Faszinierend», sagte Mary schließlich, «man glaubt sich hundert Millionen Jahre zurück in die Urzeit der Erde versetzt.»

«Kennen Sie unsere alten Legenden?»

«Nur ganz wenige. Ein Lagunamädchen hat mir die Geschichte von der Wanderung der Lagunas erzählt. Und die Legende von den Maismädchen.»

«Das sind Mythen der Pueblos», sagte Chee. «Wenn Sie eine Navajo wären, wüßten Sie, daß Sie in diesem Augenblick auf das Blut des Gehörnten Drachen schauen.»

«Oh, schwarzes Blut!» Mary lächelte. «Ihr Navajos habt lauter Monster mit tiefschwarzem Herzen!»

«Ja, das ist wahr. Wir stehen auf historischem Boden. Hier an dieser Stelle haben die Zwillings-Helden das Dinetah für das Dinee erobert – im Kampf mit schrecklichen Untieren. Zuerst besiegten sie den Gehörnten Drachen. Der-aus-dem-Wasser-Geborene überlistete ihn und lenkte ihn ab, und der Drachentöter erlegte ihn mit einem einzigen Pfeilschuß.»

«Das Monster muß ganz schön geblutet haben.»

«Die beiden haben dann noch andere Ungeheuer besiegt. Das Monster, das aus den Wolken kommt, und die Wilde Wasserschlange. Es gab sogar eins, das hieß: Monster, das die Leute von der Klippe stößt. Auch mit dem wurden sie fertig.»

«Wie haben sie denn das geschafft?»

«Sein Haar war in den Spalten der Klippen verwurzelt. So konnte es selbst nicht abstürzen. Aber der Drachentöter hat ihm kurzerhand einen Haarschnitt verpaßt.»

Auf dem alten Lavastrom kamen sie gut voran. Jahrmillionen

hatten hier alle Unebenheiten glattgeschliffen. Das Schwarz war zu dumpfem, mit Flechten bedecktem Grau ausgebleicht, und wo sich Staub in den Spalten angesammelt hatte, wuchs Gras.

Chee erzählte von der Mythologie der Navajos, Mary Landon hörte zu. In einer Einkaufstüte schleppte er die Thermosflasche mit Kaffee, zwei Äpfel und zwei riesige Cheeseburger mit. Er freute sich auf das Picknick, das erste seit seiner Schulzeit. Rechts von ihnen schien unter einem tiefblauen Himmel Goldstaub auf dem Mount Taylor zu glitzern, als die Strahlen der Morgensonne auf die schneebedeckten Hänge fielen.

«Wir nennen ihn Turquoise Mountain», sagte Chee. «First Man hat Erde aus der Unterwelt gegraben und den Berg aufgeschichtet. Dann hat er ihn mit seinem Zaubermesser festgeheftet, damit er nicht davongeweht wird. Auf den Gipfel hat er Turquoise Girl gesetzt. Sie beschützt die Navajos vor den Monstern. Und um sie vor allen Gefahren zu bewahren, hat er Big Snake auf den Berg geschickt – die Schlange, die das Mädchen bis ans Ende aller Zeiten bewachen wird.»

«Da wir gerade von großen Schlangen sprechen», sagte Mary, «erinnere ich mich richtig, daß sie zu dieser Zeit Winterschlaf halten und ich nichts zu befürchten habe? Oder ist diese Winterschlafgeschichte auch nur eine von euren Legenden?»

Sie kletterte auf einen hohen Lavabuckel, von dem sie den Tamariskenbusch sehen konnte – und sogar die Quelle, die nicht weit davon entfernt lag. «Wann werden Sie mir eigentlich Ihren Kriegernamen verraten?»

«He», machte Chee, «eine alte Regel sagt, daß man sich nie auf so einen Lavabuckel stellen soll. Die Höcker sind nichts anderes als die erstarrte Lavahaut großer Blasen, und manchmal ist die Haut so dünn, daß man einbricht, und dann...» Er brach ab.

Mary stand da oben wie versteinert und starrte auf die Quelle.

«Jim», sagte sie, «dort unten ist jemand...»

Chee kletterte zu ihr hoch.

Die Quelle lag direkt unter dem Buckel, ein kreisrundes Loch mit klarem Wasser, umgeben von Riedgras, Röhricht und einem schmalen Kranz aus Büffelgras. Der Mann trug einen rot-schwarzen Mantel. Sein schwarzer Hut lag neben dem Kopf. Die Hände waren auf dem Rücken zusammengebunden, anscheinend mit einem Elektrokabel.

«Ich glaube, er ist tot.» Mary Landons Stimme war sehr leise.

«Ich werde nachsehen», sagte Chee. Die linke Hand des Mannes war unnatürlich verdreht und von einer undefinierbaren schwarzen Masse überzogen. «Sie warten besser im Wagen.»

«Ja», hauchte sie.

Der Mann, der da auf den Knien lag, war Tomas Charley. Die schwarze Masse auf seiner Hand war eingetrocknetes Blut. Als Chee den Finger an Charleys Hals legte, um sich davon zu überzeugen, daß er auch wirklich tot war, fühlte sich der Körper noch warm an. Chee trat rasch einen Schritt zurück und sah sich um. Tomas Charley war erst seit wenigen Minuten tot. Und das nächste, was Chee einfiel, war seine Pistole. Er hatte sie, weil sie wirklich nicht zu einem Picknick zu zweit paßte, im Handschuhfach des Streifenwagens liegenlassen.

Vielleicht lag Charley schon seit Stunden hier und war eines langsamen, qualvollen Todes gestorben. Aber es konnte auch sein, daß alles erst vor wenigen Minuten passiert war, und dann mußte der Mörder noch ganz in der Nähe sein. Chee untersuchte den Toten genauer. Nichts deutete darauf hin, wie er getötet worden war. Nur auf der Hand war Blut zu erkennen. Chees Gesicht verzerrte sich. Die Hand war regelrecht verstümmelt worden. Vergeblich suchte Chee den Mantel nach einem Einschußloch ab. Dann sah er das angesengte Haar am Hinterkopf. Er kniete neben dem Toten nieder und zog vorsichtig die Haare auseinander. In dem Schädel war ein kleines rundes Loch. Ein Einschußloch, vermutlich von einer 22er. Turquoise Girl hatte diesen Halbnavajo nicht vor den Monstern beschützen können.

Das Geräusch des startenden Motors war sehr nahe. Es kam aus der Richtung der Tamarisken. Chee rannte los, am Quelloch vorbei, auf das Geräusch zu. Ihm war klar, daß der Fahrer des Wagens der Mörder sein mußte und daß er eine Waffe hatte, aber er rannte weiter. Als er beim Gebüsch ankam, sah er das Auto. Es war ein grünweißer Plymouth. Der Wagen, der auf dem Schulparkplatz in Crownpoint neben Charleys Pickup gestanden hatte. Er raste auf der Fahrspur davon, auf die Gabelung zu. Chee konnte den Fahrer nicht erkennen. Er kletterte rasch auf den Lavafelsen. Sobald der Plymouth die Gabelung erreichte, würde er nach links abbiegen, in Richtung auf den Highway nach Grants. Dann konnte Chee den Fahrer einen Augenblick lang sehen. Und das würde schon genügen, um ihm zu bestätigen, was er ohnehin wußte: Es war der Blonde mit der gelben Jacke.

Aber der Plymouth fuhr nicht nach links. Er bog nach rechts ab und fuhr auf Chees Streifenwagen zu.

Chee sah Marys verängstigtes Gesicht hinter dem Wagenfenster. Sie starrte auf den näher kommenden Plymouth, dann sah sie zu Chee herüber.

Er formte mit den Händen einen Trichter und schrie: «Lauf weg, Mary, lauf weg!»

Sie sprang auf der Fahrerseite aus dem Wagen und rannte auf die junge Lavaformation zu. Mit Chees 30er Karabiner. Chee lief auf den Streifenwagen zu, so tief wie möglich hinter die Lavabuckel geduckt. Der Plymouth stoppte ruckartig, der Fahrer sprang heraus. Es war der Blonde mit der gelben Jacke. In der rechten Hand hielt er eine Pistole. Er hob den Arm und zielte auf Mary. Die Pistole hatte einen erstaunlich langen, schweren Lauf. Ein Rauchwölkchen kräuselte sich vor der Mündung, jedenfalls kam es Chee so vor, aber er hörte nichts. Mary hatte die Lavafelsen erreicht und war dahinter verschwunden.

Chee mußte nicht lange überlegen, was er tun sollte. Er würde im Bogen um den Streifenwagen herumlaufen, in der jungen Lava auf Mary treffen und so den Karabiner in die Hand bekommen. Dann würde der Blonde sich hüten, sie weiter zu verfolgen. Das Risiko bei diesem Plan war nicht allzu groß. Der Mann hätte ein Meisterschütze sein müssen, um aus hundert Metern Entfernung mit einem Pistolenschuß zu treffen. Und sollte er das schaffen, dann wirkte ein 22er Geschoß auf diese Distanz bestimmt nicht tödlich. Chee rannte weiter.

Der Schmerz traf ihn schockartig und heftig. Er taumelte, verlor das Gleichgewicht und fiel auf Hände und Knie. Irgendwo auf der linken Brustseite war das Schmerzzentrum. Ein Herzanfall, dachte er im ersten Augenblick. Dann fühlte er das Blut an der Seite herunterlaufen. Ein rascher Blick. Die Kugel schien eine Rippe gestreift zu haben. Vorsichtig tastete er nach der schmerzenden Stelle, zuckte zusammen. Offenbar war die Rippe gebrochen. Aber es konnte keine schwere Verletzung sein. Kein Grund, seinen Plan aufzugeben. Allerdings hatte er die Schießkünste des Blonden wohl doch unterschätzt. Vorsichtig stemmte er sich hoch. Er mußte herausfinden, wo der Killer jetzt war. Und dann auf seinem Weg zum Streifenwagen den Bogen wahrscheinlich weiter schlagen, als er zunächst vorgehabt hatte.

Der Blonde kam über die verwitterten grauen Lavafurchen direkt auf ihn zugelaufen, die langläufige Pistole auf Chee gerichtet. Chee duckte sich. Entweder scherte der Killer sich nicht darum, ob der Navajopolizist eine Waffe bei sich hatte, oder er wußte, daß er unbewaffnet war. Vielleicht hatte er gesehen, daß Chee kein Holster trug. Und jetzt kam er, um reinen Tisch zu machen, so wie er mit Tomas Charley reinen Tisch gemacht hatte.

Chee unterdrückte die aufkommende Panik und lief im Zickzack los. Den Versuch, Mary und das Gewehr zu erreichen, mußte er auf später verschieben. Jetzt ging es ums Überleben. Und um zu überleben, mußte die Distanz zwischen ihm und dem Blonden möglichst groß werden. Und er mußte versuchen, sich irgendwo zu verstekken.

Er hechtete über einen Lavakamm. Hinter sich hörte er das singende Geräusch, als die Kugel vorbeizischte. Einen Mündungsknall hatte er wieder nicht gehört. Hinter dem Kamm war eine etwa eineinhalb Meter tiefe Rinne ausgeformt, in dieser Lavamulde rannte Chee bergab. Die linke Brustseite brannte, als hätte jemand ein Messer zwischen Chees Rippen gestoßen.

Dann hörte er den peitschenden Knall eines Schusses und das Wimmern eines Querschlägers. Noch ein Schuß. Und noch einer. Das war nicht die schallgedämpfte 22er des Blonden, das war der Mündungsknall seines 30er Karabiners. Die Rinne endete in einem runden, von Pflanzen umwucherten Wasserloch. Chee war wieder bei Tomas Charleys Quelle angekommen.

Er blieb stehen und schaute vorsichtig über den Rand der Rinne. Der Blonde lief in geduckter Haltung zurück, auf seinen Wagen zu. Von der Böschung der jungen Lava sah Chee eine dünne blaue Rauchwolke aufsteigen, fast gleichzeitig hörte er den Abschußknall seines Karabiners. Dann verschwand der Killer hinter Chees Streifenwagen. Kurz danach tauchte er wieder auf und sprang in seinen Plymouth. Er setzte zurück, fuhr mit quietschenden Reifen um den Streifenwagen herum und jagte dann die Fahrspur hinunter. In einem Tempo, das die Reifen und die Stoßdämpfer bestimmt nicht lange durchhielten.

Erst in diesem Moment sah Chee, daß der Streifenwagen brannte. Die Flammen schossen, anscheinend durch ausfließendes Benzin genährt, unter dem Heck des Wagens hoch. Das Feuer breitete sich blitzschnell aus und erfaßte die ganze hintere Hälfte des Wagens. Chee spürte ohnmächtige Wut. Der Tank war ungefähr halb voll, erinnerte er sich. Etwa fünfundvierzig Liter. Dazu kamen noch die zwanzig Liter im Reservekanister. Wenn das alles explodierte, mußte es wie eine Bombe wirken.

Chee starrte auf den Toten. Tomas Charley – in dieser seltsam verrenkten Haltung, auf den Knien, die Stirn im Gras. Chee ging an der Leiche vorbei und hob die Picknicktüte auf, die dort liegengeblieben war. Ein langer Weg lag vor ihnen. Ein paar Minuten verwendete er darauf, das Gelände methodisch nach dem Kästchen abzusuchen. Charley hatte ihm gesagt, daß er es deutlich sichtbar auf den Felsen neben der Quelle gelegt hätte. Aber dort war kein Kästchen mehr. Hinter sich hörte Chee den dumpfen Knall, als der Benzintank seines Wagens explodierte.

Später, als er bei Mary ankam, sagte sie: «Mein lieber Mann, ihr Navajos gebt ganz schön aufregende Picknicks!» Sie lachte, aber es klang ziemlich brüchig. Ein lauter Knall, als einer der Vorderreifen am Streifenwagen zerplatzte. Das Feuer loderte erneut auf, Mary hielt die Hand vors Gesicht, um sich vor der Hitze zu schützen. Der Ärmel ihrer Bluse war zerrissen. Ihr Handgelenk war blutverschmiert. Am Unterarm hatte sie eine lange Rißwunde.

«Geht's Ihnen gut, Mary?» fragte er. «Ein Glück, daß Sie daran gedacht haben, das Gewehr mitzunehmen.»

«Ich wußte, daß Sie jetzt so was Blödes sagen würden!» fauchte sie ihn an. «Warum sollte ich's denn nicht mitnehmen? Wahrscheinlich, weil ich dämlich bin! Ich habe einen gefesselten Toten gesehen, und der Mann, der ihn ermordet hat, kam auf mich zugerannt, und Sie haben mir zugerufen, daß ich weglaufen soll, und da hing das Gewehr in der Halterung. Warum, zum Teufel, hätte ich's denn nicht mitnehmen sollen?» Ihre Stimme überschlug sich fast, so wütend war sie. «Weil ich ein dämliches Weibsstück bin? Wenn Sie an meiner Stelle gewesen wären und das Gewehr mitgenommen hätten – kein Wort hätte ich darüber verloren. Es wäre mir ganz selbstverständlich vorgekommen. Aber nein, ich bin ja eine Frau, und wir sind nun mal von Natur aus blöde, wie?»

«'tschuldigung», murmelte Chee.

«Warum trifft man übrigens mit dem verdammten Ding nicht?» Als sie ihm den Karabiner hinhielt, fiel Chee ein, daß die Reservemunition im Handschuhfach des Wagens lag und jeden Augenblick explodieren mußte.

«Wir sollten ein Stück beiseite gehen», konnte er gerade noch sagen, da gingen die 30er Patronen auch schon hoch. Es hörte sich an wie Silvesterkracher, nicht viel lauter.

Mary ließ sich nicht beirren. «Ich glaube, ich bin ein ganz guter Schütze. Wieso habe ich meilenweit vorbeigeschossen?»

«Tja, da muß ich noch mal um Entschuldigung bitten. Aber wenn ich den Karabiner nicht benutze, lege ich das Klappvisier um.» Er zeigte es ihr, indem er mit dem Daumen die Kimme hochschob und auf die 200-Meter-Marke einstellte.

Marys Blick pendelte zwischen der Kimme und Chees Gesicht. Das darf doch nicht wahr sein, schien ihr Blick zu sagen. Dann fragte sie kopfschüttelnd: «Und warum? Warum, um Gottes willen, machen Sie das?»

«Damit die Feder nicht unter Spannung steht.»

Plötzlich schmiegte sie sich in seine Arme. Er fühlte, wie sie zitterte. «Tut mir leid, daß ich eben so biestig zu dir war», murmelte sie in seine Jacke, «ich bin so was nicht gewöhnt.»

«Ich auch nicht», sagte Chee.

«Dieser Tote da unten, ist das Tomas Charley? Der Mann, den du bei der Versteigerung gesucht hast? Er ist doch tot, oder? Der Blonde hat ihn umgebracht, nicht wahr? Weißt du, worum es bei der ganzen Geschichte geht?»

«Ja», antwortete Chee, «und nein. Der Mann da unten ist Charley, und er ist tot. Aber ich habe verdammt keine Ahnung, was hier eigentlich gespielt wird.»

Während er das sagte, bemerkte Mary das Blut auf seinem Hemd. Es war zwar kindisch, aber die Tatsache, daß er verwundet war, machte ihn irgendwie stolz. Wenn der Schmerz nicht gewesen wäre und wenn nicht mindestens fünf Meilen Fußmarsch bis zum Highway vor ihnen gelegen hätten – also, die gebrochene Rippe wär's ihm wert gewesen.

14

Colton Wolf hatte Spuren hinterlassen. Es gab jetzt zwei Zeugen. Sie hatten ihn deutlich aus der Nähe gesehen. Sie kannten seinen Mietwagen und konnten ihn mit dem Mord in Verbindung bringen. Im Zusammenhang mit dem Mietwagen ließen sich möglicherweise andere Zeugen finden. Und dann war es nicht mehr weit bis zur Aufdeckung seiner falschen Identität.

Er jagte den Plymouth auf den Zubringer zur Interstate 40. Er vergeudete keine Zeit mit Überlegungen, was jetzt zu tun wäre. Das hatte er längst entschieden, bevor er den Wohnwagen verlassen hatte. Jetzt war Plan B dran. Der Plan für Notsituationen, in denen es zu riskant gewesen wäre, sich auf die vorgesehene Weise abzusetzen. Einen solchen Plan B hatte er, jeweils mit entsprechenden Variationen, bisher für jede Operation entwickelt. Aber es war nie vorgekommen, daß er ihn realisieren mußte. Weil es nie Notsituationen gegeben hatte. Die Opfer waren immer still, in dumpfer Ergebenheit und ohne Anwesenheit von Zeugen gestorben.

Das heißt bis auf eine Ausnahme. Der alte Wirtschaftsprüfer in Reno. Der Mann hatte irgend etwas geahnt. Es mochte an seinem schlechten Gewissen gelegen haben, vielleicht war es auch dieser Riecher für drohende Gefahren, den Leute im Alter entwickeln. Schon bei den Vorausinformationen zum Auftrag hatte man Colton darauf hingewiesen, daß der Alte sehr wachsam und argwöhnisch wäre.

Und so war's auch. Colton hatte vorsichtshalber einen zusätzlichen Tag für die Beobachtung des Opfers aufgewendet. Die Umstände schienen ideal zu sein. Das Büro des Mannes lag im fünften Stock eines Bankgebäudes im Stadtzentrum. An drei Tagen hintereinander war der Alte vormittags, ungefähr um zehn, aus seinem Büro gekommen und zum Klo am Ende des Flurs gegangen. Toiletten waren für Coltons Vorhaben ideal. Und diese hier war besonders gut geeignet. Ein Männerklo mit dem üblichen Pinkelbecken und einer abgetrennten Sitzgelegenheit. Reingehen, mit dem Brecheisen die verschlossene Klotür aufbrechen. Das Opfer schrickt hoch, traut seinen Augen nicht und spürt schon die Pistolenmündung an der Stirn. Vielleicht noch verworrenes Gestammel wie ‹Hier ist doch besetzt›. Dann bricht die Stimme, zeitgleich mit dem *Plopp* der schallgedämpften 22er. Die Kugel ins dichte Haar feuern.

Das verringert die Chance, daß die Todesursache sofort entdeckt wird. Den Körper aufrecht auf die Kloschüssel drücken. Dann ohne Hast rausgehen und verschwinden.

So hätte die Sache ablaufen sollen – aber damals klappte es nicht wie geplant. Der alte Mann war sofort mißtrauisch geworden, als Colton in die Toilette kam. Durch einen Spalt in der Klotür hatte Colton das Auge des Alten gesehen. Ein Auge, das ihn argwöhnisch beobachtete. Und kaum hatte er das Brecheisen angesetzt, da schrie der Alte auch schon schrill um Hilfe. Er sprang hoch, die Hose rutschte ihm auf die Knöchel, er versuchte sich zu wehren. Colton hatte drei Schüsse und mehr Zeit als sonst gebraucht, und als er gerade dabei war, die Leiche auf die Kloschüssel zu setzen, kam die Sekretärin des Alten hereingestürzt. Colton hatte ihr zwei Kugeln in den Kopf gejagt und ihre Leiche zusammen mit der des Alten im Klo eingesperrt.

Ein kritischer Augenblick. Aber als er unten aus dem Aufzug stieg, gab es keine verräterischen Spuren mehr. Die Pistole war Colton losgeworden, indem er die Notausstiegsluke im Aufzug aufgestoßen und die Waffe aufs Dach der Fahrstuhlkabine geschoben hatte. Als er unten durch die Lobby der Bank ging, konnte er sicher sein, daß man ihn nicht mit den beiden Leichen in der Toilette im 5. Stock in Verbindung bringen würde. Der Verlust der Pistole war schmerzlich gewesen, aber die Waffe war sauber. Es hatte absolut keine verräterische Spur gegeben.

Diesmal gab es überall Spuren. Die Abzweigung nach Grants lag hinter ihm, er fuhr auf der Interstate 40 weiter nach Westen und dachte über all die Spuren nach. In so einer Einöde waren Spuren leicht zu verfolgen. Zu wenige Menschen auf zuviel Raum. Wenn alles normal gelaufen wäre, hätte Colton nach Albuquerque zurückfahren, den Leihwagen am Flughafen zurückgeben und mit dem Pickup zum Wohnwagen fahren können. So sah das Plan A vor, einfach und ohne jeden Zeitverlust. Nach ein paar Tagen hätte er dann den Wohnwagen an den Pickup gehängt und wäre davongefahren, irgendwohin, in eine wärmere Gegend. Vielleicht nach Houston oder nach Kalifornien. Es kam nicht darauf an, wohin. So lange, bis er eines Tages seine Mutter fand. Dann gab es auch für ihn wieder ein Zuhause. Einen Ort, an dem er sich niederlassen konnte.

Aber jetzt mußte er nach Plan B vorgehen. Der führte ihn in die entgegengesetzte Richtung, nach Gallup. Dort würde er den Wagen in eine Werkstatt bringen, zur großen Inspektion. Er würde eine Telefonnummer in Gallup hinterlassen, unter der man ihn anrufen sollte, sobald der Wagen fertig war. Was keine Eile hatte, das würde er dem Mechaniker ausdrücklich sagen. Es dauerte also einige Tage, bis irgend jemand wegen des Wagens Verdacht schöpfen konnte. Und bis dahin war er längst mit dem Bus nach Phoenix gefahren und hatte von dort das nächste Flugzeug nach Albuquerque genommen.

Er fuhr exakt fünf Meilen über der Geschwindigkeitsbegrenzung, die Marge, die die Verkehrsstreifen gerade noch tolerierten. Es gab keinen ernsthaften Grund zur Eile. Er hatte einige Stunden gewonnen, weil der Wagen und das Funkgerät des Navajopolizisten verbrannt waren. Außerdem hatte er den Mann verwundet, möglicherweise durch einen Bauchschuß. Und die Frau brauchte mindestens drei Stunden, bis sie aus der Lavagegend heraus war, die Straße erreicht hatte und Alarm schlagen konnte. Bevor eine ernst zu nehmende Suche organisiert wurde, war Colton längst in Arizona und damit außer Gefahr.

Ein Sattelschlepper mit Auflieger donnerte an ihm vorbei, mindestens fünfzehn Meilen über der Geschwindigkeitsbegrenzung. Also mußte der Fahrer über CB-Funk erfahren haben, daß auf den nächsten Kilometern keine Polizeistreife unterwegs war. Colton fuhr trotzdem unbeirrt die erlaubten 60 Meilen pro Stunde. Er dachte darüber nach, wie er die Spuren beseitigen könnte. Er fühlte sich verunsichert und verwundbar wie seit seiner Kindheit nicht mehr. Es war klar, der Indianerpolizist hatte ihn bei der Auktion aus der Nähe gesehen. Und im Lavafeld hatten er und die Frau ihn zum zweitenmal gesehen. Was bedeutete, daß der Polizist und die Frau so schnell wie möglich sterben mußten.

15

Aus dem Fenster des Krankenzimmers im 5. Stock des Bernalillo County Medical Center fiel der Blick auf den braunen Hochhausturm der Universitätsbibliothek und das hypermoderne Gebäude der geisteswissenschaftlichen Fakultät. Jedenfalls, wenn Chee den Kopf so gebettet hielt wie jetzt, nach links, zur Lomas Avenue hin. Drehte er den Kopf nach rechts, dann sah er auf dem Fernsehschirm

Stars von gestern und Sternchen von heute, die sich krampfhaft bemühten, leichtgläubigen Zuschauern weiszumachen, daß die Serie *Hollywood Squares* wenigstens ihnen selbst ungeheuer viel Spaß machte. Das Ganze lief stumm ab, der Ton war ausgeschaltet.

Statt dessen hörte Chee Sheriff Senas Stimme. Um ihn nicht nur zu hören, sondern auch zu sehen, mußte er geradeaus zum Fußende des Bettes blicken. Beides, Stimme und Miene, drückten deutliche Verärgerung aus. «Ich erwarte von Ihnen, daß Sie jetzt den ganzen überflüssigen Scheiß weglassen», sagte Sena gerade. «Erzählen Sie zur Abwechslung mal die gottverdammte Wahrheit. Ich will wissen, woher Sie wußten, daß Tomas Charley das Kästchen hatte. Und was drin war. Und was damit passiert ist. Und warum dieser Bursche im Plymouth hinter ihm her war.»

Und ich wüßte gern, wie Gordo Sena an der Schwester vorbeigekommen ist, dachte Chee.

Die Leute vom FBI waren schon morgens dagewesen, während Chee sich gerade mit dem Frühstück abmühte. Aber da war die Schwester hereingerauscht und hatte mit einem energischen «Sie sind noch nicht in der Lage, mit der Polizei zu sprechen» der Bundespolizei einen Strich durch die Rechnung gemacht. Bei Sena war das eine halbe Stunde später viel einfacher gelaufen. Er war hereingestiefelt, hatte den Fernseher ausgeschaltet, sich den Stuhl ans Bett gezogen und gepoltert: «Bei Gott, wir beide werden jetzt einmal einige Dinge klarstellen, kapiert?»

Inzwischen war es dreißig Fragen später.

«Ich wußte nicht, daß Charley das Kästchen hatte», beteuerte Chee zum drittenmal. «Ich hatte nur so einen Riecher. Ich hab Ihnen doch erzählt, was Mrs. Vines mir gesagt hatte. Daß sie annahm, der Diebstahl hätte einen religiösen Hintergrund. Religion, das ist Peyote, und Charley ist der Boss bei den Peyoteleuten. Eins und eins macht zwei.»

«*War* der Boss bei diesem Peyoteverein», korrigierte ihn Sena. «Sie gehen also zu Charley und fragen ihn, ob er der Dieb ist, und der gibt das prompt zu? Und das soll ich Ihnen abkaufen?»

«Genauso war es», sagte Chee. «Gut, vielleicht nicht genauso, aber im Prinzip.» Die Ohren klingelten ihm, die Rippe schmerzte, den ganzen Morgen über hatte er immer wieder Brechreiz gehabt, und jetzt rebellierte sein Magen wieder. Nach Reden war ihm wahrhaftig nicht zumute. Er schloß die Augen. Was freilich nur dazu führte, daß er Senas wütendes Gesicht nicht mehr sah. Die Stimme ließ sich nicht so einfach zum Verstummen bringen.

Weiter Fragen über Fragen, gnadenlos. Warum hatte Charley das Kästchen gestohlen? Was, hatte er gesagt, wäre drin gewesen? Was hatte er über die beiden Vines erzählt? Mit seinen Fragen wollte Sena offenbar unter allen nur denkbaren Aspekten ausloten, was Chee über den blonden Mann in dem grün-weißen Plymouth wußte.

«Wie klang seine Stimme?»

Chee öffnete die Augen. «Hab nie mit ihm gesprochen.» Auch das hatte er Sena schon zweimal gesagt.

«Okay, dann also nicht.» Senas wachsame Augen studierten Chees Miene. Warum glaubte er, sie hätten miteinander gesprochen? Und warum war das so wichtig für den Sheriff?

Die Fragen hörten nicht auf. Warum hatte der Blonde Chees Streifenwagen in Brand gesteckt? Für Chee lag die Antwort auf der Hand, aber Sena war anscheinend erpicht darauf, sie zu hören. Damit eine Verfolgung unmöglich wurde. Und damit Chee nicht über Funk die Errichtung von Straßensperren veranlassen konnte, in denen der Plymouth hängengeblieben wäre. Was hatte den Blonden veranlaßt, Mary Landon zu verfolgen? Auch das war offensichtlich. Sie hatte den Killer aus nächster Nähe gesehen, genau wie Chee. Er hatte also versucht, Augenzeugen aus dem Weg zu räumen.

Sena zog den Stuhl näher ans Bett. Er beugte sich vor. «Haben Sie das Kästchen gefunden?»

«Nein», antwortete Chee.

«Hatte Charley es geöffnet? Hat er darüber was gesagt?»

«Ja, er hat es aufgemacht.» Chee hatte das schon erzählt.

«Was war drin?»

Chee fühlte sich benommen. Warum ging Sena nicht endlich? Das neugierig angespannte Gesicht verschwamm vor Chees Augen.

«Hat er Ihnen erzählt, was in dem Kästchen war?»

«Wie ich schon gesagt habe: hauptsächlich Felsbrocken. Und alter Militärkram. Medaillen, ein Fallschirmspringerabzeichen, ein Divisionsabzeichen, ein paar alte Fotos. Familienfotos, wie Charley meinte.»

«Felsbrocken?»

«Ja, vor allem schwarze Steine.»

Sena schwieg. Er starrte Chee aus harten dunklen Augen an. «Haben Sie Brüder?»

«Nein», sagte Chee. «Zwei Schwestern. Brüder hab ich nicht.» Die Frage verblüffte ihn.

«Ich hatte einen Bruder», sagte Sena. «Einen großen Bruder. Robert hieß er. Intelligenter Bursche. Der beste Schüler in der Highschool in Grants. Hat bei der Entlaßfeier die Abschiedsrede gehalten. Zum erstenmal seit Jahren keins von diesen Anglokūken, nein, mein Bruder. Hat ein Stipendium gekriegt, hier an der Uni. Konnte aber nicht studieren, unser alter Herr wurde herzkrank. Robert mußte auf den Zwiebelfeldern arbeiten, die Farm in Gang halten, auf uns andere aufpassen, uns versorgen. Hat sich darum gekümmert, daß wir 'n sorgloses Leben hatten. Dann ist der alte Mann gestorben, seine Sozialversicherung wurde fällig, und Robert konnte endlich zur Uni gehen. Er ist Ingenieur geworden.»

Sena hatte das alles in eintönigem Stakkato heruntergeleiert, am Schluß war seine Stimme immer leiser geworden. Er blickte auf seine Hände und atmete tief durch. Als er wieder aufsah, war der harte Glanz in seinen Augen verschwunden. «Ich bitte Sie jetzt um einen Gefallen», sagte er, «etwas, was ich nicht oft tue.»

Chee nickte.

«Ich will Ihnen zunächst erzählen, wie Robert ums Leben gekommen ist.» Sena beschrieb die Explosion an der Bohrstelle und wie der Vorarbeiter des Navajoteams seine Leute an diesem Tag von der Bohrstelle ferngehalten hatte. «Eine Zeitlang dachte ich, es wäre tatsächlich so eine Art Vorahnung gewesen, aber jetzt vermute ich eher, daß er was mit der Explosion zu tun hatte. Zumindest wußte er von dem Plan, er wußte, daß Robert getötet würde. Dieser Bursche war Dillon Charley, Tomas Charleys Großvater.»

Wieder hielt Sena den Blick gesenkt. Seine Zähne mahlten.

«Was erwarten Sie von mir?» fragte Chee.

Sena sah nicht auf. «Ich will wissen, wer Robert umgebracht hat. Ich will diese verdammten Hurensöhne endlich darauf festnageln. Sie haben mit Mrs. Vines gesprochen. Sie haben mit dem Enkel von Dillon Charley gesprochen. Hinter der Sache steckt ein Geheimnis, und das hat was damit zu tun, daß ein paar Beteiligte Indianer sind. Und es hat was mit diesem verfluchten Peyotekult zu tun. Einer von denen muß Ihnen was erzählt haben. Sie wissen mehr, als Sie zugeben. Wenn's nicht so wäre, hätten Sie nicht so schnell rausgefunden, wo Vines' Kästchen geblieben ist.»

«Ich weiß, verdammt, gar nichts», sagte Chee. «Jedenfalls nichts über die Explosion am Bohrloch. Glauben Sie denn, Vines hätte was damit zu tun?»

Sena schüttelte den Kopf. «Der war damals noch gar nicht hier. Und seine jetzige Frau kam erst her, als die erste Mrs. Vines gestorben war. Ich nehme an, Dillon Charley hat Vines irgendwas erzählt. Es kann gar nicht anders sein, Mrs. Vines muß was wissen. Warum hätte sie sonst den Diebstahl des Kästchens mit diesem Haufen Peyotefressern in Verbindung gebracht?»

«Ich weiß es nicht», sagte Chee.

Es wurde still im Raum. Ein Krankenwagen bog mit ersterbender Sirene von der Lomas Avenue in die Auffahrt der Notaufnahme ein.

«Es gibt also nichts, was Sie mir sagen könnten?» fragte Sena.

«Nichts, was ich Ihnen nicht schon gesagt hätte.»

Sena preßte die Lippen aufeinander und sah auf die Uhr. «Eine verdammt beschissene Art, jemanden umzubringen», sagte er. «Ihn regelrecht in Stücke zu zerfetzen. Was wir von Robert gefunden haben, war kaum genug, um es zu beerdigen. Und wer weiß, ob überhaupt alles, was wir unter die Erde gebracht haben, zu ihm gehörte. Ein Bein haben wir gefunden, steckte noch im Stiefel. Einen Teil vom Torso konnten wir anhand der Gürtelschnalle identifizieren. Es war nicht viel von ihm übriggeblieben. Kojoten und Raubvögel und anderes Viehzeug hatten ja lange genug Zeit, sich zu bedienen.» Senas Augen glänzten hart und kalt. Er starrte Chee an. Seine Wangenmuskeln strafften sich. «Meine Mutter fuhr immer wieder zur Unglücksstelle raus. Sie lief durchs Kreosotgebüsch und hoffte, noch mehr zu finden.» Sena stieß krächzende Laute aus, es sollte wohl ein bitteres Lachen sein. «Ich glaube, sie wollte ihren Robert wieder zusammensetzen. Oder was denken Sie, was sie da draußen gewollt hat?»

Chee wußte nicht, was er sagen sollte. Die Einstellung der Weißen zu ihren Toten würde er wohl nie verstehen.

«Noch etwas», fuhr Sena fort, «noch zwei Dinge. Das eine ist eine Bitte, und das andere eine Warnung. Erstens, wenn Sie mir was über dieses Peyotevolk oder über die beiden Vines erzählen, irgendwas, was mir weiterhilft, würde ich Ihnen das hoch anrechnen. Ich würd's Ihnen nicht vergessen. Ich vergesse es nie, wenn mir jemand einen Gefallen getan hat. Zweitens, halten Sie sich aus meinem Zuständigkeitsbereich raus. Das Ganze ist meine Sache. Der Diebstahl und der Mord und alles Drum und Dran. Ausschließlich meine Sache, klar? Das war schon immer mein Fall, fast mein ganzes Leben lang, und ich will nicht, daß Sie sich einmischen. Ich habe Ihnen das schon mal gesagt, aber Sie haben sich nicht darum gekümmert.» Senas Stimme zitterte, er schwieg, bis er sie wieder unter Kontrolle hatte. «Ich bin als harter Typ bekannt», fuhr er fort. «Ich hab, wenn's nötig war, schon mal den einen oder anderen getötet. Und es gibt Leute, die meinen, es wäre nicht immer nötig gewesen. Wie auch immer, ich möchte, daß Sie das wissen. Wenn Sie's für Ihr Pech halten, daß Sie da draußen im *malpais* auf diesen blonden Killer gestoßen sind, dann sage ich Ihnen: Seien Sie froh, daß Sie's nicht mit mir zu tun hatten.»

Sena stand auf und stellte den Stuhl ordentlich an die Wand. Dann ging er, stumm und ohne Chee anzusehen.

Im Fernsehen brachten sie inzwischen Reklamespots, der Werbeblock zwischen *Hollywood Squares* und irgendeiner Seifenoper. Auf dem Bildschirm war in Großaufnahme das tränenfeuchte Gesicht einer Frau zu sehen. Sie bewegte tonlos die Lippen und tupfte sich die Augen. Chee starrte nach links auf das Gelände der Universität von New Mexico und dachte nach. Warum war Sheriff Sena so voller Haß? Was steckte hinter seinen Fragen? Das war keine Aussprache zwischen zwei Polizeibeamten gewesen, kein normaler Informationsaustausch. Eher ein Verhör. So, wie man einen verdächtigen Zeugen ausfragt, geschickt und routiniert. Aber was hatte Sena eigentlich erfahren wollen?

Zum Teil war das offensichtlich, aber nur zum Teil. Chee versuchte, seine Gedanken zu ordnen. Dreimal, jedesmal auf andere Weise, hatte Sena herauszufinden versucht, ob Chee mit dem Blonden gesprochen hätte. Warum war das für den Sheriff so wichtig? Arbeitete der Killer etwa für Sena? Hatte er den Mann angeheuert, um das Kästchen von Tomas Charley zu bekommen? Eine Frage, auf die Chee keine Antwort fand. Irgendwie kam es ihm logischer vor, daß der Killer von Vines bezahlt wurde.

Das Telefon läutete. Chee seufzte.

«Hier ist Sergeant Hunt vom Polizeidepartment Albuquerque», sagte eine Stimme. «Geht es Ihnen gut genug, einen Besucher zu empfangen?»

Eine angenehme Stimme, sehr höflich.

«Ja, warum nicht?» antwortete Chee.

«Okay, dann sagen Sie das mal dieser starrköpfigen Schwester. Sie will mich nicht zu Ihnen reinlassen.»

«Mach ich», versprach Chee.

«Ich bin dann gleich bei Ihnen», sagte Hunt und legte auf.

Chee drückte den Rufknopf für die Schwester. Warum schickte das Albuquerque Police Department jemanden zu ihm? Das war ein Fall für das FBI oder, wie Sena behauptete, für den Sheriff des Valencia County. Je nachdem, wie man die Sache sah. Ging es um Freiheitsberaubung mit Todesfolge im Reservatsgebiet, dann war die Bundespolizei zuständig. War es Mord, dann konnte der Fall in Senas Zuständigkeit fallen, wiederum abhängig vom Grenzverlauf im Checkerboard. So oder so, ein Fall für die Polizei in Albuquerque war es bestimmt nicht.

Hunt war ein schlanker Mann mit blaßgrauen Augen und einem schmalen, knochigen Gesicht.

«Sieht so aus, als hätten Sie Ihre Nase zu weit rausgereckt», sagte er. «Falls Sie neugierig sind: Das Geschoß hat sich zerlegt, scheint aus einer 22er zu stammen. Vermutlich ein Materialfehler.»

«Ja, ich hatte auch den Eindruck, daß es eine 22er Pistole mit Schalldämpfer war. Fühlte sich aber an wie eine Kanonenkugel.»

«Ich kenne das Protokoll Ihrer Aussage vor der Staatspolizei. Anscheinend konnten Sie den Burschen lange genug aus nächster Nähe sehen.»

«Ja, nahe genug. Fast zu nahe.» Chee versuchte sich zu erinnern, was er dem Staatspolizisten berichtet hatte. Sein Kopf brummte, alles war verschwommen und mußte neu geordnet werden. Mary Landon und er waren Richtung Bundesstraße gegangen, immer langsamer und unter immer größeren Schmerzen. Bei jedem Schritt hatte er ein heftiges Stechen in der Brust gespürt. Dann war ihm schwindelig geworden, er mußte sich hinsetzen. Mary hatte ihren Mantel als Unterlage ausgebreitet und darauf bestanden, daß er sich hinlegte, während sie loslief, um ein Auto anzuhalten und Hilfe zu holen. Er war immer wieder bewußtlos geworden. Irgendwann, als die Sonne genau über ihm stand, war er zu sich gekommen. Ein Mann in der schwarzen Uniform der Staatspolizei von New Mexico hatte sich über ihn gebeugt. Er erinnerte sich, daß er mit dem Polizisten geredet hatte, an Marys besorgte Miene und auch daran, daß der Polizist sie bis zur Interstate gebracht hatte, wo ein Krankenwagen wartete. Mary war bei ihm geblieben. Aber das war auch schon alles, woran er sich erinnern konnte. Wo war Mary jetzt?

«Wir hätten gern noch mal eine Personenbeschreibung», sagte Hunt, «wir müssen das alles noch mal durchgehen.»

«Mittelgroß», fing Chee an, «etwa 40 Jahre alt. Gewicht etwa 70 Kilo. Einsfünfundsiebzig, eher kleiner. Scheint körperlich fit zu sein. Auffallendes hellblondes Haar, halblanger Schnitt. Ausgeprägt knochige Gesichtsstruktur, soweit ich mich erinnern kann. Wuchtiges Kinn, blaue Augen, helle Augenbrauen. Kein Bart. Helle, blasse Hautfarbe. Ziemlich große, enganliegende Ohren.»

Hunt machte sich Notizen. Chee schloß die Augen und sah das Gesicht des Killers wieder vor sich, so wie er es bei der Versteigerung gesehen hatte. Die blaßblauen Augen, die ihn gemustert hatten. «An weitere Details kann ich mich nicht erinnern. Er sah irgendwie gerissen aus, wenn Sie wissen, was ich damit meine.»

Hunt hatte einen Aktendeckel geöffnet. «Sieht er ungefähr so aus?» fragte er und hielt Chee eine Federzeichnung auf weißem Karton hin. Offenbar ein Phantombild. Es traf den blonden Mann ziemlich gut.

Chee gab das Blatt zurück. «Könnte er sein. Wahrscheinlich ist er's sogar. Wie heißt der Mann?»

«Das wissen wir noch nicht genau.»

Chees Rippe pochte. Er fühlte sich plötzlich sehr krank. Sein Kopf hämmerte. Nicht der Augenblick, in dem man höflich und beherrscht bleibt. «Verdammt noch mal», fuhr er Hunt an, «ich bin die albernen Spielchen leid. Woher wissen Sie dann so genau, wie der Kerl aussieht? Und wieso hängt sich die Stadtpolizei von Albuquerque da rein? Die Sache ist doch hundert Meilen außerhalb Ihres Zuständigkeitsbereiches passiert.»

«Da muß ich ein bißchen ausholen», sagte Hunt. «Wir haben bei der Mordkommission in Albuquerque eine Akte mit unaufgeklärten Tötungsdelikten, und ich bin derjenige, der diese Fälle weiter im Auge behalten muß. Sie wissen schon: ungefähr alle sechs Monate den ganzen Kram durchgehen und sehen, ob sich irgendwelche Übereinstimmungen mit aktuellen Fällen ergeben. Nun, vergangenen Sommer hatten wir einen rätselhaften Doppelmord. Zwei Leute eines Abschleppdienstes wurden bei der Explosion eines Sprengsatzes getötet, als sie einen alten Pickup von einem reservierten Parkplatz abschleppen wollten. Wir hatten Glück und fanden eine Zeugin, die alles vom Fenster aus beobachtet hat. Sie hatte gesehen, wie jemand, der ungefähr so aussah...» Hunt deutete auf die Zeichnung, «...ein Paket auf die Ladefläche des Pickup gelegt hat, kurz bevor der Wagen in die Luft flog.»

«Ach so», sagte Chee. Auf einmal spürte er den Schmerz in der linken Brustseite nicht mehr. Auch der Brechreiz war plötzlich weg. Endlich bekamen die Gedanken, die ihm seit Stunden durch den Kopf gingen, ohne daß er ein zusammenhängendes Bild daraus formen konnte, klare Umrisse. Hunt sah ihn erwartungsvoll an. «Das ist sehr interessant», sagte Chee.

«Ja, das ist es wohl», meinte auch Hunt. «Wir konnten uns die Sache bisher nicht erklären. Ganz offensichtlich richtete sich der Sprengstoffanschlag nicht gegen das Abschleppteam, obwohl wir natürlich auch diese Möglichkeit sorgfältig untersucht haben. Nun, wenn jemand einen Sprengsatz auf die Ladefläche eines Pickup legt, dann liegt der Verdacht nahe, daß der Fahrzeughalter in die Luft gejagt werden soll. Aber das war ein armer Teufel, ein Navajo, krebskrank, kurz vor dem Sterben. Kein Motiv, da auch noch nachzuhelfen. Wir haben natürlich auch den Typ unter die Lupe genommen, für den der Parkplatz reserviert war. Einer von den leitenden Ärzten. Stinkreich. Eheprobleme. Vielleicht wollte seine Frau keine Zeit mit einem Scheidungsprozeß verlieren. Beweisen ließ sich das nicht, aber unsere letzte Theorie lief darauf hinaus, daß der Doktor die Zielperson wäre. Inzwischen sieht es eher so aus, als hätte unser Sprengstoffgangster einen anderen Navajo umgelegt. Einen mit demselben Familiennamen.»

«Es handelt sich um Vater und Sohn», erklärte ihm Chee.

Hunt schlug sich mit der Faust aufs Knie. «Das ist genau das, was ich von Ihnen hören wollte. Das, oder daß die beiden Brüder sind. Sind Sie sicher?»

«Ja, absolut sicher.»

«Nun, das erklärt einiges», meinte Hunt.

Richtig, dachte Chee, das sollte uns einiges erklären. Bloß was, fragte er sich.

Und dann fragte er Hunt. «Was zum Beispiel?»

«Zum Beispiel, daß die Bombe damals nicht für den Doktor bestimmt war. Wenn der Killer jetzt Charley junior umgebracht hat, dann hatte er's damals sicher auf Charley senior abgesehen.»

«Ja», sagte Chee. Sein Kopf schmerzte. Wer würde denn einen Profikiller anheuern, um einen Sterbenden umzubringen? Warum sollte irgend jemand ein Interesse daran haben, Emerson Charleys Sterben zu beschleunigen? Darauf gab es keine logische Antwort. Aber Hunt wartete auf weitere Erklärungen.

«Ist Emerson Charleys Leiche wieder aufgetaucht?» fragte Chee.

Hunt runzelte die Stirn. «Ich verstehe die Frage nicht. Was meinen Sie damit?»

«Tomas Charley hat mir erzählt, daß die Leiche seines Vaters aus dem Krankenhaus verschwunden ist. Emerson ist eines Nachts gestorben, und als Tomas am nächsten Morgen kam, um die Leiche abzuholen, war sie nicht mehr da. Sie war aus der Leichenkammer verschwunden.»

Hunt schüttelte wütend den Kopf. «Das wußte ich nicht. Warum, verdammt noch mal, hat das niemand gemeldet?»

«Tomas hat es gemeldet. Bei Ihrem Polizeidepartment in Albuquerque.»

Hunt war sichtlich verlegen. «Na ja, Sie wissen ja, wie das ist», sagte er. «Er sagt das dem diensthabenden Beamten und füllt irgendein Formular aus, dann hört sich jemand aus dem Department ein bißchen um, und damit hat sich's auch schon. Macht ja keiner Druck. Zu der Zeit war der Fall mit den beiden Toten bei dem Sprengstoffanschlag schon ad acta gelegt, und natürlich kam keiner auf die Idee, daß die Mordkommission an einem krebskranken Navajo interessiert sein könnte.»

«Sicherlich nicht», sagte Chee.

«Ich gehe der Sache nach. Aber wie, zum Teufel, kann in einem Krankenhaus eine Leiche verschwinden?»

«Tomas nahm an, sie wäre gestohlen worden.»

«Gestohlen? Wer klaut denn eine Leiche? Etwa der Kerl hier?» Er tippte auf die Zeichnung.

Chee hatte keine Lust, die ganze Geschichte von den Vines zu erzählen. «Tomas glaubte, daß ein Hexer sie gestohlen hat. Warum? Tja, wer weiß.» Aber dann dämmerte ihm, wenn auch zunächst noch verschwommen, doch so etwas wie eine mögliche Erklärung.

Und in Hunts Kopf schien sich etwas Ähnliches abzuspielen.

«Woran ist er gestorben?» fragte Hunt. «Uns hat man gesagt, an Krebs.»

«Und nun vermuten Sie, daß der Bursche, der dem Tod mit der

Bombe nachhelfen wollte, anschließend einen anderen Weg gefunden hat, um die Sache zu beschleunigen?» Chee gefiel diese Art logischen Denkens. Der ganze Sergeant Hunt gefiel ihm.

«Genau», sagte Hunt. «Wenn die Leiche verschwunden ist, kann es keine Autopsie geben, klarer Fall. Ich werd da mal nachhaken.»

«Sehr gut», sagte Chee.

«Ich lasse Sie wissen, was dabei rauskommt. Jetzt noch was anderes...» Hunt fischte noch einmal die Zeichnung aus seiner Akte und betrachtete sie. «Falls unser Mann identisch ist mit Ihrem Mann, sind wir einer großen Sache auf der Spur. Ich denke, das FBI wird sich sehr für den Burschen interessieren.»

«Die vom FBI waren heute morgen schon hier. Die Schwester wollte sie nicht reinlassen. Was haben die von mir gewollt?»

«Sie untersuchen seit einigen Jahren eine Serie professioneller Morde, die alle nach demselben Schema verübt wurden. Leute, die mit einer 22er Pistole durch Kopfschuß getötet werden. Niemand hört die Schüsse. Und dann gab es einige Fälle, bei denen als Mordwaffe sowohl eine 22er als auch Sprengsätze verwendet wurden. Zum Beispiel ein paar Funktionäre von der Bauarbeitergewerkschaft in Houston und Zeugen in einem Erpressungsfall in Philadelphia. Meistens durch eine kleinkalibrige, schallgedämpfte Pistole, in einigen Fällen auch durch Sprengladungen. Die Sprengsätze wurden jedesmal mit einem ganz speziellen Mechanismus gezündet. Und derselbe Zündmechanismus wurde auch hier bei uns verwendet.»

«Was für ein Zündmechanismus?»

«Teuflisch ausgeklügelt. Der elektrische Kontakt wird durch Quecksilber geschlossen. Der Killer legt das Bombenpaket ab und entfernt die Sicherung, und sobald das Ding dann bewegt oder gekippt oder geschüttelt wird, beginnt das Quecksilber zu fließen und löst die Explosion aus. Kein tickender Wecker, kein Kabel. Keine langen Vorbereitungen, keine Komplikationen. Ganz einfach. Sieht der Fahrer das Paket nicht, geht es hoch, sobald er losfährt. Sieht er's, explodiert es, wenn er es hochhebt.»

«Und wieso ist es hier schiefgegangen?»

«Zufall. Die Abschleppleute wollten den Falschparker vom reservierten Platz ziehen. Haben mit der Winde das Heck des Pickup angehoben. Kippeffekt – rumms! Pech für den Killer, daß es nicht den erwischt hat, der gemeint war. Ein toller Mechanismus. Vom CIA entwickelt, wie ich gehört habe.»

Der Mann vom FBI kam, als Hunt gerade gegangen war. Er hieß Martin und war noch recht jung. Er trug einen braunen Anzug mit Weste. Der Schnurrbart war sauber gestutzt, am Haarschnitt hätte selbst der selige J. Edgar Hoover nichts auszusetzen gehabt. Es paßte ihm gar nicht, daß er nur zweiter hinter einem von der Stadtpolizei in Albuquerque wurde.

«Die Schwester behauptete heute morgen, daß Sie schlafen.» Es hörte sich nicht wie eine Feststellung an, eher wie ein Vorwurf.

«Nein», sagte Chee, «ich hab mir *Hollywood Squares* im Fernsehen angesehen. Ich nehme an, die Schwester wollte nicht, daß ich dabei gestört werde. Kennen Sie die Sendung?»

Martin verneinte. Er wollte mit Chee darüber reden, wie der Blonde ausgesehen hätte. Und welches Motiv jemand gehabt haben könnte, Tomas Charley zu töten. Und über den Einbruch bei Vines. Chee brauchte weniger als fünf Minuten, um zu allen drei Punkten seine Aussagen zu machen. Für den zweiten Durchgang, bei dem der FBI-Mann alles noch mal unter verschiedenen Gesichtspunkten erläutert haben wollte, brauchten sie mehr als zehn Minuten.

«Haben Sie irgendwas im Auto des Mannes gefunden?» fragte Chee. «Ein Mietwagen, nicht wahr?»

«Der Wagen ist bis jetzt nicht aufgetaucht», sagte Martin. «Wir gehen davon aus, daß er ihn bei Hertz am Flughafen in Albuquerque gemietet hat.» Martin nahm eine Mappe aus dem Aktenkoffer und zog daraus eine Kopie von Hunts Phantombild.

«Sah Ihr Mann so aus?»

«Ja, ziemlich genau.»

«Die Leute von Hertz haben ihn als den Mann identifiziert, der einen grün-weißen Plymouth gemietet hat. Der Wagen ist überfällig. Er nannte sich McRae und gab eine Adresse in Indiana an. Die Adresse ist falsch.»

Chee sagte nichts. Das Gespräch mit Hunt hatte ihn sehr ermüdet. Seine Brust schmerzte. Sein Kopf rumorte. Wann ging dieser Martin endlich?

«Wenn Sie hier rauskommen, möchten wir Sie gern bei uns im Büro sehen», sagte Martin. «Wir möchten, daß Sie sich Fotos in der Fahndungskartei ansehen und uns weitere Details nennen, die für eine Identifizierung bedeutsam sein können.»

«Fahndungskartei? Glauben Sie denn, daß er schon registriert ist?»

«Nicht direkt. Wir stützen uns auf Verdachtsmomente, die sich in zehn Jahren angesammelt haben. Trotzdem möchten wir, daß Sie sich die Fotos ansehen, für alle Fälle. Und wir möchten, daß Sie sich viel Zeit nehmen, uns alles zu erzählen, woran Sie sich im Zusammenhang mit diesem Burschen erinnern. Alles.»

Chee sagte wieder nichts. Er schloß die Augen.

«Ihre Aussagen sind für uns sehr wichtig. Dieser Mann ist aalglatt. Die kleine Pistole, die er benutzt, muß wirklich sehr leise sein. Und er benutzt sie nur da, wo ihn niemand beobachten kann. Anscheinend recherchiert er jeden Auftrag äußerst sorgfältig. Er erwischt seine Opfer jedesmal im richtigen Moment für einen schnellen Schuß aus kürzester Entfernung in den Kopf. Auf dem Klo hat er's besonders gern. Wir wissen von vier Opfern, die tot hinter geschlossener Tür auf dem Klo saßen, als sie gefunden wurden. Einige auch in Telefonzellen. An solchen und ähnlichen Orten. Ein schneller, leiser Schuß, und schon ist er verschwunden. Nie Zeugen. Bis zu diesem Sprengstoffanschlag in Albuquerque. Und jetzt Sie und Miss Landon.»

Chee öffnete die Augen. «Wir sind die ersten Zeugen?»

Martin sah Chee eindringlich an. «Die ersten Zeugen, von denen er etwas weiß. Er weiß nicht, daß ihn jemand beobachtet hat, als er die Bombe auf Charleys Pickup legte. Mittelgroß. Blond. Und so weiter. Sie beide sind die einzigen, die ihn genau beschreiben und ihm definitiv einen Mord anhängen können.»

Chees Kopf schmerzte. Er schloß wieder die Augen.

«Wissen Sie», sagte Martin, «ich an Ihrer Stelle wäre sehr vorsichtig.»

Das hatte sich Chee auch schon überlegt.

16

Als Martin gegangen war, hängte sich Chee etwa zehn Minuten lang ans Telefon. Mary Landons Nummer erfuhr er von der Auskunft, aber als er dort anrief, hob niemand ab. Ihm fiel ein, daß es ein ganz normaler Schultag war, also rief er bei der Schule an. Dort sagte man ihm, daß Miss Landon heute frei genommen hätte. Er rief in seinem Büro an und gab Officer Dodge den Auftrag, Mary zu suchen und im Auge zu behalten. Dann kam der Doktor zur Visite, ein junger Mann, sommersprossig, rothaarig. Er sah sich Chees Rippe an, erneuerte den Verband, wünschte «gute Besserung» und ging. Danach erschien die Schwester, gab ihm zwei Pillen, paßte auf, daß er sie auch schluckte, kontrollierte seine Temperatur, sagte: «Wir sind hier nicht auf einer Polizeistation. Sie sollen ruhen, nicht mit Polizisten reden», und ging. Chee schüttelte das Kopfkissen auf und schaute, während er seinen Gedanken nachhing, zum Gelände der Universität hinüber. Zuerst dachte er über Mary nach, dann über die Peyotesekte, über B. J. Vines' Andenkenkästchen, über die Lebensphilosophie der Weißen, und schließlich fiel er in einen unruhigen Schlaf. Erst am späten Nachmittag wachte er wieder auf. Sonnenlicht fiel schräg durchs Fenster, und Mary saß neben dem Bett.

«Hallo», sagte sie, «wie geht's dir denn?»

«Prima», antwortete Chee. Es ging ihm wirklich gut. Er fühlte sich erholt.

«Junge, Junge, ich habe vielleicht Angst um dich gehabt. Ich dachte, du wärst tot. An der Interstate hab ich einen Fernlaster gestoppt, und der hat über CB-Funk den Streifenwagen gerufen. Als wir bei dir ankamen… Na ja, so, wie du dagelegen hast…» Sie verzog das Gesicht. «Wie tot.»

Chee erzählte ihr, was er inzwischen über den Blonden erfahren hatte. «Ist dir klar, was das bedeutet? Wahrscheinlich setzt er jetzt alles daran, uns beide aus dem Weg zu räumen.»

Noch ehe er das ausgesprochen hatte, kam ihm die Formulierung reichlich melodramatisch vor. Hier, in diesem ruhigen, aseptischen Krankenzimmer war die Vorstellung, daß ein Mörder hinter Jim Chee und Mary Landon her wäre, irgendwie lächerlich.

«Glaubst du nicht eher, daß er versucht, so schnell wie möglich unterzutauchen?» fragte sie. «Das würde ich jedenfalls tun.»

«Du bist ja auch kein Profikiller.»

«Falls du damit auf meine Schießkünste anspielst, erinnere ich dich daran, daß du an der Kimme rumgespielt hast.»

«Nimm das bitte ernst», sagte Chee. «Der Kerl hat keine Skrupel, jemanden umzulegen.»

Marys Lächeln verschwand. «Ich weiß. Aber was sollen wir denn machen? Das ist so, wie wenn du vorm Gewitter Angst hast. Du kannst nicht dauernd davonlaufen, sobald eine Wolke am Horizont auftaucht.»

«Aber du mußt dich auch nicht ausgerechnet unter einen einzelstehenden Baum stellen, solange das Gewitter über dir hängt. Warum nimmst du nicht einfach ein paar Tage Urlaub, fährst für eine Weile zu Verwandten und bindest keinem auf die Nase, wo du steckst?»

Eben hatte sie noch bedrückt ausgesehen, jetzt las er Zweifel in ihrer Miene. «Machst du's etwa genauso?»

«Würde ich, wenn ich könnte. Aber ich bin Polizist. Ich muß mich um die Sache kümmern.»

«Mußt du nicht», widersprach Mary. «Du bist nicht mal zuständig. Das hast du mir selbst erklärt. Das FBI muß sich darum kümmern. Oder der Sheriff.»

«Nach der Rechtslage, ja. Aber meine angeknackste Rippe ist Grund genug, mich persönlich dafür zu interessieren. Und außerdem bin ich so was wie ein Kronzeuge.»

«Ich auch», sagte Mary.

Sie diskutierten noch eine Weile herum, ziemlich linkisch und ein wenig verkrampft. Zwei Menschen, die sich abtasteten, weil sie noch nicht genau wußten, wie sie eigentlich zueinander standen.

Mary wechselte dann das Thema und wollte wissen, wie das mit den anderen Besuchern gewesen wäre. Zum Beispiel mit Sheriff Sena und seinen seltsamen Zwangsvorstellungen im Zusammenhang mit dem Tod seines Bruders bei der Explosion an der Bohrstelle. Aber ein ungezwungener Gesprächston kam nicht mehr auf.

«Wenn ich hier rauskomme», sagte Chee, «werde ich mich intensiv mit diesem Explosionsunglück beschäftigen und mir als erstes alle Zeitungsberichte ansehen, die ich auftreiben kann. Ich will alle Details kennenlernen, und vor allem auch Namen. Mal sehen, was dabei herauskommt.»

«Ich fang schon mal damit an», sagte Mary. «Die Universitätsbibliothek speichert Zeitungsberichte auf Mikrofilm.» Sie stand auf und nahm ihre Handtasche. «Hoffentlich sind die dabei, die wir suchen. Wenn ich mich beeile, schaffe ich das heute noch.»

17

Als Chee auf die Uhr sah, war es 3.11 Uhr. Er lag seit ungefähr fünfzehn Minuten wach, hatte sich aber nicht gerührt und auch die Augen nicht aufgeschlagen, alles in der trügerischen Hoffnung, vielleicht doch wieder einzuschlafen. Jetzt gab er auf. Seine innere Uhr war in Unordnung geraten, weil er seit gestern nachmittag geschlafen hatte. Die Schwester hatte ihm abends um zehn sogar noch eine zweite Schlaftablette geben wollen, aber die hatte er nicht genommen. Tabletten schluckte er grundsätzlich nur, wenn es sich gar nicht vermeiden ließ. Die erste hatte er sich gestern nach dem Mittagessen aufdrängen lassen, und der ganze Erfolg war ein gestörter Schlafrhythmus.

Er setzte sich auf die Bettkante und schlüpfte in die Krankenhaus-Slipper. Der Schmerz in der Brust ließ nach, nur wenn er sich bewegte, fühlte er ein heftiges Stechen unter dem festen Verband. Ein Vorhang teilte inzwischen den Raum, dahinter war der schwere Atem eines Mannes in Narkose zu hören. Chee erinnerte sich, daß man etwa um Mitternacht einen Mann aus der chirurgischen Wachstation hereingeschoben hatte, einen jungen Chicano, den sie nach einem schweren Unfall wieder zusammengeflickt hatten.

Chee knipste sein Bettlicht an und versuchte, die Zeitung weiterzulesen. Durch den Vorhang hörte er seinen Zimmergenossen im Schlaf vor sich hin murmeln. Der Mann wälzte sich auf seinem Bett zur Seite, fing zu stöhnen an. Chee knipste das Licht wieder aus. Laß ihn schlafen, dachte er, mitten in der Nacht sollten eigentlich alle schlafen.

Aber Chee war hellwach. Er zog den Bademantel über und ging zur Schwesternstation. Die Nachtschwester war etwa Mitte Vierzig, eine Frau mit rundem, sanftem Gesicht und dem Geflecht aus Tausenden winziger Fältchen, wie sie die Wüstensonne schnell in die Haut der Weißen einbrennt. Sie sah von ihrem Papierkram auf und musterte Chee durch die Bifokalgläser ihrer Brille.

«Kann nicht schlafen», murmelte Chee.

«Wen haben wir denn da?» fragte Schwester Bifokal. «Sie sind Chee, nicht wahr?» Sie fand seine Krankenakte und überflog sie. «Sie hatten zwar erst um zehn eine Schlafpille, aber ich könnte Ihnen wohl noch eine geben.»

«Ich mag die Dinger nicht, sie machen mich so schläfrig.»

Die Schwester stutzte, dann verstand sie die Ironie und lächelte. «Das ist nun mal der Ärger mit den Schlaftabletten.»

«Vor einiger Zeit ist in dieser Klinik eine Leiche verschwunden», wechselte Chee abrupt das Thema. «Der Mann hieß Emerson Charley. Wissen Sie was darüber?»

«Nicht offiziell», sagte Schwester Bifokal, «aber ich habe davon gehört, ja.» Die Erinnerung ließ sie feixen: «Da war ganz schön der Teufel los.»

«Wie kann denn so was passieren? Was macht man normalerweise mit den Toten hier im Krankenhaus?»

«Also, zuerst kümmert sich der behandelnde Arzt darum, daß die Papiere ausgestellt werden.» Sie sah auf einmal recht nachdenklich aus. «Dann wird die Leiche für die Identifizierung durch die Angehörigen vorbereitet und in die Leichenkammer im zweiten Stock gebracht. Dort bleibt sie, bis die Verwandten ein Beerdigungsinstitut beauftragen, den Verstorbenen abzuholen. Oder, falls eine Autopsie angeordnet wurde, bis das morphologische Labor die Leiche übernimmt. Soweit ich weiß, war in diesem Fall eine Leichenöffnung vorgesehen und der Leichnam entsprechend gekennzeichnet. Trotzdem hat ihn jemand aus der Leichenkammer rausgeholt.»

«Erzählen Sie mir mal, wie das war.»

«Da gibt's nicht viel zu erzählen. Er starb spät am Abend. Sie brachten die Leiche runter und schoben sie in den Kühlraum der Leichenkammer. Als die Leute von der Morphologie am nächsten Morgen die Autopsie machen wollten, war der Tote verschwunden.» Schwester Bifokal grinste wieder. «Jede Menge Aufregung. Und jede Menge rote Köpfe.»

«Hat denn jemand die Leiche gestohlen?»

«Muß wohl so sein. Wahrscheinlich jemand aus der Familie. Indianer mögen's nicht gern, wenn man ihre Toten autopsiert.»

Chee korrigierte sie nicht. Charley war ein Navajo, und Navajos haben weniger Einwände gegen Autopsien als Weiße. Nur die Puebloindianer sind dagegen. Bei ihnen müssen die Toten beerdigt werden, wenn die Sonne genauso steht wie im Augenblick des Todes. Exakt zu dieser Zeit muß der Verstorbene seine schwere, vier Tage währende Reise ins Jenseits antreten. Die meisten Navajostämme aber glauben, daß nach dem Tod nur ein böser Geist zurückbleibt, und auch das nur für begrenzte Zeit. Der Rest ist Vergessen, die Auslöschung des menschlichen Bewußtseins. Der Tod löst bei Navajos kaum sentimentale Gefühle aus.

«Könnte denn jemand einfach da reinspazieren und mit dem Toten wieder rauskommen?» fragte Chee.

«So war's wohl, nehme ich an. Auch die Kleider hat er mitgenommen.» Sie kicherte. «Und dabei ist noch etwas Seltsames passiert. Also, die Leiche war weg, und zwei Tage später stellte sich heraus, daß wir die Kleidung verwechselt hatten. Wer auch immer Emerson Charleys Leiche gestohlen hat, er hat die falsche Kleidung mitgenommen.»

«Wie konnte das denn passieren?»

«Ganz einfach. Wenn ein Patient eingeliefert wird, verwahren wir seine Kleidung in einem roten Plastiksack auf. Sieht so ähnlich aus wie eine große Einkaufstüte. Und wenn der Patient stirbt, kommt der Kleidersack zusammen mit in die Leichenkammer. Unser Leichenklauer hat ganz einfach den falschen Sack erwischt.»

«Wird denn die Leichenhalle nicht zugeschlossen?»

«Sollte sie eigentlich. Aber vielleicht hat jemand die Tür für ein Bestattungsunternehmen offengelassen. So stelle ich mir das jedenfalls vor. Tja, und dann kommt ein Verwandter des Toten, findet den Leichenraum unverschlossen, schnappt sich die Leiche und haut damit ab. Die Leichenkammer liegt direkt neben der Laderampe für die Wäscherei. Auf die Weise kann man ungesehen verschwinden. So, und nun sollten Sie schleunigst wieder zurück ins Bett.»

«Okay», sagte Chee, «gute Nacht.»

Aber Chee war immer noch nicht müde. Von der Zimmertür aus schaute er verstohlen zurück. Schwester Bifokal war wieder in ihre Papiere vertieft. Er ging leise durch die Empfangshalle, bog um die Ecke und schlüpfte durch die Tür, die zum Aufzug und zum Treppenhaus führte. Er stieg die Treppe hinunter bis in den zweiten Stock. Dort blieb er stehen und orientierte sich. Schwester Bifokal hatte gesagt, die Leichenhalle wäre in der Nähe der Laderampe für die Wäscherei. Eine versorgungstechnisch logische Anordnung. Das Krankenhaus lag an einem von Nordost nach Südwest abfallenden Hang. Eine Laderampe im zweiten Stock mußte sich demnach an der Nordostseite der Klinik befinden. Chee ging also bis zum Ende des Nordflures und hielt sich dann nach Osten.

Noch während seine Schritte im leeren Flur widerhallten, hörte er dumpfes, rhythmisches Stampfen. Offenbar die Geräusche aus der Wäscherei. An der nächsten Tür war ein Blatt Schreibmaschinenpapier festgeheftet, darauf stand mit Filzstift geschrieben, daß das morphologische Labor in das Gebäude der staatlichen Laboratorien der Universität von New Mexico verlegt worden war. Um die Ecke war die Eingangstür zur Leichenkammer.

Der Größe nach eher ein Tor. Eine Sperrholzplatte schützte den unteren Türrahmen vor anstoßenden Transportwagen. Drei solcher Leichentransportwagen standen neben dem verschlossenen Eingang. Chee prüfte das Schloß. Er nahm an, daß es einer Messerklinge nicht lange standhalten würde, aber um das auszuprobieren, blieb jetzt keine Zeit. Der einfachere Weg schien durch die Decke zu führen. Chee sah sich nach allen Seiten um, den Flur hinauf und hinunter und in den Vorraum, der zur Laderampe führte. Niemand zu sehen. Und kein Laut außer dem dumpfen Dröhnen der Wäschereimaschinen.

Er schob einen der Leichenkarren gegen das Tor, kletterte ein wenig schwerfällig hinauf, drückte ein Element der Deckenverkleidung nach oben und steckte den Kopf durch das Loch. Zwischen der Verkleidung und der darüberliegenden Betondecke klappte ein Hohlraum von mehr als einem Meter. Chee prüfte die Aluminiumstreben, an denen die Deckenverkleidung aufgehängt war. Sie sahen recht stabil aus, waren aber vielleicht doch zu schwach, um das Gewicht eines erwachsenen Mannes zu tragen. Es gab allerdings noch andere Rohrleitungen, zum Beispiel die für die Elektroinstallationen, die Wasserrohre und die dick isolierten Warm- und Kaltluftleitungen der Klimaanlage. Chees Augen waren inzwischen an das Halbdunkel gewöhnt. Er sah genug, um festzustellen, daß es nicht schwierig war, in die Leichenkammer zu gelangen, auch wenn sie verschlossen war. Man mußte sich nur in die Zwischendecke hieven, dort über Rohrleitungen so weit kriechen, daß man sich über der Leichenkammer befand, dann wieder ein Element aus der Deckenverkleidung lösen und sich hinunterhangeln. Er zog den Kopf zurück, schob das herausgelöste Deckenelement wieder in die Verankerung und kletterte vom Transportkarren.

Als er beim Aufzug stand, mußte er gähnen. Jetzt fühlte er sich müde. Und gleichzeitig erleichtert. Er kannte die Antwort auf eine Frage, die bisher noch niemand gestellt hatte und die womöglich gar nicht so wichtig war. Aber jetzt konnte er einschlafen.

18

Colton Wolf hatte den Wagen draußen im Dunkeln geparkt, knapp fünfzig Meter von der Laderampe der Wäscherei entfernt. Wie er erwartet hatte, war das Tor der Laderampe unverschlossen. Er überprüfte zunächst sämtliche Parkplätze der Klinik. Kein Polizeifahrzeug zu sehen.

Sein Plan war einfach: Er betrat das Krankenhaus durch den Haupteingang, benutzte für den Weg zur Chirurgischen Station im 5. Stock die Treppe, suchte das Zimmer 572 und tötete dort den Navajopolizisten. Was danach kam, hing von den Umständen ab, vor allem, falls es irgendwelche Schwierigkeiten gab. Doch damit rechnete Colton nicht. Der Indianer lag vermutlich im Tiefschlaf, in den Kliniken war es üblich, Patienten mit Barbituraten ruhigzustellen. Also gab es voraussichtlich keine Probleme mit dem Mann. Sollte eine Nachtschwester auf der Station sein, würde Colton ihr aus dem Weg gehen, wenn das möglich war. Wenn nicht, mußte er sie möglichst lautlos umbringen. Nach der Tat würde er wieder die Treppe hinuntersteigen, an der Leichenkammer vorbei zur Laderampe der Wäscherei gehen, auf diesem Wege die Klinik verlassen und davonfahren. In einem unauffälligen, zwei Jahre alten Chevrolet, den er auf dem Langzeitparkplatz des Flughafens gestohlen hatte. Die Parkkarte hinter der Windschutzscheibe verriet, daß der Wagen bereits am Vortag dort abgestellt worden war. Es konnte Tage dauern, bis das Fahrzeug vermißt wurde. Vorsichtshalber hatte Colton aber auf dem Parkplatz eines Supermarktes ein Nummernschild gestohlen und gegen das am Chevy ausgetauscht.

Es war kalt. Colton haßte Kälte. Er kam sich wehrlos vor, fühlte sich ausgeliefert. Er ging über den fast leeren Parkplatz vor dem Klinikeingang, über ihm funkelten fremde Sterne. Hier war die Nacht kalt und feindselig, ganz anders als die warmen Nächte seiner kalifornischen Kindheit, in denen er sich geborgen gefühlt hatte. Er hörte das leise Geräusch, mit dem seine Kreppsohlen auf dem Asphalt abrollten, und das Rascheln der aneinanderreibenden Hosenbeine. Hinter ihm fuhr ein Lastwagen die Lomas Avenue hinunter. Sonst war alles still. Eine ruhige Nacht.

Colton spürte die Pistole in seiner Manteltasche. Ein beruhigendes Gefühl, es gab ihm Sicherheit. Eine gute Waffe, diese Pistole. Sie sah zwar mit ihrem langen Lauf ein wenig unhandlich aus, war aber äußerst effizient. Die meisten Teile der Waffe hatte er selbst gefertigt, genau nach seinen Bedürfnissen. Das Griffstück war aus Nußbaumholz, nicht poliert, so daß nur verschwommene Fingerabdrücke zurückblieben. Auch die Metallteile waren nicht poliert oder geglättet. Der Lauf hatte an beiden Enden Gewinde, eine halbe Drehung genügte, um vorn den Schalldämpfer aufzusetzen oder abzunehmen, hinten ließ sich der Lauf mit anderthalb Drehungen von der Patronenkammer losschrauben. Denn nur dieser Lauf konnte ihn verraten, weil er eindeutige ballistische Spuren hinterließ, wenn das Geschoß seine tödliche Wirkung getan hatte. Aber dank seiner Vorkehrungen konnte er in Sekundenschnelle nach Erledigung eines Auftrages den verräterischen Lauf loswerden und einen neuen aufschrauben, der dann klar bewies, daß mit dieser Pistole nicht geschossen worden war.

Die automatische Eingangstür glitt auf und schloß sich hinter ihm, als er die Eingangshalle betreten hatte. Die Luft roch stickig. Die junge Frau am Empfangsschalter war in ihre Lektüre vertieft, es sah wie ein Lehrbuch aus. Irgendwo auf einem der Flure wurde ein Rollwagen geschoben. Keine Probleme. Alles lief so, wie Colton es geplant hatte, reibungslos.

Er ging durch die Tür des Treppenhauses zum Aufzug, drückte den Knopf zum 6. Stock. Leise glitt der Aufzug nach oben, modernes Gerät in einem Neubauflügel. Colton zog die Pistole aus der Tasche und überprüfte die Patronenkammer und den Spannmechanismus. Alles in Ordnung. Manche Leute behaupteten, das Kaliber dieser Waffe wäre zu klein, um Menschen zu töten. Eine 22er mit ihren 6-mm-Projektilen, glaubten sie, wäre gerade gut genug, um Kaninchen zu schießen. Aber Colton räumte der Lautlosigkeit einen hohen Stellenwert ein. Mit einem Schalldämpfer macht eine 22er nicht mehr Lärm, als wenn ein Fingerknöchel auf eine Schädeldecke klopft. Kleines Kaliber, aber ausreichend, und für Coltons Zwecke geradezu ideal. Während seiner Zeit in Waco hatte er sich in der Bücherei der Baylor University intensiv mit der Anatomie des Schädels und des Gehirns beschäftigt. Er kannte die Dicke des Schädelknochens an den verschiedenen Stellen und die Gewebeformen darunter, und daher wußte er, wo ein kleines Bleigeschoß unter dem Haarschopf eines Menschen eindringen mußte, um sofort und zuverlässig tödlich zu wirken.

Kurz bevor der Aufzug den 6. Stock erreichte, steckte Colton die

Pistole zurück in die Manteltasche, wobei er die Hand am Griffstück behielt. Die Tür glitt auf. Colton lauschte. Er trat auf den Flur, drückte den Knopf, mit dem man die Tür offenhalten konnte, und lauschte weiter. Nichts zu hören. Er ging durch die Treppenhaustür und stieg leise die Stufen zum 5. Stock hinunter.

Der Name des Polizisten war Jimmy Chee. Zeitungsmeldungen zufolge hatte er eine Schußwunde in der Brust und mußte operiert werden. Die Frau hieß Mary Landon und war Lehrerin an der Grundschule in Crownpoint. Sie konnte warten. Sie hatte ihn nicht aus so unmittelbarer Nähe gesehen wie der Polizist. Der aber hatte schon auf der Versteigerung dauernd zu ihm herübergestarrt, und Polizisten sind darin geschult, sich Gesichter einzuprägen. Nur noch ein paar Treppenstufen bis zum 5. Stock. Colton ging in Gedanken noch einmal seinen Plan durch.

Zimmer 572 war ein Zweibettzimmer. Als Colton abends um zehn angerufen und sich nach Chee erkundigt hatte, hatte ihm die zuständige Schwester gesagt, daß Chee allein im Zimmer läge. Vielleicht war er immer noch allein. Das würde die Sache vereinfachen. Es war natürlich nicht gesagt, daß ein Mitpatient unbedingt aufwachen mußte. Und wenn, dann gab es wahrscheinlich immer noch eine Sichtblende zwischen den beiden Betten. Trotzdem, Colton hielt sich an die Devise, nur zu töten, wenn es unbedingt erforderlich war. Je weniger Leute man umlegte, desto weniger Anlaß für eine intensive Hetzjagd nach dem Täter.

Colton blieb im Treppenhaus nahe der Tür stehen und lauschte. Jetzt begann eine entscheidende Phase. Wenn ein Polizist unter solchen Umständen angeschossen worden war, mußte man damit rechnen, daß vor seiner Tür eine Wache postiert war. Deshalb war Colton nicht direkt zum 5. Stock gefahren. Er schaute durch das Glas im oberen Türpaneel. Nichts zu sehen. Er horchte. Nichts zu hören. Das lief soweit alles glatt. Der Rest war ein unvermeidliches Risiko.

Er ging durch die Tür. Eine Krankenschwester kam den Flur entlang, direkt auf ihn zu. Sie war mittelgroß, ungefähr fünfundvierzig, schätzte er, dunkles Haar unter dem Schwesternhäubchen. Die Augen hinter der Hornbrille musterten ihn erstaunt. «Kann ich was für Sie tun?»

«Ich bin Doktor Duncan», sagte Colton Wolf. «Sie haben auf der Station einen Patienten namens Jimmy Chee. Bei ihm stimmt irgendwas nicht mit der Medikation.» Er sagte es sehr bestimmt und ging dabei zügig auf die Schwesternstation zu, wo die Krankenakte liegen mußte. Im Umgang mit Schwestern hatte Colton Erfahrung, um das richtige Wort zur richtigen Zeit war er nie verlegen. Von einem Posten war weit und breit nichts zu sehen. Aber vielleicht saß einer in Chees Zimmer.

«Ich glaube, er kriegt nur ein Breitband-Antibiotikum und ein Schmerzmittel», sagte die Schwester.

«Wollen uns das mal ansehen. Ich hab da übrigens was läuten hören, daß einer Ihrer Patienten unter polizeilicher Bewachung steht. Ist da was dran?»

«Das ist mir ganz neu.» Die Schwester setzte sich an den Schreibtisch und ging mit flinken Fingern die Akten durch. «Ich bin ziemlich sicher, er kriegt Achromyzin und Empirin drei», murmelte sie vor sich hin, während sie noch in den Unterlagen blätterte. «Auf wessen Anordnung soll das geändert werden?»

«Der Chirurg hat das angeordnet», behauptete Colton. Er zog die Pistole aus der Tasche, spannte den Hahn und hielt die Mündung etwa einen Zentimeter unter den Rand des weißen Häubchens.

«Hier haben wir's», sagte die Schwester, «wollen mal sehen...»

Colton drückte ab. Der Schuß brach. Ein dünnes Wölkchen aus blauem Rauch stieg auf. Der Kopf der Schwester sackte nach vorn auf den Schreibtisch. Colton hielt sie mit der linken Hand an der Schulter fest, bis er sicher war, daß sie nicht vom Stuhl kippen würde. Dann drückte er den Daumen auf ihren Puls unterhalb des Ohres. Der Puls flatterte, wurde schwächer, hörte ganz auf. Alles sah so aus, als wäre die Schwester am Schreibtisch eingeschlafen. Er würde jetzt das Zimmer 572 suchen, den Polizisten töten und verschwinden.

19

Chee war im Waschraum gewesen, um noch einen Schluck Wasser zu trinken. Auf dem Rückweg hatte er beobachtet, wie die Schwester von ihrem Schreibtisch aufgestanden und den Flur hinuntergegangen war, auf die Schwingtür zu, die zum Treppenhaus führte. Er hatte auch gesehen, wie die Tür plötzlich von außen aufgestoßen worden und ein Mann in einem blauen Arztkittel auf den Flur gekommen war. Blondes Haar, bleicher Teint, blaue Augen, sein Gesicht bleich und die Augen blau. Chee erkannte ihn sofort, wobei sich das Erkennen in zwei Stufen abspielte. Zuerst glaubte er, er hätte den blonden Doktor schon seinerzeit auf der Teppichauktion in Crownpoint gesehen. Eine Millisekunde später kam die schockartige Erkenntnis, daß der Blonde überhaupt kein Arzt war, sondern der, der Tomas Charley ermordet hatte. Und daß er gekommen war, um nun auch ihn zu töten.

Chee verschwand im Zimmer. Verzweifelte Panik befiel ihn. Was tun? Das Fenster! Man konnte es nicht öffnen, außerdem lag es viel zu hoch. Kein geeigneter Fluchtweg. Die Tür? Der Killer hielt sich zwischen ihm und dem Treppenhaus auf, versperrte ihm also den einzigen Ausgang aus diesem Flügel der Klinik. Chee zwang sich zu ruhigem Nachdenken. Eine Waffe? Es gab nichts, was gegen die Pistole eines Berufskillers Erfolg versprach. Ein Versteck?

Er sprang blitzschnell aufs Bett und drückte ein Element der Deckenverkleidung nach oben. Der Hohlraum zwischen dem Beton und der Verkleidung war ungefähr genauso groß wie unten im 2. Stock. Und auch hier waren Elektroleitungen, Rohre und ein rechteckiger Schacht für die Zuleitungen der Klimaanlage eingelassen. Es blieb keine Zeit, erst lange zu prüfen, wie es um die Tragfähigkeit der Versorgungssysteme stand. Chee schob das Deckenelement beiseite, griff nach der Halteschiene für den Schacht der Klimaanlagen und versuchte die Schmerzen zu ignorieren, während er sich hochzog.

Der rechteckige Leitungsschacht war etwa sechzig Zentimeter breit und mit weißem Isoliermaterial verkleidet. Chee stemmte sich nach oben, bis er auf dem Schacht lag, langte hinter sich und schob hastig das Element der Deckenverkleidung zurück an seinen Platz. Sein Atem ging stoßweise. Teils vor Anstrengung und teils, wie er annahm, vor Angst. Er atmete tief durch, bis das Keuchen aufhörte. Obwohl die Deckenverkleidung nun wieder vollständig geschlossen war, fiel noch ein Lichtschimmer herein. Chee lag mit dem Gesicht nach unten auf dem Leitungsschacht. Es roch nach Staub. Er hörte die leisen Geräusche, die alle Gebäude nachts machen. Links von ihm tickte etwas, vielleicht der Motor des Aufzugs, und das leise Zischen war wohl nichts anderes als Luft, die durch den Schacht unter seinem Ohr strömte. Stimmen hörte er nicht. Die Unterhaltung zwischen dem Blonden und der Nachtschwester war anscheinend zu Ende.

Er hob den Kopf und starrte nach vorn. Wenn er weiter in diese Richtung kroch, kam er irgendwo über dem Aufzugsschacht an. Aber schaffte er das lautlos? Zwischen den Versorgungsleitungen und der Betondecke blieben ihm ungefähr sechzig Zentimeter. Platz genug, um bäuchlings auf dem Schacht entlangzukriechen. Auf Händen und Knien wäre er schneller vorangekommen, aber dafür reichte der Platz nicht. Chee krallte die Finger ins Isolationsmaterial und zog sich vorsichtig vorwärts. Was zwar fast lautlos abging, dafür aber das dumpfe Pochen in der Rippengegend in beißend scharfen Schmerz verwandelte. Er mußte die Luft anhalten, um nicht laut aufzustöhnen. Als er schließlich langsam und leise ausatmete, hörte er direkt unter sich ein metallisches Geräusch.

Er kannte das Geräusch. So hörte es sich an, wenn man den Vorhang zwischen den beiden Betten aufzog. Der Mann, der gekommen war, um ihn zu töten, stand direkt unter ihm. Nur eine dünne Schicht Kunststoffisolierung, der Luftschacht und die Deckenverkleidung, alles in allem vielleicht anderthalb Meter, trennten ihn von dem Killer und dessen Pistole.

Chee lag wie erstarrt. Was würde der Blonde tun? Kam ihm die Idee, daß sich jemand im Hohlraum über der Zimmerdecke verstekken könnte? Und dann fiel Chee eine andere Frage ein. Was machte der Blonde jetzt da unten im Krankenzimmer? Er stellte sich vor, wie der Mann mit gezogener Waffe dastand und mit ausdruckslosem, ruhigem Blick auf Chees leeres Bett starrte. Er würde alles absuchen, unter dem Bett, im Bad, hinter dem Trennvorhang. Was zur nächsten Frage führte. Hielt der Killer den Chicano vielleicht für einen Navajo? Möglich. Und das war ein Gedanke, der in Chee widersprüchliche Gefühle auslöste. Einerseits Mitleid mit dem armen Kerl, der da unten im postoperativen Tiefschlaf lag, andererseits den verzweifelten Willen, selbst am Leben zu bleiben.

Irgend etwas schlug leise gegen Metall. Dann Stille. Ein knarrendes Geräusch. Wieder Stille. Chees Rippe schmerzte fürchterlich, seine Lungen schrien nach Luft. Unten wurde der Vorhang beiseite geschoben.

Was sollte Chee tun? Was konnte er tun?

Wieder ein Geräusch. Wie ein dumpfer Schlag. Ein Knöchel, der auf Holz pocht? Dann ein leises Stöhnen, ein Laut wie ächzendes

Luftholen. Wieder Stille. Sanftes Abrollen weicher Sohlen auf dem polierten Fußboden. Leises Klicken der Zimmertür.

Chee atmete tief durch, so leise es nur ging. Ein Gefühl unendlicher Erleichterung durchflutete ihn. Er merkte, daß er zu zittern begonnen hatte. Der Blonde war gegangen. Vielleicht nicht weit. Vielleicht nur, um andere Zimmer abzusuchen. Vielleicht kam er zurück. Aber mindestens für den Augenblick hatte der Tod sich davongemacht. Und vielleicht war der Blonde für immer gegangen. Und Chee kam mit dem Leben davon. Er empfand ein fast irres Glücksgefühl: Er würde abwarten. Bewegungslos hier liegenbleiben bis zum Morgen, bis er da unten die Stimme der Schwester hörte, wenn sie ihm die Morgenmedizin brachte. Er würde dem Killer, der vielleicht irgendwo auf ihn lauerte, keine Chance geben.

Chee wartete und horchte. Er hörte nichts außer den üblichen Nachtgeräuschen. Die Sekunden schlichen dahin. Vielleicht drei Minuten. Dann nahm Chee plötzlich einen Geruch wahr. Schwach, aber unverkennbar. So roch verbranntes Pulver. Woher kam der Geruch? Die Antwort lag auf der Hand. Das dumpfe Geräusch, das Chee vorhin gehört hatte, war ein Mündungsknall gewesen. Von der Pistole, die der Blonde benutzte.

Chee langte nach unten, hob vorsichtig das Verkleidungselement hoch und schaute durch das Loch. Verglichen mit dem Halbdunkel in seinem Versteck war der Raum dort unten geradezu hell. Mehr als sein Bett und ein Stück Fußboden konnte er nicht sehen. Er klammerte sich an zwei Haltestreben des Luftschachts und hangelte sich hinunter ins Zimmer.

Der Blonde war weg. Chee ging zum Bett des Chicanos. Der dunkle Kopf des Mannes ruhte in den Kissen, scheinbar ganz normal, das Gesicht zur Decke gewandt, die Augen geschlossen. Alles so, wie man es bei einem Patienten im postoperativen Tiefschlaf erwartet. Aber hier hinter dem Trennvorhang war der Pulvergeruch besonders intensiv, Chee streckte die Hand aus, legte dem Chicano den Zeigefinger unter die Nase. Körperwarme Haut. Aber kein Atem. Er schob die Hand unter die Bettdecke, ließ sie einen Augenblick lang auf der Brust des Chicanos liegen. Das Licht der Straßenlaterne fiel schwach durch die Fenster, auf das Gesicht des Mannes. Das ovale Gesicht hatte einen leicht sardonischen Ausdruck. So hatten für Chee anfangs alle ausgesehen, die keine Navajos waren. Aber inzwischen hatte er gelernt, auf die feinen Unterschiede zu achten.

Dieser Mann sah aus, als wären seine Vorfahren hauptsächlich Spanier gewesen, ein paar Tropfen Blut von Puebloindianern waren dazugemischt. Chee spürte kein Leben in der Brust, auf der seine Hand lag. Die Lunge hob und senkte sich nicht. Kein Herzschlag. Der Mund sah aus wie der Mund eines Toten.

Chee hob den Blick, starrte durchs Fenster hinaus in die Nacht. Dann ging er rasch zur Tür und stieß sie auf. Er spürte keine Angst mehr. Er lief den Flur hinunter, bis zur Schwesternstation, langte – vorbei an der Hand, die die Schwester im Schlaf ausgestreckt hatte – nach dem Telefonhörer und wählte die Nummer des Polizeinotrufes von Albuquerque.

Während er redete, kurz die Tat, den Mörder und dessen Pistole beschrieb und hinzufügte, daß der Mann vermutlich in einem neuen grün-weißen Plymouth unterwegs wäre, tastete er mit der linken Hand das Haar der Schwester ab. Knapp unter dem Rand der Haube entdeckte er ein kleines, kreisrundes Loch.

«Es handelt sich um zwei Morde», sagte Chee. «Er hat auch die Nachtschwester auf der Station im 5. Stock erschossen.»

20

Noch auf der Treppe wurde Colton Wolf das Gefühl nicht los, daß irgend etwas nicht gestimmt haben konnte, und zwar oben im Krankenzimmer des Polizisten. Wieso war das Laken im unbenutzten Bett verkrumpelt? Hatte sich's ein Besucher darauf bequem gemacht? Davon wäre das Bettzeug nicht so zerwühlt gewesen. Und noch etwas stimmte nicht. Erst als er die Laderampe schon hinter sich hatte und auf seinen Wagen zuging, wurde es ihm klar. Der Mann, den er erschossen hatte, hatte nach Narkosemittel gerochen. An sich ganz logisch. Aber der Geruch war zu stark gewesen. Der Mann atmete ihn noch aus. Die Operation des Polizisten lag schon zu lange zurück, er konnte nicht mehr so riechen.

«Verdammter Hurensohn», murmelte Colton vor sich hin. Er lief zurück zur Laderampe und war schon wieder in der Klinik, als ihm klar wurde, daß er drauf und dran war, einen Fehler zu machen. Wie hatte es dieser Chee geschafft, ihm zu entwischen? Und wo war er jetzt? Inzwischen hatte er vermutlich Alarm geschlagen. Ein verdammt schlauer Bursche, dieser Chee, daran gab es keinen Zweifel. Ein zweiter Versuch wäre viel zu gefährlich gewesen. Dafür blieb Colton jetzt keine Zeit.

Als er vom Parkplatz in die Lomas Avenue eingebogen war, hörte er die erste Polizeisirene. Aber das machte nichts. Den gestohlenen Wagen hatte niemand gesehen. Er ließ ihn drei Parkblocks vom ursprünglichen Standplatz stehen, ging zu Fuß zu seinem Pickup und fuhr langsam nach Hause, zum Wohnwagen. Als er dort ankam, hatte ein neuer Plan Gestalt angenommen. Ein Plan, wie er Jimmy Chee töten würde. Ein guter Plan. Diesmal kam ihm Chee nicht davon.

21

Chee schob den Kontrollhebel des Lesegeräts nach rechts. Das Transportband des Mikrofilms begann zu summen. Die Seiten des *Grants Daily Beacon* flogen an seinen Augen vorbei wie Güterzugwaggons hinter einer geschlossenen Bahnschranke. Zu schnell, um alles lesen zu können, aber es genügte ja, wenn er die Titelseite von der Werbung einer Lebensmittelkette unterscheiden konnte und vor allem die Schlagzeile fand, auf die es ihm ankam.

Er konzentrierte sich auf die Zeitungsseiten, die vor seinen Augen vorbeihuschten. Die Stille im riesigen Tiefgeschoß der Zimmerman-Bibliothek wurde ihm bewußt. Und das Gewicht des neuen 38er Revolvers, das ihm die Jackentasche ausbeulte. Und die Anwesenheit von Detective Hunt, der hinter der Glasscheibe der Lesenische so tat, als wäre er in eifrige Studien vertieft. Am deutlichsten aber spürte er Mary Landons Nähe.

Die Seite, die gerade vor seinen Augen vorbeiflimmerte, hatte eine dicke schwarze Balkenüberschrift. Er stoppte den Durchlauf und holte sich die Seite heran. Die Schlagzeile lautete:

UMFRAGEN SAGEN
ERDRUTSCH FÜR DEWEY VORAUS

«Ha», machte Mary, «die falsche Katastrophe.» Sie saß neben ihm, ein Stück weiter vom Bildschirm entfernt, und bis jetzt war sie ziemlich schweigsam gewesen. Der Duft, der Chee in die Nase stieg, erinnerte ihn an frische, in der Sonne getrocknete Wäsche und an Seife.

Chee ließ den Film weiterlaufen. Er sah hoch. Eine Bibliothekarin schob links von ihm einen Wagen mit gebundenen Periodika den Gang hinunter. Ein schlankes weißes Mädchen mit einem Pelzkragen am Mantel kramte in der Mikrofilmkartei. Hinter ihr eine huschende Bewegung. Ein Ellbogen in blauem Nylon tauchte hinter einem der rechteckigen Pfeiler auf, verschwand, erschien wieder, verschwand erneut. Was bedeutete das? Kratzte sich da jemand?

Chee fühlte auf einmal das zwanghafte Verlangen, sich umzudrehen und zu vergewissern, daß Hunt noch in der Lesenische saß und aufpaßte. Er unterdrückte den Drang. Offiziell fungierte Hunt zwar als sein Bewacher, aber – auch wenn niemand das ausdrücklich erwähnt hatte – das Hauptziel war natürlich, den blonden Killer zu erwischen. Der Schutz für Chee kam nur als Bonuseffekt dazu. Das mochte kaltherzig erscheinen, aber es war vernünftig. Um den Killer fangen zu können, mußte man Chee und Mary Landon beschützen. Andere erfolgversprechende Möglichkeiten gab es nicht. Nach dem Gesetz hatte die Jagd nach dem blonden Mörder absoluten Vorrang. Navajopolizisten waren nicht so rar gesät.

Inzwischen waren die Zeitungsausgaben vom Juni 1948 auf dem Bildschirm vorbeigerast, der Juli begann. Das Transportband summte, hielt an, summte, hielt an. Und in einer dieser sekundenlangen Pausen erschien die fette Schlagzeile:

EXPLOSION AM BOHRLOCH
TÖTET GESAMTE MANNSCHAFT

«Da ist es», sagte Chee. In der zweiten Zeile stand:

Zwölf Todesopfer befürchtet

«Rutsch mal ein Stück», bat Mary. Sie beugte sich vor und lehnte sich bei Chee an. Wieder der Duft nach Sonne und Seife.

> Alle Angehörigen eines Bohrteams wurden vermutlich auf der Stelle getötet, als vor einigen Tagen nordwestlich von Grants eine Ladung Nitroglyzerin – nach Meinung der Experten: durch vorzeitige Zündung – explodierte.
> Sheriff Gilberto Garcia vom Valencia County teilte mit, daß dabei vermutlich zwölf Männer ums Leben gekommen seien, zehn Arbeiter der Bohrmannschaft am Osthang des Mount Taylor und zwei Angestellte der Ölgesellschaft, die den Sprengstoff an-

geliefert hatten. Wie der Sheriff jedoch betonte, kann die Zahl der Toten noch nicht mit letzter Sicherheit angegeben werden, weil die Stärke der Explosion ‹buchstäblich alles in Stücke gerissen und über eine halbe Meile verstreut› habe. «Es sieht so aus, als hätten sie gerade vorgehabt, das Nitro in das Bohrloch hinunterzulassen, als es hochging», sagte Garcia. «Da blieb kaum etwas übrig.» Seinen Angaben zufolge hat sich die Explosion wahrscheinlich bereits am Freitag ereignet. Das ist das Datum, an dem die beiden Sprengmeister der Firma Petrolab Inc. das Nitroglyzerin zur Bohrstelle gebracht haben. Das Unglück wurde erst am Montag entdeckt, als ein Hilfssheriff zum Bohrloch fuhr, weil man über das Wochenende nichts von den dort Beschäftigten gehört hatte.

Garcia gab an, daß die Bohrstelle etwa 25 Meilen nordwestlich von Grants nahe dem Checkerboard County im Navajoreservat liegt. «Ohrenzeugen der Explosion gibt es nicht», sagte der Sheriff. «Rings um die Bohrstelle ist meilenweit menschenleeres Land.» Er wies auch darauf hin, daß Kojoten, andere Raubtiere und aasfressende Vögel die Identifizierung der Arbeiter erheblich erschwert hätten. «Tatsache ist, daß uns bisher erst eine eindeutige Identifizierung gelungen ist. Wir hoffen, daß weitere möglich sind, gehen aber nicht davon aus, daß wir alle Männer des Teams identifizieren können.»

Nach den Unterlagen der Gesellschaft werden die Namen der Männer wie folgt angegeben: Nelson Kirby, 40, aus Sherman, Texas, Leiter des Teams; Albert Novitski, Alter und Adresse unbekannt; Carl Lebeck, Alter unbekannt, verantwortlicher Geologe, und Robert Sena, 24, aus Grants. Bei den übrigen Vermißten handelt es sich um sechs namentlich noch nicht bekannte Navajos aus dem Hilfsarbeiterteam. Die beiden Angestellten der Firma Petrolab aus Farmington, deren Tod ebenfalls angenommen werden muß, sind R. J. Mackensen, 60, und Theo Roff, 20.

Chee spulte weiter.

«Paßt das zu Senas Story?» fragte Mary. «Klingelt es bei den Namen?»

«Nur bei Robert Sena. Gordo Senas älterer Bruder.»

Mary las über seiner Schulter mit. «Carl Lebeck, das kommt mir irgendwie bekannt vor. Ein Freund meiner Cousine hieß so. Oder so ähnlich. Das heißt, ich glaube, es war eher Lebow oder Lebag.»

«Mal sehen, wie die Reaktion war, als sich herausstellte, daß die Navajos überlebt haben», sagte Chee.

Das stand auf der ersten Seite der Donnerstagsausgabe. Das Team von sechs Navajo-Hilfsarbeitern war nicht, wie ursprünglich angenommen, zusammen mit den anderen in die Luft geflogen. Die Männer waren an diesem Tag nicht zur Arbeit erschienen. Der Artikel enthielt auch die Namen der Navajos, Chee notierte sie sich. Warum sie am fraglichen Tag nicht zur Bohrstelle gekommen waren, wurde nicht erwähnt. Erst in der Freitagsausgabe fand Chee, wonach er suchte. Wieder eine mehrspaltige fette Schlagzeile:

VERHAFTUNG IM FALL DER BOHRLOCH-EXPLOSION
Sheriff: Navajos wurden vorgewarnt

Einer der Navajoarbeiter, die in der vergangenen Woche der todbringenden Explosion auf der Bohrstelle im Valencia County entronnen sind, wurde heute zu Gerüchten vernommen, den Navajos sei im voraus bekannt gewesen, daß sich an diesem Tag eine Explosion ereignen würde. Nach Sheriff Gilberto Garcias Angaben handelt es sich bei dem Mann um einen Navajo namens Dillon Charley. Er gab zu, die fünf anderen Navajos davor gewarnt zu haben, an diesem Tag zur Arbeit zu gehen, ‹weil etwas Böses geschehen würde›.

«Er behauptet, Gott selbst wäre ihm in einer Vision erschienen und hätte ihm die Warnung übermittelt», sagte Garcia. Charley sei ‹Peyote Chief› in der Native American Church, auch die anderen fünf Navajos seien Mitglieder dieser Sekte. Die Anhänger dieser Religion kauen während ihrer Riten Samenkörner des Peyotekaktus. Ein Narkotikum im Peyotesamen wirkt auf das Nervensystem und kann Halluzinationen hervorrufen. Die Einnahme der Droge ist illegal, der Navajo-Stammesrat hat den Besitz wie den Gebrauch im Reservat verboten.

Der Sheriff teilte ferner mit, daß Dillon Charley verletzt wurde, als er sich, wie Garcia formulierte, «der Verhaftung widersetzte». Hilfssheriff Lawrence Sena sei vom Dienst suspendiert worden, «bis eindeutig geklärt ist, ob unzulässige Gewaltanwendung vorliegt». Deputy Senas Bruder, Robert Sena, ist einer der Männer, die in Stücke gerissen wurden, als am vergangenen Freitag an einer Bohrstelle eine Nitroglyzerin-Ladung vorzeitig hochging.

«Hast du das gelesen?» Chee deutete auf die Stelle, die er meinte. «Gordo hat Dillon Charley anscheinend auf die harte Tour festgenommen. Er muß verdammt roh mit ihm umgesprungen sein, wenn er deswegen vom Dienst suspendiert worden ist. Damals wurde noch nicht viel Federlesens darum gemacht, wenn jemand einen Navajo zusammengeschlagen hat.» Chee lehnte sich zurück und sah Mary an. Sie schüttelte den Kopf, verständnislos, fragend.

«Was geht dir jetzt durch den Kopf?» fragte er.

«Daß du ein komischer Vogel bist. Daß irgendwo eine Schraube bei dir locker sein muß. Da ist ein skrupelloser Mörder hinter dir her, einer, der dich umbringen will, und du sitzt hier, liest dreißig Jahre alte Zeitungen und findest das aufregend.»

«Und wie ist es mit dir?» fragte Chee.

«Ich finde das nicht so ungeheuer aufregend.»

«Das meine ich nicht. Der Mörder will dich auch umbringen.»

«Das glaube ich nicht. Du bist derjenige, der ihn aus der Nähe gesehen hat. Bei dir hat er es schon mal versucht, nicht bei mir.» Sie wandte sich ab und sah wieder auf den Bildschirm. Ein wunderschönes Profil, dachte Chee, wirklich hübsch. Sie las den Artikel auf dem Schirm. Ihre Augen waren tiefblau, die Brauen zeichneten eine schwungvolle Linie. Das Haar fiel ihr nach vorn, bis auf die Wangen. Sanftes Haar. Sanfte Wangen.

«Noch was», sagte Mary, ohne aufzusehen, «was regst du dich so darüber auf, daß ein Polizist einen Navajo verprügelt hat? Wie ich in Laguna hörte, springen die Navajopolizisten am härtesten mit ihren Leuten um.»

Chee grinste. «Wir würden lieber auf Anglos eindreschen, aber für Weiße sind wir leider nicht zuständig.» Dabei beobachtete er sie von der Seite und wartete auf eine Reaktion, die ihm vielleicht etwas über sie verriet. Ihre Sticheleien über die Navajopolizei waren offenbar doch ernst gemeint. Wie andere Sondereinheiten der Polizei stand auch die Navajo Tribal Police im Ruf, ihre eigenen Leute besonders hart zu behandeln.

Sie hielt den Blick auf den Bildschirm gerichtet. «Du hast mir immer noch nicht erzählt, was eigentlich in der Klinik passiert ist. Wie du davongekommen bist. Und deinen Kriegernamen hast du mir auch noch nicht verraten.»

Der Ellbogen schob sich wieder hinter dem Pfeiler vor. Er hing nun regungslos in der Luft. Der Mann, zu dem dieser Ellbogen gehörte, schien am Pfeiler zu lehnen. Sich anzulehnen und zu lesen. Oder nicht?

«Ich habe mich versteckt», sagte Chee, «wie ein Kaninchen.»

Sie sah hoch. «Warum sagst du wie ein Kaninchen? Meinst du, du hättest ein bißchen Drachentöter mimen sollen?» Sie griff nach seiner Hand, reckte sie nach oben. Zorn lag in ihrer Stimme. «Ich großes Rothaut. Mit bloßes Hand auf Bum-bum-Pistole losgehen. Ich großes Held. Ich tot, aber großes Krieger.» Sie ließ seine Hand los. «Wenn du keine Zeit für eine Geisterbeschwörung hattest, um deinen Bademantel schußfest zu machen, war es sicher die beste Idee, unters Bett zu kriechen.»

«So ähnlich war's auch. Aber was ich im Grunde sagen wollte: Ich glaube, ich habe mich hinter einem anderen versteckt. Hinter meinem Mitpatienten.» Er berichtete in kurzen Worten, was sich abgespielt hatte. Zuerst erzählte er von seinem heimlichen Ausflug, bei dem er herausfinden wollte, wie es möglich gewesen war, den Toten aus der Leichenkammer zu stehlen. Er reihte einfach die Tatsachen aneinander, ohne irgend etwas zu erklären und ohne auf irgendeine Wirkung aus zu sein. Wirklich nur die Tatsachen, schärfte er sich ein und beobachtete dabei ihr Gesicht.

Sie spitzte die Lippen zu einem tonlosen Pfeifen und sah ihn erschrocken an. «Mein Gott, hätte ich da Angst gehabt!» Sie biß sich auf die Unterlippe. «Wie bist du denn auf die Idee gekommen, unter die Deckenverkleidung zu klettern?»

«Das ist nicht wichtig. Wichtig ist, daß ich nur davongekommen bin, weil ich dem Blonden jemanden zum Töten dagelassen habe. Er kam, um einen Indianer totzuschießen. Keiner da? Na gut, dann tut's auch ein Mexikaner. So starb der Chicano an meiner Stelle.»

Sie runzelte die Stirn. «Und?»

«Und? Was meinst du mit ‹und›?»

«Und was soll's? Quälst du dich mit Schuldgefühlen herum? Meinst du, du hättest im Zimmer bleiben, die Brust frei machen und sagen sollen: Hier bin ich, erschießen Sie nicht den anderen. So ein Quatsch!» Wieder klang sie zornig. «Er hat auch die Schwester getötet, oder? Die einzige Alternative war, daß er den Chicano und dich erschossen hätte.»

«Kann sein.»

«Entweder bist du wirklich ein komischer Vogel, oder du willst nur, daß ich das glaube.»

«Gut», sagte Chee, «lassen wir das. Wir wollen lieber nachsehen, ob wir sonst noch was finden.»

Sie fanden nicht viel. Da war noch eine langatmige Geschichte über die Native American Church und ihre Riten. Ferner Aussagen von Sektenmitgliedern über Dillon Charleys Vision, die zu der Warnung geführt hatte. Und eine kurze Notiz über eine Erklärung des Sheriffs, daß anhand eines zahnärztlichen Gutachtens eines der Opfer definitiv als einer der beiden Petrolab-Angestellten identifiziert worden sei. Aber die Geschichte trocknete langsam aus. Es gab wohl keine neuen Informationen mehr.

Falls Robert Sena oder eines der anderen Opfer noch identifiziert wurde, war das für den *Beacon* offenbar nicht mehr interessant gewesen. Es gab auch keinen weiteren Bericht über die Verhaftung von Dillon Charley oder über seine Entlassung.

Langsam, Seite für Seite, suchten sie den Mikrofilm ab, ob sich irgendwo noch ein Nachtrag zu dieser alten Geschichte fände, die nun sicher keine fettgedruckte Schlagzeile mehr wert gewesen war. Nach fast einer Stunde vergeblichen Suchens, als sie die Hälfte der Septemberausgaben durchgesehen hatten, kam Mary eine Idee.

«Du, Zeitungen bringen doch solche Gedächtnisartikel. Du weißt schon, die immer mit ‹heute vor einem Jahr› anfangen. Laß uns mal ein Jahr weitergehen.»

Chee stand auf und streckte sich. Er schob den Regler nach rechts. Die Spulen wimmerten, während der Film schnell zurücklief. Die junge Frau, die an der Mikrofilmkartei gestanden hatte, war verschwunden. Auch vom Ellbogen war nichts mehr zu sehen. Aber plötzlich tauchte eine Nasenspitze und darüber ein Haarbüschel hinter dem Pfeiler auf. Das Haar war blond. Sehr blond. Chee fühlte, wie sich sein Magen verkrampfte. Er ließ den Regler los und fuhr mit der Hand in die Jackentasche. Seine Finger schlossen sich um das Griffstück der Pistole. Der Daumen lag an der Sicherung.

«Was ist los?» Mary starrte ihn an.

Der Mann kam hinter dem Pfeiler hervor. Er warf Mary einen Blick zu. Er war tatsächlich strohblond, aber es war nicht der blonde Killer. Viel zu jung. Keinerlei Ähnlichkeit. Chee ließ den Mikrofilm wieder laufen.

«Nichts», sagte Chee. «Ich bin nur ziemlich nervös.»

Sie fanden tatsächlich eine Heute-vor-einem-Jahr-Story, aber sie brachte nichts Neues.

Sie ließen sich am Schalter Fotokopien der einschlägigen Artikel machen. Inzwischen war es fünf Uhr geworden.

«Was jetzt?» fragte Mary. «Es sieht ganz so aus, als hätte Sergeant Chee einen vollen Nachmittag vergeudet, vom Nachmittag einer vielbeschäftigten Lehrerin aus Crownpoint gar nicht zu reden. Und jetzt steht er da und hat nicht die geringste Ahnung, wie es weitergehen soll. Wir stecken in einer Sackgasse, nicht?»

«Nein», sagte Chee. Sie gingen die Wendeltreppe hoch, die durch alle vier Stockwerke des öffentlichen Bereiches der Universitätsbibliothek führte. Ein Künstler hatte die Treppenhauswände dazu benutzt, geschichtliche Stationen des menschlichen Strebens nach Kommunikation in Farbe und in Gips darzustellen. Hier im Tiefgeschoß stiegen sie an Bilderschriften und Felszeichnungen vorbei nach oben. Hoch über ihren Köpfen war das phönizische Alphabet zu erkennen, noch ein Stück weiter oben die Symbolsprache der Computer. «Nein», sagte Chee. «Vielleicht bringt es nichts, aber ich möchte mal mit den Männern reden, die vor der Explosion gewarnt wurden. Ich möchte herausfinden, was Dillon Charley zu ihnen gesagt hat.»

Sie erreichten das Erdgeschoß. Durch die gläserne Südwand der Bücherei sahen sie das Humanities Building über den Platanen der Hauptstraße aufragen, ein gigantischer Steinblock vor dem dunkelblauen Herbsthimmel. Eigentlich gefiel Chee das Gebäude. Aber heute erinnerte es ihn an Grabsteine.

«Warum?» wollte Mary wissen, «was versprichst du dir davon?»

«Vielleicht nichts. Aber die Morde haben was mit dem Andenkenkästchen zu tun, der Diebstahl des Kästchens hängt irgendwie mit Dillon Charleys Peyotekult zusammen, und die ganze Sache scheint ihre Wurzeln in der Bohrstellenexplosion zu haben.»

«Oder du bist einfach nur neugierig», meinte Mary. «Aber von denen treibst du sowieso keinen mehr auf. Das ist schließlich dreißig Jahre her.»

«Vielleicht ist das gar nicht so schwierig. Könnte sein, daß alle zu Charleys Verwandtschaft gehören. Er hat sie angeheuert, also waren es wahrscheinlich Vettern oder Onkel oder wenigstens Schwäger. Wir Navajos haben die Vetternwirtschaft nicht nur erfunden, wir haben sie auch zur Perfektion entwickelt.»

«Dreißig Jahre! Die sind inzwischen alle tot. Oder mindestens die Hälfte von ihnen.»

«Einer oder zwei, vielleicht. Wir wissen nur von Dillon Charley, daß er tot ist. Die Chancen, daß noch vier von ihnen lebend herumlaufen, sind gar nicht so schlecht.» Sie waren nun draußen und gingen die backsteingepflasterte Einkaufsstraße südlich der Bücherei herunter. Unter ihren Füßen raschelte das harte Laub der Platanen. Das Licht der untergehenden Sonne, das ihnen den eigenen Schatten hundert Meter vor die Füße warf, malte rötlichen Schimmer auf die ferne schroffe Felsenlandschaft der Sandia Mountains, wie dünnflüssiges Blut. Was Chee an Hunt denken ließ, der sich knapp fünfzig Meter hinter ihnen hielt. Und daran, was für ein ideales Ziel sie jemandem boten, der ihnen irgendwo in einer Seitenstraße oder auf einem Balkon auflauerte.

Mary ließ nicht locker. «Woran sollen sich denn die Männer nach dreißig Jahren noch groß erinnern?»

«Wer weiß.» Chee dachte nach. Vielleicht erinnerten sie sich wirklich nicht mehr genau. Aber im Augenblick gab es nichts anderes, woran sie sich halten konnten. Und mindestens einen Vorteil hatte die Sache. Die Suche nach Überlebenden aus dem ‹Volk der Finsternis› führte sie hinaus ins Reservat. Er würde Mary mitnehmen. Draußen im Reservat hatte der Blonde keine Chance, sie zu finden.

22

Am nächsten Tag verließ sich Chee einfach mal auf die Launen des Glücks, was ihm allerdings nicht viel mehr einbrachte als ein paar ergänzende Anmerkungen zu den fünf Namen der Navajos, die zu Dillon Charleys ‹Volk der Finsternis› gehört hatten.

Zunächst war er zur Bibliothek der Geologischen Fakultät gefahren und hatte dort mit Hilfe eines Studenten im achten Semester das dreißig Jahre alte geologische Arbeitsbuch der Ölbohrung am Osthang des Mount Taylor aufgetrieben. «Ganz typisch für diese Gegend», meinte der Student. «Es gibt dort ein paar flache ölführende Schichten aus der Galisteo-Formation.» Er ging die Eintragungen durch. «Sieht so aus, als hätten sie die Formation gefunden, aber ölhaltig war sie wohl nicht.»

«Gibt es irgend etwas Ungewöhnliches bei der Bohrung?» Chee

konnte mit dem Arbeitsbuch überhaupt nichts anfangen, er starrte ratlos auf die seltsamen Symbole und Abkürzungen.

«Ich bin nicht gerade Fachmann für Mineralölgeologie im Valencia County», sagte der junge Mann, «aber meiner Meinung nach sieht alles ganz normal aus. Wonach suchen Sie eigentlich?»

«Das ist ja das Problem», antwortete Chee, «ich weiß es selbst nicht.»

Bei den Nachforschungen über die Männer aus Dillon Charleys Team war er ein wenig erfolgreicher gewesen. Er war mit Mary ins Reservat gefahren und hatte den Rest des Tages damit verbracht, sich über Karrenwege und durch ausgewaschene Fahrspuren zu quälen und Informationen zu sammeln. Abends sah die Liste der Namen aus dem *Grants Beacon* so aus:

Roscoe Sam, aus Ojo Encino oder Standing Rock. Mud Clan. Tot. Bestätigt.

Joseph Sam, aus Ojo Encino oder vielleicht aus der Gegend um Pueblo Pintado. Mud Clan, eingeheiratet in den Salt Clan. Ein Zeuge sagt, 1950 verstorben. Andere leugnen das.

Windy Tsossie. Mud Clan, eingeheiratet in den Standing Rock Clan. Hat früher mal in der Gegend um Heart Butte gelebt. Tot? (Unbestätigt)

Rudolph Becenti. Mud Clan. Coyote Canyon? Verheiratet?

Woody Begay. Mud Clan. Schwester lebt am Borrego Pass?

Alles recht unbefriedigend und frustrierend. Nur bei Roscoe Sam stand fest, daß er krank in ein Hospital in Tuba City eingeliefert worden und dort auch gestorben war. Bei Joseph Sam sah es so aus: Ein entfernter Cousin väterlicherseits glaubte sich zu erinnern, daß er gestorben wäre. Aber ein anderer, noch entfernterer Cousin erinnerte sich, daß er samt Frau, Schafen und Hausrat ins Cononcito-Reservat gezogen wäre und vielleicht immer noch dort lebte. Tot oder lebendig, gesehen hatte Joseph Sam seit Jahren keiner mehr. Und so ähnlich verhielt es sich bei den anderen Männern. Einer von Rudolph Becentis Schwägern meinte, er wäre nach Los Angeles gezogen, dann aber wieder zurückgekommen. An Windy Tsossie erinnerte man sich nur vage und offensichtlich auch ungern. Ein paar seiner Altersgenossen bei Ambrosia Lakes meinten, das wäre doch der aus der Tsossiefamilie gewesen, der am Coyote Canyon gelebt hatte, dann aber weggezogen war, oder? Außer bei Roscoe Sam, definitiv tot und begraben, ergaben sich keine konkreten Anhaltspunkte. Was Woody Begay betraf, so gab es wenigstens noch den Hinweis einer alten Frau, daß seine Schwester, Fannie Kinlicheenie mit Namen, am Borrego Pass lebte, nördlich vom Gemeindehaus.

Chee wunderte sich, daß es nur so dürftige Spuren gab. Es sah fast so aus, als hätte es sich beim ‹Volk der Finsternis› nicht um Menschen aus Fleisch und Blut, sondern nur um Schattengestalten herumgeisternder Gerüchte gehandelt. Sogar an die Explosionsstelle erinnerte sich niemand mehr. Aber auf der Suche nach Roscoe Sam kamen Mary und Chee dann doch ganz in der Nähe der ehemaligen Bohrstelle an. Was sie fanden, war das riesige Staubloch der Red Deuce Mine, in dem sich ein Dutzend gigantischer Schaufelbagger in die Erde hineinfraß. Die Grube war inzwischen fast zweihundert Meter tief und etwa einen Kilometer breit. So schien auch der Ort, an dem der Bohrtrupp in die Luft geflogen war, nur zu den Erinnerungen an ein Ereignis zu gehören, das nie stattgefunden hatte.

Aber Fannie Kinlicheenie gab es wirklich, sie war aus Fleisch und Blut. Sie stand unter der Haustür und beobachtete Marys und Chees Ankunft. Chee parkte den Streifenwagen etwa zwanzig Meter vor dem Haus. Ein Gebot der Höflichkeit in einem Volk, in dem die Tradition verlangte, jedermanns Privatsphäre zu respektieren. Wenn Fannie Kinlicheenie bereit war, Gäste zu empfangen, würde sie es zu verstehen geben. Bis dahin mußten sie warten. Chee bot Mary eine Zigarette an. Sie nahm sie.

«Ich sollte das Rauchen lassen», sagte sie, als er ihr Feuer gab.

Chee nickte. «Ich auch.»

«Du wirst sehen, der Bursche ist ebenfalls tot», meinte sie. «Oder er ist weggezogen.»

Chee fürchtete, daß sie damit gar nicht so falsch lag. Sonst hätte sich jemand an Woody Begay erinnern müssen.

Trotzdem sagte er: «Sei nicht so pessimistisch.»

«Ich denke nur realistisch. Vier sind übriggeblieben. Nach dreißig Jahren muß man mit einer Sterberate von fünfundzwanzig Prozent rechnen. Also ist einer von den vieren tot. Und das ist Woody Begay.»

Chee dachte über diese überraschende Logik nach, während er

ein Rauchwölkchen vor sich hin pustete. «Anfangs waren es sechs», sagte er. «Dillon Charley und Roscoe Sam sind tot. Damit haben wir schon dreiunddreißig Prozent.»

Auch Mary brauchte eine Denkpause, dann wandte sie ein: «Bei deiner Art zu denken solltest du nie Poker spielen. Was früher passiert ist, kannst du nicht noch mal als mathematischen Faktor heranziehen. Das zählt nicht, wenn es darum geht, wie groß die Wahrscheinlichkeit jetzt ist. Also, laß die beiden mal weg. Jetzt haben wir's nur noch mit vier Männern zu tun, von denen wir wissen, daß sie vor dreißig Jahren noch gelebt haben. Die mathematischen Chancen sind eindeutig so, daß einer von ihnen tot ist und die anderen drei noch leben.»

«Gut, kauf ich dir ab», sagte Chee. «Nun mußt du mir bloß noch erklären, warum der, der tot ist, ausgerechnet Woody Begay sein soll.»

«Intuition», behauptete Mary. «Frauen ahnen so etwas.»

Chee griff nach dem Zündschlüssel. «Wenn das so ist, brauchen wir doch gar nicht länger hier herumzuhängen und Fannies Zeit zu stehlen.»

Mary lächelte. «Da wir schon mal hier sind, können wir uns die Ahnung auch bestätigen lassen.»

«Wäre mir recht. Und du bist nicht sauer, wenn sich herausstellt, daß du dich geirrt hast?»

«Kein bißchen», sagte sie. «Ist mir schon mal passiert.»

«Aber nicht vor kurzem, oder?»

«Ich glaube, ich war damals vier Jahre alt.» Sie tat so, als müßte sie nachdenken. «Nein, wenn ich's mir recht überlege, habe ich mich schon zweimal geirrt. Das zweite Mal war's mein blöder Entschluß, bei Jimmy Chees großer Menschenjagd mitzumachen. Mein Gott, bin ich müde! Wie weit sind wir eigentlich heute gefahren?»

«Weiß ich nicht genau. Ungefähr zweihundertfünfzig Meilen. Es kommt einem länger vor. Aber das liegt an den Staubpisten.»

«Ich hätte glatt auf tausend Meilen getippt. In diesem Wagen wird man durchgerüttelt wie in einem Lastwagen. Ich glaube, du hast viel zuviel Luft in den Reifen.»

«Das machen wir Polizisten absichtlich. Bei der Rüttelei können wir nicht am Lenkrad eindösen.»

«Da fällt mir ein, ich habe mich sogar noch ein drittes Mal geirrt.» Sie sah ihn an und dann schnell wieder zur Seite. «Das war bei der Versteigerung. Da habe ich gedacht, du interessierst dich für mich.»

«Tu ich doch auch», sagte Chee.

«Ich meine, so richtig romantisch. Du bist ja nur an mir interessiert, weil ich eine Anglo bin. Pausenlos stellst du mir Fragen. Ich komme mir vor wie bei einer Marathonbefragung durch einen Soziologen.»

«Anthropologen», korrigierte Chee. «Aus genau diesem Grund gibst du dich übrigens mit mir ab. Du willst rausfinden, was für ein Mensch dieser Navajoindianer ist. Nur zugeben willst du's nicht.»

Mary lachte. «Ich gebe es ja zu. Ich weiß inzwischen, wie du bist. Du bist ein verrückter Kerl.»

«Wer weiß, vielleicht wird aus unserer Bekanntschaft noch eine große Romanze? Wir hatten an der Universität einen Literaturprofessor, der bei einer Shakespeare-Vorlesung die These aufstellte, Romeo hätte im Soziologie-Seminar eine Arbeit über die Capulets schreiben müssen, und es wäre ihm in Wirklichkeit nur darauf angekommen, Julias Sozialverhalten zu erforschen.»

«Nanu? War nicht Romeo der Capulet und Julia die Montague?»

«Was hat ein Name zu bedeuten?» zitierte Chee. «Was ist der Rose andrer Nam'...»

«Also, wie ist dein geheimer Kriegername?» fragte Mary.

«Rose. So was in der Art.»

Das Haus der Kinlicheenies war ein Holzbau, mit schwarzer Dachpappe gedeckt. Es stand auf einem Sandsteinhügel. Man hatte eine schöne Aussicht auf die wellige Erosionslandschaft mit grausilbernem Salbei und schwarzen Kreosotsträuchern. Am Horizont ragte der Mount Taylor auf, der hier – wie überall im Checkerboard County – das Landschaftsbild beherrschte. Der Gipfel schimmerte weiß, aber die Hänge waren schneefrei, blau und fahlgrün.

Hinter dem Fachwerkhaus stand ein runder Steinhogan, mit dem Eingang korrekt nach Osten ausgerichtet. Dahinter waren ein kleiner Wellblechschuppen und das buckelige Dach eines in die Erde getriebenen Badehäuschens zu sehen. Dort nahm die Familie die vorgeschriebenen Dampfbäder.

«Ist dir schon mal aufgefallen, daß Navajos ihre Häuser immer dort bauen, wo sie eine schöne Aussicht haben?» fragte Chee.

«Mir ist aufgefallen, daß Navajos ihre Häuser so weit wie nur möglich von anderen Navajos entfernt bauen. Hat das irgendwas zu bedeuten?» wollte Mary wissen.

«Wir können Indianer nicht leiden», antwortete Chee.

Mrs. Kinlicheenie stand jetzt unter der Tür. Sie hatte ihr Haar zu einem hübschen Knoten frisiert und trug eine schwere Silberkette mit Blumenornamenten sowie ein breites Silberarmband mit eingelegten Türkisen.

Mrs. Kinlicheenie war bereit, Gäste zu empfangen.

23

«Mein Bruder?» Fannie Kinlicheenie sah ihn erstaunt an. «Meinen Bruder suchst du?»

Sie saßen im vorderen Raum des Hauses. Der Stuhl, auf dem Chee Platz genommen hatte, war mit hartem grünem Plastik bezogen. Chee spürte, wie ihm die Kälte durch das dünne Uniformhemd drang. Das Haus war der Sommer-Hogan der Kinlicheenies. Man konnte es nicht heizen. Bald, wenn im Hochland der Frost kam, würde die Familie ihre Siebensachen packen, in den alten Winter-Hogan aus Stein und Lehm umziehen und das schlecht isolierte Haus dem Winter überlassen. Bis dahin halfen sich die Kinlicheenies, indem sie eine Schicht Kleider über die andere zogen. Fannie Kinlicheenie sah momentan nach ungefähr acht Schichten aus. Chee wünschte, er hätte seine Jacke aus dem Streifenwagen mitgebracht.

«Man hat uns gesagt, er wäre dein Bruder. Wir brauchen ein paar Informationen von ihm.»

«Aber er ist tot», sagte Fannie Kinlicheenie. «Seit...» Sie suchte nach dem Datum. «Mein Gott, er war schon tot, als ich geheiratet habe, und das war 1953.»

Chee sah Mary an. «Das wußte ich nicht», sagte er.

Fannie Kinlicheenie runzelte die Stirn.

«Warum willst du ihn sprechen?»

«Er hat mal zur Peyotesekte gehört, drüben in Grants. Darüber wollten wir mit ihm reden.»

«Diese verdammten Hurensöhne!» sagte Fannie Kinlicheenie auf englisch. «Was willst du über die wissen?»

«Es geht um eine Geschichte, die vor vielen Jahren passiert ist. Dein Bruder und noch ein paar andere haben damals an einer Bohrstelle gearbeitet. Der Peyote Chief hat sie gewarnt, sie sollten an einem bestimmten Tag nicht zur Arbeit gehen. Und genau an dem Tag ist die Bohrstelle in die Luft geflogen.»

«Ich weiß», sagte Fannie. «Ich war damals noch ein junges Mädchen und hab auch zur Peyote-Kirche gehört. Ich war Wasserholer. Weißt du, was das ist?»

Chee nickte. «Ja.» Er wußte nicht alles über die Native American Church, aber doch so viel, daß der Wasserholer, meistens eine junge Frau, irgendeine kleine Rolle bei den Zeremonien zu spielen hatte.

«Diese verdammten Hurensöhne», sagte Fannie noch einmal. «Es gab...» Sie unterbrach sich, sah erst Mary und dann Chee an. Sie hatten bisher Englisch gesprochen, die Sprache, die sie alle drei beherrschten. Jetzt wechselte Fannie Kinlicheenie zu Navajo über. «Es gab Hexer in dieser Kirche», sagte sie. Über Hexer redete man sowieso nur mit äußerster Vorsicht. Im Beisein Fremder empfahl sich erst recht Zurückhaltung. Und mit solchen, die nicht zum Volk der Heimat gehörten, sprach man gar nicht über sie. Mary gehörte nicht zum Dinetah.

«Woher weißt du, daß es Hexer waren?» Chee blieb bei Englisch. «Manchmal wird jemand ganz zu Unrecht verdächtigt, ein Skinwalker zu sein.»

Fannie antwortete wieder in Navajo: «Sie haben meinen Bruder mit dem Übel des Bösen infiziert.»

«Vielleicht ist er irgendwo anders einem Skinwalker begegnet?»

«Nein, die waren das», sagte sie. «Es gab ja auch noch andere Vorfälle. In dem Jahr ist die Bohrstelle in die Luft geflogen. Die Kerle haben überall herumerzählt, Lord Peyote hätte sie vorher gewarnt, sie hätten eine Vision gehabt. Aber die Hexer haben die Bohrstelle selber in die Luft gejagt. Deshalb wußten sie im voraus, was passieren würde.»

«Woher weißt du das?» Chee vergaß jetzt, Englisch zu sprechen. Er vergaß sogar Mary, die stumm zuhörte und immer verblüffter aussah.

«Ich weiß es eben», antwortete Fannie Kinlicheenie.

Chee dachte darüber nach. Plötzlich wurde ihm die Besonderheit dieses Hauses und dieses Raumes bewußt. Im Haus eines Weißen hätte nie so vollkommene Stille geherrscht. Man hätte das Ticken einer Uhr gehört und die Kühlschrankgeräusche oder von irgendwoher den Fernseher. Hier war kein Laut zu vernehmen. Kein Verkehrslärm. Kein Hupen. Nichts. Draußen ging die Sonne unter, sogar der Wind schien den Atem anzuhalten.

«Meine verehrte Tante», sagte Chee und benutzte damit die Anrede, die sich für einen jüngeren Mann gegenüber einer älteren Frau gehört, «ich habe einen weiten Weg hinter mir, weil ich mit dir reden wollte und weil das, was du weißt, sehr wichtig sein kann. Ich denke mir, daß damals etwas Schlimmes an der Bohrstelle geschehen ist und daß vielleicht heute noch Menschen deswegen sterben müssen. Wenn Navajowölfe daran schuld sind, werden diese Hexer wohl immer noch am Werk sein. Du mußt mir sagen, woher du weißt, daß Navajowölfe die Bohrstelle in die Luft gejagt haben. Hat dir das jemand erzählt?»

«Keiner hat mir das erzählt. Ich bin selber drauf gekommen.»

«Dann mußt du mir das erklären.»

Fannie Kinlicheenie dachte darüber nach, wie sie ihre Antwort formulieren sollte.

«Mein Bruder wurde krank. Er bekam Schmerzen. Hier.» Sie deutete auf den Magen. «Hier in der Mitte, wo die Seele wohnt. Und Schmerzen in den Beinen. Wir haben einen Handaufleger geholt, er sollte herausfinden, was das für eine Krankheit war. Und der Handaufleger sagte, mein Bruder wäre mit einem Fluch belegt. Er hat eine kleine Beule an Woodys Hinterkopf gefunden, dort hatte der Skinwalker das Totengift reingespritzt. Dann ist noch einer von denen krank geworden, und da haben sie auch den Handaufleger geholt, und er hat rausgefunden, daß der auch verhext war. Und er hat gesagt, wir sollten den Gesang des Sieges über die Feinde für beide singen lassen.» Fannie Kinlicheenie machte eine Pause, um sich in Gedanken zurechtzulegen, was noch zu sagen bliebe.

«Worum geht's denn eigentlich?» fragte Mary.

Chee hob die Hand. «Warte einen Augenblick», bat er und wandte sich wieder an Fannie. «Noch einer wurde krank, hast du gesagt? Meinst du damit: noch einer aus der Sekte?»

«Ja, Roscoe Sam», antwortete Fannie, «einer von denen, die mit Woody an der Bohrstelle gearbeitet hatten. Einer von denen, die sich ‹Volk der Finsternis› nannten.»

«Aha», machte Chee, und dann fuhr er Mary zuliebe auf englisch fort: «Der Handaufleger hat also gesagt, daß es nötig wäre, den Gesang des Sieges über die Feinde zu zelebrieren. Aber um das zu tun, muß man wissen, wer der Hexer ist. Wer...»

«Natürlich», fiel ihm Fannie Kinlicheenie ins Wort. «Wir haben den Gesang für beide singen lassen, und es war alles so, wie es sein muß. Eine Weile ging es den beiden auch besser. Aber dann mußten wir Woody nach Gallup ins Krankenhaus bringen, und dort ist er gestorben.»

«In den Krankenhäusern der Weißen glauben sie nicht an Navajowölfe», sagte Chee. «Was haben sie denn gesagt, woran er gestorben ist?»

«An Krebs, haben sie gesagt. In seinem Blut war Leukämie.»

«Lebt Joseph Sam noch irgendwo hier in der Gegend?»

«Er ist auch gestorben», sagte Fannie Kinlicheenie. «Ich hab gehört, an derselben Sache. Leukämie.»

«Der Gesang des Sieges über die Feinde hat dann wohl nicht viel geholfen?» meinte Chee.

«Ich glaube, sie haben zu lange gewartet. Ein bißchen hat er ja trotzdem gewirkt. Der Fluch des Bösen ist umgedreht und gegen den Navajowolf gerichtet worden.» In Fannie Kinlicheenies Lächeln lag hämische Bosheit. «Er ist auch gestorben.»

«Weißt du, wer es war?» Chee wußte, daß er lange warten mußte, bis er darauf eine Antwort bekam, vorausgesetzt, sie war überhaupt bereit zu antworten. Im Dinee redete man nicht gern über Tote oder über Hexer. Und den Namen eines Toten auszusprechen, der ein Hexer gewesen war, wäre doppelt gefährlich gewesen.

Fannie Kinlicheenie fuhr sich mit der Zunge über die Lippen.

«Es war der Peyote Chief», sagte sie.

Und so hatte sie es geschafft, Dillon Charleys Namen nicht auszusprechen.

24

Sie holperten durch die ausgewaschene Spur, auf den befestigten Weg zu, der sie zur Asphaltstraße nach Crownpoint führen würde. Die Sonne war untergegangen. Ein Streifen zerfasernder Zirruswolken glühte in lachsfarbenem Pink vor dem Abendrot. Ringsum hatte sich Dunkelheit über die Landschaft gesenkt. Mary war bisher sehr schweigsam gewesen.

«Darf ich auch mal erfahren, worüber ihr die ganze Zeit geredet habt?» fragte sie jetzt, ohne ihn dabei anzusehen.

Chee warf rasch einen Blick zur Seite. «Du meinst den Teil, als sie anfing, Navajo zu sprechen?»

«Ja, genau wie du. Den Teil meine ich.»

«Sie hat gesagt, daß es in der Native American Church Hexer gegeben hätte, und die hätten Woody Begay und Roscoe Sam mit Totengift infiziert, und daran wären beide gestorben. Bevor sie starben, hat man noch einen Gesang des Sieges über die Feinde für sie abgehalten, und das hat den Zauber umgedreht und gegen den Hexer gerichtet. Dillon Charley war der Hexer, und er ist an seinem eigenen Fluch gestorben.»

Mary sah ihn an. «Was hältst du davon?»

«Außerdem hat sie gesagt, die Hexer hätten die Bohrstelle in die Luft gejagt», fiel Chee ein. «Und Joseph Sam wäre auch tot.»

«Hat sie gesagt, warum die Hexer das alles getan haben?»

«Nein», antwortete Chee.

«Weiß sie's nicht? Hast du sie danach gefragt?»

«Nein», sagte Chee. «Mit unseren Hexern ist das alles ganz anders, verstehst du? Sie brauchen kein Motiv im herkömmlichen Sinn. Weißt du ein bißchen was über Navajowölfe?»

«Ich bin nicht ganz sicher. Sind sie denn nicht wie die bösen Zauberer bei den Weißen? Wie alle Hexer? Zum Beispiel die Laguna-Bindestrich-Acoma-Hexer?» Sie lachte. «Lauter Bindestrich-Zauberer. Beim Bureau of Indian Affairs schreiben sie doch alle Hexer mit einem Bindestrich.»

«Bei uns Navajos ist Hexerei genau das Gegenteil dessen, was uns als guter Weg des Lebens vorgeschrieben ist. Das Heilige Volk hat uns gelehrt, daß das Ziel unseres Lebens *yo'zho* ist. In eurer Sprache gibt es dafür kein Wort. In Schönheit und Harmonie leben, im Einklang stehen mit allem, was uns umgibt, mit der Strömung treiben, im Frieden mit sich und der Umwelt sein – so ungefähr könnte man's umschreiben. Das alles ist zusammengefaßt in der Idee des *yo'zho*. Hexerei ist alles, was im Gegensatz dazu steht. Natürlich gibt es auch eine mythologische Erklärung dafür: man wird zum Hexer, wenn man ein elementares Tabu verletzt, zum Beispiel einen Verwandten tötet oder Inzest begeht oder ähnliches. Man bekommt dann übernatürliche Fähigkeiten. Kann sich in einen Wolf oder einen Hund verwandeln. Kann fliegen. Oder andere krank machen. Das ist das Gegenteil der positiven Kraft, die uns das Heilige Volk gegeben hat, nämlich Kranke zu heilen, indem wir sie zurück ins *yo'zho* führen. Zurück zu Schönheit und Harmonie. Um es kurz zu machen, ein Hexer braucht kein Motiv, um eine Bohrstelle hochgehen zu lassen. Es ist böse, Menschen in die Luft zu jagen, das genügt ihm als Motivation.»

«Und sie hat gesagt, Dillon Charley wäre so ein Hexer?»

«Ja, das hat sie gesagt. Die Familien der beiden Männer haben einen Gesang des Sieges über die Feinde abhalten lassen, dadurch wurde der Fluch umgedreht, und Dillon Charley ist gestorben.»

«Und das beweist schon, daß er der Hexer war?»

«In gewisser Weise, ja», sagte Chee. «Sie müssen allerdings vorher gewußt haben, daß er der Hexer war. Dann mußten sie sich irgend etwas beschaffen, was ihm gehört – ein paar Haare, Socken, einen Hut, irgendwas Persönliches. Beim Gesang des Sieges über die Feinde stellt das den Skalp dar. Am letzten Tag des Rituals wird ein Pfeil in den Skalp geschossen. Wenn alles richtig war und wenn man tatsächlich den richtigen Hexer erwischt hat, wird er krank und stirbt an seinem eigenen Fluch.»

«Und der Verhexte wird wieder gesund?»

«Richtig, so wirkt sich das aus. Aber bei unserem Freund Woody hat es nicht geklappt. Und bei Roscoe Sam auch nicht.»

Der Streifenwagen holperte durch eine flache Auswaschung. Die zerfaserte Wolke am Himmel hatte inzwischen ihr Lachsrosa gegen glühendes Rot vertauscht. «Noch zwei Tote», stellte Mary fest, «vielleicht auch drei.»

«Das mit Woody hast du ja vorausgesagt», meinte Chee.

Und sie sagte: «Am Anfang waren es sechs Männer. Sechs aus dem ‹Volk der Finsternis›. Sechs Männer, die nicht zur Arbeit an der Bohrstelle gegangen sind. Und nun ist Roscoe Sam tot. Und Joseph Sam und Woody Begay und Dillon Charley.»

«Bleiben Wendy Tsossie und Rudolph Becenti übrig. Aber bisher konnte uns keiner sagen, wo sie zu finden sind.»

«Es gibt bei dieser Geschichte viel zu viele Tote», sagte Mary Landon. «Lauter Männer, die noch gar nicht so alt waren. So um die Fünfzig, wenn sie noch leben würden. Aber sie sind lange vor ihrer Zeit gestorben. Damals waren sie noch ziemlich jung. Ein paar

Jahre nach der Explosion. Vier von sechs, das sind wirklich zu viele Tote.» Sie sah Chee nachdenklich an. «Kann es nicht sein, daß jemand sie vergiftet hat? Oder sonstwie umgebracht? Aus Rache vielleicht?»

«Soweit wir wissen, starb Begay an Leukämie», sagte Chee. «Ebenso Roscoe Sam. Dillon Charley ist im Krankenhaus gestorben. Auch an Krebs, wie Vines sagt. In einem Krankenhaus hätte man sicher etwas gemerkt, wenn er vergiftet worden wäre.»

«Aber nur bei einer Autopsie.»

Chee fuhr eine Weile schweigend weiter. «Ich glaube, du denkst an dasselbe wie ich», sagte er dann. «An Emerson Charley, wie?»

«Ja. Ich denke daran, wie es dazu kam, daß bei Emerson Charley keine Autopsie gemacht wurde.»

«Weil jemand seine Leiche aus dem Krankenhaus gestohlen hat.»

«Was ja nicht gerade alle Tage vorkommt», sagte Mary.

«Richtig.»

«Es sei denn, jemand will eine Autopsie verhindern.»

«Richtig», sagte Chee wieder.

«Was man genausogut erreichen kann, wenn das Auto des Betreffenden in die Luft gesprengt und er dabei in Stücke gerissen wird. Keine Autopsie. Stimmt's?»

«Mhm», machte Chee.

«Mhm», machte auch Mary. «Oder Blödsinn. Warum sollte irgend jemand Emerson vergiften wollen? Oder Dillon Charley? Oder Woody Begay oder einen anderen von den Jungens?»

«Es gibt keinen Grund», gab ihr Chee recht. «Aber weißt du was? Laß uns mal nach Albuquerque in die Klinik fahren und sehen, was wir dort herausfinden.»

«Eins ist mir inzwischen klar», sagte Mary, «ein Picknick wird nicht daraus, wenn ich mit dir irgendwohin fahre.» Sie zögerte. «Meinst du, daß er dort ist?» Sie mußte nicht erst sagen, daß sie den Blonden meinte. Chee wußte auch so, an wen sie dachte.

«Darüber habe ich auch gerade nachgedacht», sagte er. «Ich an seiner Stelle ginge nicht in die Nähe dieses Krankenhauses. Und wenn ich nach dir und mir suchen würde, dann zuallerletzt dort.»

25

Die Ärztin hieß Edith Vassa. Morgensonne fiel durch das Fenster hinter ihrem Schreibtisch und warf flammende Lichter auf ihr rotes Haar. Sie war noch recht jung und hatte diesen rosigen Teint, bei dessen Anblick Chee sich jedesmal fragte, wieso die Weißen die Indianer ‹Rothäute› nannten. Dr. Vassa war Emerson Charleys behandelnde Ärztin in der Krebsklinik der Universität von New Mexico gewesen und hatte die Untersuchung über das rätselhafte Verschwinden der Leiche geleitet. Aber das Ganze hatte in eine Sackgasse geführt. Edith Vassa war, wie ihre Miene deutlich verriet, frustriert und verärgert.

«Was ich herausgefunden habe, läßt sich in wenigen Worten zusammenfassen. Emerson Charleys Herz hörte um 17.13 Uhr zu schlagen auf. Der Arzt vom Dienst machte die üblichen Untersuchungen und stellte offiziell den Tod fest. Der Tote wurde für eine Autopsie gekennzeichnet und in den Kühlraum der Leichenkammer gebracht. Am nächsten Morgen stellte der zuständige Mitarbeiter fest, daß er nur noch eine Leiche hatte statt zwei. Er vermutete, daß die fehlende Leiche ohne korrekte Übergabe zum Morphologischen Institut gebracht worden wäre.» Dr. Vassa machte eine ungeduldige Handbewegung. «Um die Details wegzulassen: Wir fanden schließlich heraus, daß die Leiche verschwunden war.»

«Sie nahmen an, daß sie gestohlen wurde?» fragte Chee.

«Ich vermutete, seine Familie hätte sie abgeholt», antwortete Dr. Vassa. «Die Stadtpolizei von Albuquerque ging allerdings davon aus, daß wir irgendwas vermasselt hätten.» Sie lachte, aber ihr Gesicht zeigte, daß ihr nicht danach zumute war.

«Definitiv konnten wir feststellen, daß am nächsten Morgen ein Leichenkarren im Vorraum der Wäscherei gefunden wurde», fuhr sie fort. «Er war wahrscheinlich zum Transport der Leiche benutzt worden. Wir fanden auch heraus, daß der Plastiksack mit den persönlichen Effekten der anderen Leiche verschwunden war. Alles in allem, es konnte mit ziemlicher Sicherheit rekonstruiert werden, daß jemand in die Leichenhalle eingedrungen ist, den falschen Effektensack zusammen mit Emerson Charleys Leiche auf einen Karren gepackt, diesen dann durch den Vorraum der Wäscherei zur Laderampe geschoben, dort Leiche samt Kleidersack in ein Auto verstaut hat und davongefahren ist.»

«Die Leiche war für eine Autopsie vorgesehen?»

«Ja, sie sollte in die Morphologie.»

«Warum die Autopsie?»

«Routine. Wir sind eine Krebsklinik. Wir studieren die Folgen von Krebserkrankungen. Wie sie sich auf Körperzellen auswirken. Wie unsere Behandlung auf die Tumore, die Blutplättchen und das Knochenmark wirkt. Metastasenbildung. Und so weiter.»

«Metastasenbildung?»

«Tochtergeschwulste. Wie Krebs sich von einem Organ zum anderen ausbreitet.»

«Hatten Sie den Verdacht, daß jemand bei der Krankheit ein bißchen nachgeholfen haben könnte?»

Dr. Vassa deutete ein Lächeln an. «Nachhelfen führt nicht zu Leukämie. Das ist nicht wie bei einer Vergiftung. Oder bei einer Infektionskrankheit, bei der man Bakterien einspritzen könnte. Leukämie wird verursacht durch...» Dr. Vassa zögerte.

Chee wartete. Er war neugierig, wie diese Frau einem Navajo die Ursache für Leukämie erklären würde.

«Wir wissen nicht genau, wodurch sie verursacht wird. Vielleicht durch einen unbekannten Virus. Oder durch eine Störung im Rükkenmark, in dem die Blutkörperchen produziert werden.»

Gut gemacht, dachte Chee. Ihm wäre auch keine bessere Lösung eingefallen. «Aber es ist doch eine seltene Krankheit, besonders bei Erwachsenen?» fragte er.

«Relativ gesehen, ja», antwortete Dr. Vassa. «Gegenwärtig liegt die Todesrate für alle Arten bösartiger Krebserkrankungen bei weniger als drei Promille. Leukämische Erkrankungen machen wiederum nur ein Prozent unter diesen Fällen aus. Rund gerechnet stirbt also etwa einer unter hunderttausend an Leukämie.»

«Drei von tausend sterben an bösartigem Krebs?» fragte Mary Landon. «Was würden Sie dazu sagen, wenn von sechs Männern, die alle miteinander befreundet, Angehörige derselben Sekte und alle weitläufig miteinander verwandt sind, drei an Krebs sterben?»

«Ich wäre sehr überrascht», sagte Dr. Vassa.

«Wie überrascht ist man bei drei von sechs statt drei von tausend?»

«Nun, das wäre schon ein großer Zufall, aber es könnte natürlich passieren. Die mathematische Wahrscheinlichkeit geht seltsame Wege. War Emerson Charley einer der drei Toten?»

«Er war der Sohn von einem der drei», erklärte Chee.

«Sein Vater starb an Krebs?»

«So hat man uns erzählt», sagte Mary.

«Aber Sie wissen es nicht genau?» fragte Dr. Vassa. «Haben alle in derselben Gegend gelebt? Und denselben Job gehabt? Wenn diese Leute tatsächlich alle an Krebs gestorben sind, wäre das für unsere Epidermiologen sicher sehr interessant.» Dr. Vassa lächelte. «Ganz besonders, wenn es sich zufällig um Gallenblasenkrebs handelt. Davon sind sie geradezu fasziniert.» Sie griff zum Telefonhörer. «Ich arrangiere ein Treffen mit Dr. Sherman Huff.»

Dr. Huffs Büro war im Kellergeschoß. Er stellte ihnen eine Reihe von Fragen und machte sich Notizen. Dann langte er nach dem Telefon. «Drei von sechs ist sehr ungewöhnlich», sagte er. «Wir wollen mal sehen, ob die Tumorregistratur etwas über diese Leute hat.» Er sprach mit jemandem, identifizierte sich und las die Namen Dillon Charley, Roscoe Sam und Woody Begay vom Notizblock ab. Dann klemmte er sich den Hörer zwischen Schulter und Ohr und wandte sich wieder an Mary und Chee.

«Dauert höchstens ein paar Minuten. Sie geben die Namen in den Computer ein. Die Registratur versucht, jeden Krebsfall im Staat New Mexico aktenkundig zu machen, aber Ihre Fälle liegen zeitlich sehr weit zurück, da haben wir erst mit der Registrierung angefangen. Vielleicht sind die Leute auch nie in ein Krankenhaus gegangen. Dann haben wir sie natürlich nicht in unseren Unterlagen.»

«Mit anderen Worten, man kann nicht ausschließen, daß die Männer Krebs hatten, auch wenn sie nicht in Ihrer Krebskartei aufgeführt sind?»

«Sie sind nur dann nicht registriert, wenn sie in den frühen 50er Jahren erkrankt waren oder wenn sie das Navajoreservat nicht verlassen haben. Aber unsere Leute haben versucht, auch solche Fälle zu erfassen. Sie sind sehr stolz darauf...»

Jemand war am Telefon. «Moment, bitte», sagte Dr. Huff. Dann machte er sich einige Notizen. «Okay», sagte er schließlich, «vielen Dank. Schicken Sie mir die Akten rüber, ich möchte sie einsehen.» Er hängte auf und sah Chee an.

«Dillon Charley: Leukämie. Roscoe Sam: Leberkrebs, Tumore auch an anderen Organen. Woody Begay: Leukämie.» Huff sah nachdenklich aus. «Verdammt viel Krebs auf einmal. Und verdammt viel Leukämie für Männer dieses Alters.»

«Emerson Charley kommt noch dazu», warf Mary ein, «er starb auch an Leukämie.»

«Das hat mir Dr. Vassa gesagt. Wir wollen sichergehen. Ich lasse mir seine Akte auch kommen.» Er wählte eine Telefonnummer.

«Wenn Sie schon anrufen, geben Sie doch noch ein paar Namen durch», bat Chee. «Fragen Sie nach Rudolph Becenti, Joseph Sam und Windy Tsossie.»

«Sind das die anderen drei von sechs? Hat man Ihnen gesagt, die hätten auch Krebs gehabt?»

«Wir wissen lediglich, daß Joseph Sam wahrscheinlich in den 50er Jahren gestorben ist. Über Becenti und Tsossie haben wir noch nichts rausfinden können.»

«Die Daten der Tumorregistratur sind natürlich vertraulich», sagte Huff. «Eigentlich darf ich einen Krebstod nur im Zusammenhang mit polizeilichen Ermittlungen bestätigen. Ich weiß wirklich nicht, ob ich eine regelrechte Suchaktion für Sie starten kann.»

«Ich will ja nur feststellen, ob die Todesursache bei allen Krebs war. Ich spare Zeit, wenn Sie mir helfen. Ich müßte mir sonst die Totenscheine bei den Countybehörden besorgen.»

Huff telefonierte wieder. Er fragte nach Emerson Charleys Akte und bat um Überprüfung der Namen Tsossie, Becenti und Joseph Sam. Dann wartete er mit dem Hörer am Ohr.

Er war ein stämmiger Mann mit einem grauen Schnurrbart, der in einen ebenso grauen Backenbart überging. Seine Gesichtshaut war wettergegerbt, seine Augen hellblau. Die Wand hinter ihm war mit Postern bepflastert: «RAUCHEN MACHT IHREN DOKTOR REICH.» Oder: «DIE ELTERN DES KLEINEN WAISENKINDES ANNIE WAREN RAUCHER.» Und: «VERZICHTE AUFS ALTWERDEN, RAUCHE!» Schließlich: «WIE TÖTET MAN EINE AMSEL? MAN BLÄST IHR ZIGARETTENRAUCH IN DEN SCHNABEL!» Ein Klopfen störte die Stille. Marys kleiner Finger trommelte gegen die Armlehne. Aus dem Telefonhörer meldete sich eine Stimme.

«Legen Sie los», bat Dr. Huff und machte eifrig Notizen auf seinem Block. «Okay», sagte er nach einer Weile, «bitte alle Akten zu mir. Danke.» Er legte auf und sah schweigend auf seine Notizen. «Tja, so ist das», sagte er dann.

«Noch einer?» fragte Mary.

«Rudolph Becenti. Er starb an einer anderen Art der Leukämie.»

«Jetzt sind es vier von sechs», stellte Mary fest.

«So ist es, und das ist ein verdammt hoher Prozentsatz.»

«Was ist mit den beiden anderen, Tsossie und Joseph Sam?» wollte Chee wissen.

«Keiner der beiden Namen ist registriert.» Dr. Huff runzelte die Stirn. «Vier von sechs. Was, zum Teufel, kann eine derartige Häufung hervorrufen? Was hatten die Leute für Arbeit?»

«1948 gehörten sie zum Hilfsarbeiterteam an einer Bohrstelle in der Nähe von Grants. Machten die üblichen Arbeiten. Darüber hinaus waren alle Mitglieder in derselben Gemeinde der Native American Church.»

«Haben sie vielleicht da unten auch in den Uranminen gearbeitet? Wir haben festgestellt, daß Krebserkrankungen dort geringfügig häufiger sind als anderswo. Allerdings handelt es sich dabei um Lungenkrebs.»

«Soweit ich weiß, nicht. Und der Uranabbau fing ja in diesem Gebiet gerade erst an, als diese Männer schon im Sterben lagen», sagte Chee.

«Vielleicht Asbest? Waren die Leute mit dem Einbau von Isolierungen beschäftigt?» Dr. Huff schüttelte den Kopf. «Nein, inhalierte Asbestfasern sind zwar karzinogen, aber nicht so. Nicht so wie vier von sechs. Wirken auch nicht so schnell. Und es ist die falsche Krebsart. Was wissen Sie sonst noch über sie?»

«Verdammt wenig», sagte Chee.

«Haben sie vielleicht mal auf dem Testgelände in Nevada gearbeitet? Waren sie zu der Zeit dort, als die oberirdischen Atombombentests stattfanden?»

«Keine Ahnung. Kaum anzunehmen.»

«Das wäre nämlich eine Erklärung», sagte Dr. Huff. «Wir haben gerade in diesem Herbst den Zusammenhang zwischen einer auffallenden Häufung von Todesfällen infolge Leukämie und dem Aufenthalt im Bereich der Windrichtung der Bombentests Mitte der 50er Jahre festgestellt. Zwölf solcher Fälle in einer einzigen kleinen Gemeinde. Die Blutzellen reagieren besonders sensitiv auf radioaktive Strahlen.»

«Ich weiß nur, daß Dillon Charley nicht drüben in Nevada gearbeitet hat. Er hatte bis kurz vor seinem Tod den Job drüben am Mount Taylor.»

«Das gilt auch für Emerson Charley», sagte Mary. «Die Tests in der Atmosphäre wurden doch schon vor Jahren gestoppt, er ist ja aber gerade erst gestorben.»

Dr. Huff sah enttäuscht aus. «Das ist richtig. Aber manchmal dauert es Jahre bis zum Ausbruch der Krankheit. Es kann sein, daß nicht alle Fälle etwas damit zu tun haben.» Ein dürres Lächeln zuckte um seine Lippen. «Genausogut ist es denkbar, daß damals keiner der Männer näher als tausend Meilen an das Versuchsgelände herangekommen ist. Glauben Sie, daß Sie die beiden anderen finden können?»

«Bei Tsossie versuchen wir's», sagte Chee. «Joseph Sam ist tot, es gibt keine Unterlagen. Bringt uns wohl nicht weiter.»

«Vielleicht doch», korrigierte Dr. Huff. «Einige Krebsarten greifen das Knochengewebe an. Andere wieder hinterlassen deutliche Spuren an den Knochen, wenn sie Metastasen bilden. Man kann das sehr genau an den Rippen, an der Wirbelsäule oder an den großen Markknochen erkennen. Wissen Sie, wo er beerdigt ist?»

«Wir können versuchen, das herauszufinden.»

«Und wir müssen versuchen, so etwas wie einen gemeinsamen Nenner für diese Fälle zu finden», sagte Dr. Huff. «Was ist das für eine Kirche, der die Männer angehört haben?»

«Die Native American Church. Die Peyotesekte.»

Dr. Huff lächelte durch seinen Bart hindurch. «Wenn Peyote karzinogen wäre, hätten wir das Rätsel gelöst. Aber das ist nicht der Fall. Gibt es noch etwas, was allen gemeinsam ist?»

Chee erzählte ihm von Dillon Charleys Vision, die die Männer vor der Explosion bewahrt hatte, und davon, daß anscheinend alle einer Kultgemeinschaft angehört hatten, dem ‹Volk der Finsternis›. Er gab ein paar Erläuterungen dazu.

«Mit einem Maulwurf als Amulett?» fragte Dr. Huff. «Ist der Fetisch sonst nicht immer ein Raubtier? Ein Berglöwe oder ein Bär oder so etwas?»

«Der Maulwurf ist das Raubtier der Finsternis», erklärte ihm Chee. «Allerdings ist es tatsächlich ungewöhnlich, ihn als Amulett zu benutzen, da haben Sie recht.»

«Warum haben die Leute sich dann ausgerechnet den Maulwurf ausgesucht?» wollte Dr. Huff wissen.

«Darüber habe ich mich auch schon gewundert», sagte Chee. Und noch während er es sagte, hatte er eine Idee. «Der Mann, der

Emerson Charleys Leiche gestohlen hat, er hat dessen Sachen hiergelassen. Können wir uns die mal ansehen?»

«Warum nicht?», sagte Dr. Huff. «Vorausgesetzt, die sind uns nicht auch abhanden gekommen.»

26

Der rote Plastiksack lag – zusammen mit mehreren anderen, die alle gleich aussahen, aber alphabetisch geordnet waren – in einem dafür vorgesehenen Raum im zweiten Stock.

«Bracken», las der Angestellte vor, «Caldwell. Charley – da ist er ja. Emerson Charley. Sie können sich die Sachen da drüben am Tisch ansehen.»

Chee zog einen zerknautschten Filzhut heraus, ein Paar Cowboystiefel, das neue Sohlen gebraucht hätte, eine Jeansjacke, eine Timex-Uhr mit Stahlarmband, ein Baumwollhemd, ein Unterhemd, eine Unterhose, abgetragene Jeans, Socken, ein Schlüsselbund, ein Taschenmesser, einen kleinen Lederbeutel an einer langen Lederschnur, zwei blaue Schuhriemen, ein Streichholzmäppchen und eine Brieftasche. Chee legte den Lederbeutel und die Brieftasche beiseite und durchsuchte sämtliche Taschen der Kleidungsstücke. Alle leer. Dann nahm er sich die Brieftasche vor. Sie enthielt eine Fünf- und zwei Eindollarnoten, den Führerschein, die Sozialversicherungskarte und die Visitenkarte des Versicherungsvertreters, der Charleys Pickup versichert hatte.

Dann griff Chee nach dem Lederbeutel.

«Was ist das?» fragte Mary. «Wonach suchst du?»

«Das ist der Medizinbeutel. Darin bewahrt man das auf, was man für die religiösen Zeremonien braucht», antwortete Chee. «Er muß aus einer gegerbten Hirschdecke gemacht sein, und man muß das Tier auf eine bestimmte rituelle Art erlegt haben. Gewöhnlich hat man ein paar kleine Gallensteine zum Schutz vor Hexerei drin, dazu Blütenstaub und ein wenig Maismehl...» Er öffnete die Lederschnur und faßte in den Beutel. «... und das Amulett, wenn man eins hat.»

Das Amulett, das er aus dem Lederbeutel zog, war schwarz und flach und wie ein augenloser, spitznasiger Maulwurf geformt. Chee hielt es hoch, damit Mary es besser sehen konnte. Es war recht schwer und aus einem glatten Gestein geformt. Vielleicht eine Schieferart, vermutete Chee. «Da haben wir also *Dine'etsetle*, den Maulwurf», sagte Chee fast feierlich. «Das Raubtier des Nadir. Der Jagdgeist der Unterwelt. Einer vom Volk der Finsternis.»

Er starrte auf das Amulett und wog es in der Hand, als könnte er dadurch mehr herausfinden. Es war sauber ausgearbeitet, besser als die meisten Amulette. Chee dachte an die Skulpturen, die er in Vines' großem Trophäenraum gesehen hatte. Hatte Vines auch dieses Amulett gemacht? War es aus einem der schwarzen Gesteinsbrocken geformt, die Tomas Charley in Vines' Andenkenkästchen gefunden hatte? Vielleicht. Aber was hatte das zu bedeuten? Chee steckte den Maulwurf zurück in den Medizinbeutel.

«Sagt dir das Amulett was? Bringt es uns weiter?» fragte Mary.

Chee rezitierte einen Vers in Navajo. «Das ist aus einem unserer Beschwörungsgesänge», erklärte er und übersetzte dann:

Maulwurf, dein Jagdrevier ist das Dunkel.
Maulwurf, dein Jagdlied ist das Schweigen.

27

Dr. Huffs Sekretärin kam auf sie zu, als sie den Lagerraum verließen. Jemand aus Chees Büro in Crownpoint hatte angerufen und die Nachricht hinterlassen, Mr. Martin vom FBI-Büro in Albuquerque erwarte Chees Anruf.

«Bisher dachte ich, niemand wüßte, wo wir uns gerade aufhalten», sagte Mary. Sie runzelte ärgerlich die Stirn. «War nicht abgemacht, daß wir uns so vor unliebsamen Begegnungen schützen?»

«Außer den Leuten in meinem Büro weiß es ja keiner», sagte Chee.

«Wenn sie im Büro Bescheid wissen, können auch andere...»

«Woher denn?»

Mary dachte nach, immer noch ein wenig verärgert. Dann zuckte sie die Achseln. «Ich glaube, du hast recht. Aber du weißt ja, wie geschwätzig die Leute oft sind.»

Martin wollte Chee daran erinnern, im FBI-Büro vorbeizukommen und sich ein paar Fotos anzusehen.

«Vielleicht morgen oder übermorgen», sagte Chee. «Sie müssen verstehen, daß ich mich im Augenblick nicht gern da aufhalte, wo dieser Bursche auf mich lauern könnte.»

«Ich glaube, Sie können das ganz locker sehen. Er ist weg.»

«Woher wissen Sie das?»

«Wir haben ganze Arbeit geleistet. Jedes Hotel, jedes Motel und jeden anderen Ort überprüft, wo der Kerl untergekrochen sein könnte. Sogar neu zu vermietende Apartments.»

«Eine Menge Mühe», sagte Chee.

«Er hat seinen Unterschlupf nicht hier in der Gegend. Und wir haben den grün-weißen Plymouth gefunden. Er stand in einer kleinen Werkstatt in Gallup. Dieser Mistkerl hat ihn dort abgeliefert und dem Mechaniker gesagt, die Ventileinstellung müßte überprüft werden, aber er könnte sich damit Zeit lassen. Deshalb haben wir den Karren nirgendwo auf einem Parkplatz oder am Straßenrand gefunden.»

«Schlau von dem Burschen. Haben Sie eine Ahnung, wie er diesmal aus Albuquerque rausgekommen ist?» fragte Chee.

«Wir sind ziemlich sicher, daß er wieder ein Auto geklaut hat. Weiß Gott, wo er hingefahren ist. Vielleicht nach El Paso oder Denver. Weit genug weg, um vor unseren Nachforschungen sicher zu sein. Möglich, daß er am Flughafen die nächstbeste Maschine genommen hat.»

«In Albuquerque ist er jedenfalls nicht mehr?»

«Nein. Es sei denn, er wäre bei Verwandten untergekrochen», sagte Martin.

28

Etliche Stunden Fahrt kreuz und quer durch die Gegend kostete es Jimmy Chee, um ein paar ältere Leute aus dem Mud Clan aufzusuchen, aber er brachte dabei einiges über Windy Tsossie in Erfahrung. Zum Beispiel, daß Tsossie kurz nach dem Explosionsunglück eine Tochter von Grace Yazzie aus dem Standing Rock Clan geheiratet und sich im Nordwesten, im Bisti-Gebiet, bei seiner neuen Familie niedergelassen hatte. In der Gegend von Ambrosia Lakes war er danach nicht mehr gesehen worden. Seine Frau war gestorben. Und er erfuhr noch mehr. Daß Tsossies Schwägerin, eine Frau namens Romana Musket, noch lebte und zwischen Thoreau und Crownpoint in einem blechgedeckten Blockhaus wohnte, das man vom Highway aus sehen und am Schafspferch erkennen konnte, der direkt dahinter am Hang lag. Mrs. Musket wußte vielleicht, wo Tsossie zu finden war, tot oder lebendig. Denn ob er überhaupt noch lebte, die Frage hatte ihm bisher niemand beantworten können. Andererseits konnte auch keiner mit Sicherheit sagen, daß er gestorben wäre. Nur soviel stand fest: man hatte ihn seit Jahren nicht mehr gesehen.

Immerhin fügte sich das, was Chee herausfand, schon zu einem allgemeinen Bild von Tsossie zusammen. Zu einem ausgesprochen negativen Bild. Seine Blutsverwandten und Stammesbrüder erinnerten sich, wenn überhaupt, recht lieblos und ohne Respekt an ihn. Sie sprachen nur ungern, ausweichend und zögernd von ihm. Niemand wollte ausdrücklich etwas Negatives sagen, aber Chee war ja selber Navajo, er verstand sie auch so. Windy Tsossie ging seinen Weg nicht in Harmonie. Er war kein guter Mensch. Er befolgte die Regeln nicht, die Changing Woman dem Navajovolk gegeben hatte. Kurz gesagt, Windy Tsossie stand im Verdacht, ein Hexer zu sein.

«Wie kannst du so etwas behaupten?» empörte sich Mary. «Du hast mir übersetzt, was die Leute gesagt haben. Keiner hat einen solchen Verdacht auch nur angedeutet.»

«Das würden sie nie tun. Nicht gegenüber einem Fremden. Und ich bin ein Fremder für sie. Ich könnte ja selber ein Hexer sein. Oder du eine Hexe. Und Hexer oder Hexen mögen es nicht, wenn die Leute über Hexer reden.»

Mary unterdrückte ein Gähnen. «Du übertreibst ganz schön.»

«Ist dir nicht aufgefallen, daß die Leute nervös wurden, sobald die Rede auf Tsossie kam?» wandte Chee ein. «Daran habe ich's gemerkt.»

«Mich interessiert vor allem, ob wir jemals noch einen aus dem alten Team lebend antreffen», sagte Mary. «Was würde er uns erzählen? Ich glaube inzwischen, daß er sich an ein paar interessante Einzelheiten erinnern könnte.»

«Wie gesagt: wenn er lebt.»

«Du wirst sehen, einer von denen lebt noch.»

«Wie schön, daß unsere Gefühle so harmonieren.»

Sie hatten für die Fahrt den Pickup der Polizeistation genommen und damit den relativ hohen Komfort des normalen Streifenwagens gegen den Vorteil der Geländegängigkeit eingetauscht. Sie fuhren in Richtung Nordosten, meist im zweiten Gang, und folgten einer alten, ausgewaschenen Spur, die jetzt steil bergab führte. Chee schaltete das Fernlicht ein. Vor ihnen lag ein sandiges, breites Bachbett. Dort hielt Chee.

«Chaco Wash», sagte er. Er schaltete die Innenbeleuchtung ein und studierte die Karte. Es war die Indian County Karte, die vom südkalifornischen Automobilclub herausgegeben wurde, nach Chees Meinung eine besonders genaue und ausreichend detaillierte Karte. Auf ihr war das Wegnetz in neun Kategorien eingeteilt, von mehrspurigen Highways über Wege mit Kiesauflage, unbefestigte Wege und Staubpisten bis hin zu sogenannten ‹bei ungünstigen Witterungsbedingungen nicht passierbaren Fahrspuren›. Die letzten fünfzehn Meilen waren sie einer solchen Fahrspur gefolgt. Und sogar die mußte nach der Karte hier bei Chaco Wash im Sand enden.

Chee faltete die Karte zusammen und zog aus der Hemdtasche ein liniertes Blatt Papier. Es stammte aus Mrs. Muskets rot eingebundenem Big-Chief-Notizblock. Auf dem Blatt hatte einer von Ramona Muskets Enkeln eine Skizze gezeichnet, die ihnen den Weg zu einem bestimmten Hogan weisen sollte. Zu jenem Hogan nämlich, in dem Rudolph Charley gerade eine Peyote-Sitzung abhielt, an der auch Ramona Musket teilnahm. Der Junge war etwa zwölf Jahre alt, auf seinem T-Shirt war ein großes S aufgedruckt, das Symbol für Superman. Er hatte die Skizze sehr sorgfältig mit Kugelschreiber gezeichnet und ihnen dabei erzählt, daß Rudolph Charley der neue Peyote Chief wäre, weil jemand den bisherigen Chief erschossen hätte, und der wäre Rudolph Charleys älterer Bruder gewesen.

«Bei Chaco Wash hört die Fahrspur auf», hatte der Superman-Enkel erklärt. «Dort mußt du dich rechts halten und im Sand weiterfahren. Du mußt gut aufpassen, daß du nicht die falsche Richtung einschlägst. Ich zeichne dir ein paar markante Punkte ein, an die du dich halten kannst.» Er hatte von seiner Skizze hochgeschaut, Mary angegrinst und ihr höflich in Englisch versichert: «Wenn man da draußen nicht aufpaßt, hat man sich schnell verirrt.»

‹Salzzedern› hatte der Superman-Enkel auf die Big-Chief-Skizze geschrieben, und zwar an der Stelle, an der sich die Spur im Sand verlor. Im Scheinwerferlicht erkannte Chee tatsächlich eine Gruppe winternackter Salzzedern am Rande des Bachbetts. Er fuhr durch den weichen Sand des ausgetrockneten Baches weiter.

«Jetzt sind wir also da angekommen, wo man aufpassen muß, um sich nicht zu verirren, wie?» fragte Mary.

«So ist es», sagte Chee.

«Dann paß bitte auf. Ich bin zu müde. Einfach total erschöpft. Mir kommt's vor, als wären wir schon tagelang in diesem verdammten Pickup herumgekurvt.»

«Dabei sind wir erst seit Sonnenaufgang unterwegs», sagte Chee.

Mary drehte sich plötzlich um und starrte durch die Rückscheibe. «Manchmal habe ich so einen Alptraum, daß ich zurückschaue, und da ist irgend jemand, der uns folgt. Nein, nicht irgend jemand. Der Blonde.»

«Ausgeschlossen», sagte Chee. «Er kann wirklich nicht wissen, wo wir hinfahren.»

Sie schüttelte sich und schlang sich die Arme um die Schultern. «Angenommen, er ist superschlau. Oder er ist aus irgendeinem Grund auch zu diesem Peyote-Zeremoniell unterwegs.»

«Kann mir nicht vorstellen, was er da will.»

«Ist das nicht so eine Art Gottesdienst in memoriam Tomas Charley? Vielleicht sucht er genau wie wir nach bestimmten Leuten. Vielleicht treffen wir ihn plötzlich da draußen.»

«Das halte ich nicht für sehr wahrscheinlich», sagte Chee.

«Dir geht's wie mir. Zu müde, um auf der Hut zu sein. Du bist so müde, daß du mir jetzt deinen Kriegernamen verraten wirst.»

«Es kann nicht mehr allzu lange dauern», sagte Chee. «Ungefähr um Mitternacht werden wir bei Charleys Hogan ankommen. Und Mrs. Musket wird uns sagen, daß Windy in Grants wohnt, und uns seine Adresse und Telefonnummer geben. Wir werden ein bißchen schlafen, und morgen rufen wir dann Tsossie an. Und er wird uns erzählen, wer damals die Bohrstelle samt Besatzung in die Luft gejagt hat, warum er's getan hat, wen wir verhaften sollen, wo wir Beweise für das Schwurgericht finden, warum Emerson Charleys Leiche aus dem Krankenhaus gestohlen wurde, wer den Blonden angeheuert hat, um Tomas Charley umzubringen, und...»

«Hör auf», unterbrach ihn Mary. Sie gähnte herzhaft hinter vorgehaltener Hand. «Bei dem Glück, das wir beide haben, wird sich herausstellen, daß der Junge uns die falsche Adresse oder die falsche Nacht genannt hat oder daß Mrs. Musket gar nicht dort ist oder daß sie nie was von einem Windy Tsossie gehört hat oder daß ihr unsere Nasen nicht gefallen und sie nicht mit uns reden will, oder sie erzählt uns, daß Tsossie nach Tansania ausgewandert ist und keine feste Anschrift hinterlassen hat, oder es stellt sich raus, daß es der falsche Tsossie ist, oder der Blonde ist dort und erschießt dich. Oder, was noch viel schlimmer wäre, mich.»

Chee lächelte. «Nun, bald werden wir's wissen.»

Sieben Minuten vor Mitternacht begann die Spur, der sie folgten, auf felsigem, mit verkrüppeltem Wacholder bestandenem Gelände anzusteigen. Das Scheinwerferlicht wurde plötzlich von der Windschutzscheibe eines Wagens reflektiert, dann vom welligen Blechdach einer Hütte, dann von einem Fenster. Chee fuhr im Schritttempo und beobachtete aufmerksam die Gegend um die Hütte, soweit sie von den Scheinwerfern erhellt wurde. Drei Pickups standen neben der Hütte, ein alter weißer Chevy und ein Pferdewagen, bei dem Heuballen als Sitze dienten. Zwanzig Meter dahinter erkannte man die runde Form eines Stein-Hogans. Aus dem Kamin in der Mitte des konisch zulaufenden Daches quoll eine dünne Rauchfahne. Zu sehen war niemand.

Chee stellte den Pickup neben den anderen Autos ab und stieg aus. Es herrschte vollkommene Dunkelheit. Der Mond war schon untergegangen, und am schwarzen Himmel funkelten Millionen Sterne wie Brillantfeuer. Chee hob den Blick zum Firmament und ließ das Bild auf sich einwirken – das großartige, fluoreszierende Band der Milchstraße, die Winterkonstellation der Sternbilder und den lautlosen Glanz des Universums.

Mary stand neben ihm. «Mein Gott», sagte sie ehrfürchtig, «ich habe noch nie einen solchen Himmel gesehen.»

«Die Höhe», erklärte ihr Chee, «wir sind hier ungefähr auf der Höhe der kontinentalen Wasserscheide. Zweitausendvierhundert Meter über dem Meeresspiegel, da ist die Luft dünn und die Sicht gut. Und zum Teil liegt es auch daran, daß hier unten alles dunkel ist. Da, schau mal.» Er zeigte nach Südosten. «Siehst du den dünnen Lichtschein am Horizont? Das ist Albuquerque. Hundert Meilen entfernt, aber das Licht dringt bis hierher.»

«Einen Augenblick lang vergißt man ganz, wie kalt es ist», sagte Mary. Sie schauderte. «Aber der Augenblick ist rum. Ich friere.»

Aus dem Hogan drangen monotoner Gesang und dumpfes Trommeln. Die Steinmauern und die Entfernung dämpften die Geräusche. Der Gesang war eigentlich nur das rhythmische Ansteigen und Verebben von Tönen, irgendwie schien es mit dieser windstillen

Nacht zu verschmelzen. Chee sah auf die Uhr. Lord Peyotes Anhänger würden ihr Zeremoniell nicht vor Mitternacht unterbrechen. Begonnen hatte es bei Sonnenuntergang mit einem Gebet, in dem sie der Sonne versichert hatten, daß sie in guter Absicht zusammengekommen wären, und es würde erst enden, wenn die Sonne wieder aufging. Aber um Mitternacht wurde eine Pause eingelegt. Bis dahin waren es noch fünf Minuten.

«Als ich noch ein Kind war», erzählte Chee, «hat mich meine Mutter manchmal mitten in der Nacht geweckt, mich vor den Hogan geführt und mir Unterricht in Sternenkunde gegeben. Wie sich die Sternbilder bewegen, wie man die Himmelsrichtung feststellen kann und die Uhrzeit und die Jahreszeit. Und wie einmal alles angefangen hat.»

«Und wie hat alles angefangen?»

«Am Anfang gab es noch keine Navajos. Nur das Heilige Volk. First Man, First Woman, Talking God, Gila Monster, Corn Beetle und all die verschiedenen *yei*-Gestalten. Nachts war der Himmel schwarz und leer, nur den Mond gab es schon. Da entschloß sich First Man, die Sterne ans Firmament zu hängen. Er fing mit den Blue Flint Boys an...» Chee zeigte auf die Plejaden. «Dann war der Bär an der Reihe und der Große Jäger, und dann kamen all die anderen. Aber der Kojote schlich sich heran, packte das Laken, auf dem First Man die noch nicht aufgehängten Sterne ausgebreitet hatte, und schüttelte es, daß alle Sterne in hohem Bogen davonflogen. So ist die Milchstraße entstanden.»

«Was will man von einem Kojoten erwarten», sagte Mary. Sie zitterte immer noch vor Kälte und hielt die Arme um die Schultern geschlungen.

Im Hogan war es jetzt still. Und plötzlich, als die Decke am Türloch beiseite geschoben wurde, schimmerte Licht heraus.

Chee langte in den Pickup und schaltete die Innenbeleuchtung ein. Es gehörte sich, die Leute wissen zu lassen, wer da gerade angekommen war.

Marys Pessimismus erwies sich als unbegründet, Mrs. Musket war doch anwesend. Sie war eine grauhaarige, robuste Frau und trug einen rot-grün gestreiften Mantel über der weitgeschnittenen Bluse und dem traditionellen Gewand der Navajofrauen. Sie schien keine große Lust zu haben, über Windy Tsossie zu sprechen.

Rudolph Charley bat Chee und Mary in den Hogan, damit sie

nicht länger in der Kälte herumstehen müßten. Er glich Tomas Charley sehr, war allerdings etwas jünger und noch dünner. Er stand neben ihnen und hörte aufmerksam zu.

«Das alles ist vor langer Zeit passiert», sagte Chee nach einer einleitenden Erklärung, «noch ehe er deine Schwester geheiratet hat. An der Bohrstelle, an der er gearbeitet hat, gab es eine Explosion. Wir möchten nun wissen, ob er sich noch daran erinnern kann, was damals geschehen ist.»

Mrs. Musket starrte Chee an, dann Mary, danach Charley und schließlich wieder Chee.

«Er erinnert sich an gar nichts», sagte sie.

«Offenbar sind alle anderen, die damals zusammen mit ihm an der Bohrstelle gearbeitet haben, inzwischen gestorben. Sie können uns nichts mehr sagen. Deshalb wollen wir mit Tsossie sprechen.»

«Ich glaube, Windy ist auch tot», sagte Rudolph Charley. «Der Hexer hat sie alle geholt.»

«Ja», sagte Mrs. Musket, «er ist tot.»

«Wann ist er gestorben?» fragte Chee. Er vermutete, daß Mrs. Musket log. Die Erfahrung hatte ihn gelehrt, sorgfältig das Mienenspiel eines Menschen zu beobachten, wenn er ihn befragte. Log jemand, so verriet ihn fast immer seine Nervosität. Und Mrs. Musket war nervös. Andererseits, hatte sie keinen Grund, nervös zu sein, wenn plötzlich zwei Fremde aus dem Dunkel auftauchten und über den Tod sprachen? Nur, da war noch etwas anderes als Nervosität in ihrer Miene. Etwas, was sich schwer mit Worten beschreiben ließ, man konnte es nur ahnen. Und auf einmal wußte Chee, was es war: Mrs. Musket hatte Peyote zu sich genommen und den Black Drink getrunken – Peyote-Tee. Sie war in eine psychedelische Traumwelt hinübergewechselt. Chee sah Rudolph Charley an. Der Zeremonienmeister machte ebenfalls den Eindruck, als könnte er nicht klar unterscheiden, ob Chee leibhaftig vor ihm stand oder nicht.

«Wann ist er gestorben», wiederholte Chee seine Frage. «Und wo hat man ihn begraben?»

«Das ist alles schon so lange her.» Mrs. Musket sah Chee an und zugleich durch ihn hindurch. Sekunden vergingen. «Sie haben da draußen hinter Bisti in den Badlands gewohnt. Ich selbst war nicht dort. Aber ich weiß, daß der Mann meiner Schwester ein Hexer war. Irgend jemand hat einen Fluch gegen ihn zurückgelenkt, und da ist er am Totengift erkrankt und gestorben.»

«Du hast nicht bei ihnen gewohnt, sondern nur davon gehört, ja? Hat deine Schwester dir das erzählt?»

«Ja, meine Schwester.»

«An welcher Krankheit ist er gestorben?»

«Am Totengift», wiederholte Mrs. Musket.

«Und wo?»

«Im Hogan meiner Schwester.»

«Hat man ihn dort begraben?»

«Sie haben dafür einen Weißen aus Bisti kommen lassen. Er hat ihn draußen in den Felsen begraben. Man hat mir erzählt, er hätte ihn in eine ausgewaschene Höhlung in einer Steilwand gelegt und mit Steinen zugedeckt.»

«Es geht alles wieder von vorn los», murmelte Rudolph Charley plötzlich. «Die Hexerei nimmt kein Ende.»

Chee sah ihn an. Charleys Blick schien irgend etwas in weiter Ferne zu suchen.

«Zuerst hat sie meinen Großvater das Leben gekostet und all die Männer, die Lord Peyote damals in sein geheimes Reich blicken ließ. Sie wurden verhext, alle sechs sind tot. Und jetzt fängt es wieder an. Mein Großvater wurde getötet, dann mein Vater und nun auch mein Bruder. Heute nacht bitten wir Lord Peyote, uns zu offenbaren, was als nächstes geschehen wird...» Seine Stimme verlor sich in unverständlichem Murmeln.

Mary schien etwas sagen zu wollen, ließ es aber. So standen sie schweigend da und warteten darauf, daß Charley fortfuhr. Chee konnte jetzt im Hintergrund Einzelheiten des Raumes ausmachen. Man hatte den Lehmboden von allen Möbeln und Hausrat geräumt. Der Peyote-Altar war vor der Wand gegenüber dem Eingang aufgerichtet, ein halbmondförmiger Buckel aus festgeklopftem Sand. Peyote-Mond nannten sie das Gebilde. Im Zentrum, wo der Sand etwa fünfzehn Zentimeter aufragte, war eine tassengroße, mit kleinen Zederzweigen geschmückte Höhlung eingelassen. In diesem Nest lag eine knorrige, haarige Peyote-Frucht. Daneben stand im Sand eine silberne Schachtel mit geöffnetem Deckel. Hinter dem Peyote-Mond waren zwei im Zickzack verlaufende Linien in den Sand gemalt: die Fußspuren Jesu Christi. Ursprünglich war die Native American Church, als sie sich im Checkerboard ausbreitete, eine mehr oder weniger christliche Kirche gewesen. Den Weißen offenbarte sich Christus nur durch die Worte der Bibel, denn die

Weißen hatten ihn gekreuzigt. Zu den Navajos aber, die ihm kein Leid zugefügt hatten, sprach Christus unmittelbar durch Visionen. Lord Peyote war sein Werkzeug, der Schlüssel zu jenem Tor, das zur Wahrheit führt.

Rudolph Charley stand noch immer schweigend da, für ihn verschwammen die Konturen der Zeit im Drogenrausch.

«Hat Lord Peyote dich sehend gemacht?» fragte Chee.

«Ich habe den Maulwurf gesehen», sagte Rudolph Charley. «Das Amulett, das mein Vater und mein Großvater getragen haben.»

«Sonst nichts?» fragte Chee.

Zwei junge Männer kamen geduckt durch die Türöffnung in den Hogan. Sie sahen Chee und Mary unfreundlich an. Einer ging zur Feuerstelle und legte einige Piñonzweige ins heruntergebrannte Feuer, der andere hockte sich hinter die Trommel. Beide warteten. Rudolph Charleys Stimmung schlug um.

«Ich habe sonst nichts gesehen, was du verstehen könntest», sagte er. «Wir müssen jetzt weitermachen. Wir müssen unser Zeremoniell zu Ende bringen.»

«Der Mann, mit dem du sprechen wolltest, ist tot», sagte Mrs. Musket.

«Nun gut», sagte Chee, «dann erklär mir bitte den Weg zu der ausgewaschenen Höhlung, in der man ihn beerdigt hat.»

29

Colton Wolf hatte es endlich geschafft. CB-Funk im Pickup, und das Autotelefon war auch funktionsbereit. Er fuhr zu einem einsam gelegenen Bachbett östlich der Sandria Mountains und trainierte mit dem Gewehr und der 22er Pistole. Das Gewehr war ein teures 30er Ruger-Modell mit einem Zielfernrohr. Er verschoß etwa die Hälfte der Munition aus einer 100er Packung und justierte dabei Kimme und Korn auf Entfernungen bis 250 Meter und die Visiereinrichtung des Zielfernrohrs bis auf 800 Meter. Dann rief er über Autotelefon beim Krankenhaus an, gab sich als Angestellten der Western Union Telefon- und Telegrammgesellschaft aus und erfuhr, daß man an Mr. Jim Chee kein Telegramm ausliefern könne, da er bereits entlassen sei. Damit war Coltons Vermutung bestätigt.

Als nächstes rief er im Stadtbüro des *Albuquerque Journal* an, gab sich als Professor der hiesigen Universtiät aus und bekam die Erlaubnis, einige Nachforschungen in der Registratur der Zeitung anzustellen. Nachdem er eine Stunde lang Zeitungsausschnitte über Kriminalfälle der letzten Zeit studiert hatte, kannte er die Namen aller FBI-Agenten und Sheriffs, die im Navajoreservat und im näheren Umkreis eingesetzt waren. Er schrieb die Namen und was ihm sonst noch nützlich schien in sein Notizbuch.

Dann erkundigte er sich, ob es Berichte über B. J. Vines gäbe. Ja, es gab eine Akte Vines. Der älteste Zeitungsausschnitt war ein Bericht über den Verkauf der Uranschürfrechte durch Vines an ein Konsortium von Erzabbau-Gesellschaften unter Führung von Kennecott Copper und Kerrmac Nuclear Fuels. Ein anderer Ausschnitt, ein telegrafischer Bericht aus New York, enthielt die Meldung, daß Vines die Weatherby Trophy, den inoffiziellen Weltmeisterschaftscup der Großwildjäger, gewonnen habe. Der ausführlichste Zeitungsausschnitt war ein mit Fotos illustrierter Sonderbericht über den Bau von Vines' Haus am Hang des Mount Taylor. Die Villa sei ‹die wahrscheinlich teuerste, die je in New Mexico gebaut worden ist›, hieß es in dem Bericht. Der Mann, dessen Name in jenem Kästchen stand, das Colton wiederbeschaffen sollte, war demnach reich genug, einen solchen Auftrag zu bezahlen. Was den Schluß zuließ, daß dieser Mr. Vines mit ziemlicher Sicherheit der Auftraggeber war. Nicht mit absoluter Sicherheit, denn auch andere schienen ja hinter dem Kästchen her zu sein. Aber wahrscheinlich war es Vines. Colton fügte seinen Notizen eine Beschreibung des Hauses und die genaue Adresse hinzu. Das konnte sich unter Umständen als nützlich erweisen, wenn alles andere schiefging.

Den letzten Zwischenstopp legte Colton bei der Stadtbibliothek ein, wo er sich durch einen Stapel von Telefonbüchern der Umgebung arbeitete und alle eventuell wichtigen Nummern notierte. Dann verließ er Albuquerque in westlicher Richtung, folgte den Serpentinen, die sich aus dem Tal des Rio Grande hochschraubten, überquerte das tief eingeschnittene Tal des Rio Puerco und fuhr gemächlich – immer unter Beachtung der fünfundfünfzig Meilen pro Stunde – durch die öde und einsame Tafellandschaft des westlichen Teils von Zentral-New Mexico. Während der Fahrt testete er fortwährend die Empfangsqualität seines CB-Funkgeräts auf den Polizeifunk- und Notrufkanälen. Der Empfang war gut. Die Technik der Funksprache und die Terminologie der Funker war dieselbe, die Colton auch aus anderen Staaten geläufig war. Schließlich testete er auch sein Autotelefon und rief den Wetterdienst an. Für den Nachmittag wurden im Westteil des zentralen Hochplateaus von New Mexico zunehmende Bewölkung, aufkommende böige Winde und kältere Temperaturen vorausgesagt. Mit Schneefall noch vor Mitternacht mußte gerechnet werden.

Das grüne Autobahnschild vor ihm zeigte an, daß Colton sich der Ausfahrt Grants näherte. In Fahrtrichtung rechts erhob sich der Mount Taylor majestätisch gegen einen unwirklich blauen Himmel. Der Gipfel war schneebedeckt. Colton ließ den Pickup auf dem Seitenstreifen ausrollen, schlug sein Notizbuch auf und wählte die Nummer des Navajo Tribal Police Office in Crownpoint.

Eine weibliche Stimme meldete sich.

«Federal Bureau of Investigation Albuquerque», sagte Colton, «ich bin Agent Martin. Kann ich Captain Largo sprechen?»

«Der ist nach Tuba City gefahren», sagte die Stimme. «Sie können ihn dort unter der Nummer...»

«Ich kenne die Nummer», unterbrach Colton, «aber Largo hat mir gesagt, vor morgen sei er dort nicht mit absoluter Sicherheit zu erreichen. Kann ich dann mit Jim Chee sprechen?»

«Chee ist auch nicht da, er nimmt ein paar Tage Urlaub.»

«Wie geht's ihm? Ich hoffe, mit seinen Rippen ist soweit wieder alles in Ordnung?»

«Ja, es geht ihm ganz gut.»

«Im Grunde geht es bei meinem Anruf um Chee. Er sollte für mich ein paar wichtige Details überprüfen. Im Zusammenhang mit dieser Schießerei. Sagen Sie, wie kann ich mich mit ihm in Verbindung setzen?»

«Einen Moment», sagte die Stimme. Dann war es still.

Colton wartete. Das war jetzt der entscheidende Augenblick. Er nahm sich vor, vier Minuten zu warten, keine Sekunde länger, denn danach riskierte er eine Rückverfolgung des Anrufs. Man konnte auf jeden Fall feststellen, daß der Anruf per Autotelefon erfolgte. Der Sekundenzeiger seiner Uhr hatte gerade eine Minute umrundet, als sich die Stimme wieder meldete.

«Wir müssen versuchen, ihn über Funk zu erreichen. Sollen wir ihm eine Nachricht übermitteln?»

«Sagen Sie ihm, daß Agent Martin ein paar Informationen für ihn hat und ihm einige Fotos zeigen will. Sagen Sie ihm, daß ich raus ins Reservat komme und ihn bitte, mich über mein Autotelefon anzurufen.» Er nannte eine falsche Telefonnummer, die aber der Zahlenfolge nach durchaus zu einem Autotelefon gehören konnte.

«Hält er sich denn in der Nähe eines Telefons auf?»

«Das bezweifle ich», sagte die Stimme.

«Hören Sie, hier geht es um eine wichtige Sache. Sehen Sie zu, daß Sie ihn erwischen. Und wenn er nicht in der Nähe eines Telefons ist, um mich zurückzurufen, dann rufen Sie mich bitte an und sagen mir, wann ich mit seinem Rückruf rechnen kann. Okay?»

«Ja, in Ordnung», sagte die Stimme.

«Alles klar, danke.» Colton legte den Hörer auf, schaltete das CB-Funkgerät auf den Polizeifunkkanal und fuhr zurück auf die Interstate 25. Er war noch keine Meile unterwegs, als er mithörte, wie Crownpoint Chee über Funk rief.

Colton fuhr weiter nach Westen, nach Grants und den Anlagen zur Uranaufbereitung bei Ambrosia Lakes vorbei, und erreichte das rauhe Ödland, das allmählich zur kontinentalen Wasserscheide anstieg. Alle zehn Minuten versuchte Crownpoint, Chee zu erreichen. Bei der Abfahrt Thoreau verließ Colton die Interstate und suchte sich einen Parkplatz. Er hatte sich vorgenommen, hier zu warten. Die Möglichkeit, daß Chee nach dem Zwischenfall im Krankenhaus versuchen würde, irgendwo in einem anderen, weit entfernten Teil der Staaten unterzutauchen, hatte Colton nie ernsthaft erwogen. Das hatte dieser Navajopolizist gar nicht nötig. Denn wo konnte sich ein Indianer sicherer fühlen als im Indianerreservat?

Colton stemmte die Knie gegen das Armaturenbrett und belegte sich ein Sandwich. Die Zutaten hatte er sich aus dem Wohnwagen mitgebracht. Er aß wie immer sehr langsam. Der Mount Taylor lag jetzt weit im Osten, aber immer noch beherrschte er die Landschaft, kalt und unheildrohend.

Wenn alles vorbei war, wenn er Jim Chee endlich gestellt und getötet und auch diese Frau zum Schweigen gebracht hatte, wenn alle Spuren verwischt waren und er sich in Sicherheit gebracht hatte, konnte er sich endlich wieder darum kümmern, seine Mutter zu finden. Bestimmt fielen ihm ein paar Möglichkeiten ein, an die er bis jetzt nicht gedacht hatte. Vielleicht konnte ihm ein Hypnotiseur helfen, sich an Dinge zu erinnern, die in seinem Unterbewußtsein schlummerten. Wer weiß, vielleicht kam dabei etwas Nützliches heraus.

Da war diese alte Frau aus seinen frühesten Kindheitserinnerungen, die ihn auf dem Schoß gewiegt und dabei so intensiv nach Tabak gerochen hatte. Vielleicht war das seine Großmutter gewesen? Wenn es gelang, diese Erinnerungen zu verdichten und vielleicht sogar den Ort herauszufinden, an dem er als kleines Kind gelebt hatte, brachte ihn das womöglich weiter. Aber er hatte nur wenige Erinnerungen an diese Zeit. Da war eine verschwommene Vorstellung von kaltem Nebel, von Regen, von Tagen in einer Wohnung in einem oberen Stockwerk, an Essen aus dem Gefrierschrank. Die Mutter kommt frühmorgens nach Hause, ihr Haar schmiegt sich feucht gegen sein Gesicht, er spürt ihre Hände kalt an seiner Haut. Da sind auch Männer, aber das Bild eines bestimmten Mannes will sich nicht aus den Bruchstücken seiner Erinnerung schälen.

Colton starrte in den klaren, wolkenlosen Himmel, doch seine Gedanken konzentrierten sich weiter auf dieses Zimmer seiner frühen Kindheit. An rissigen, grauen Linoleumfußboden konnte er sich erinnern. Er hatte damals zwei Murmeln gehabt, die rollten in den Rissen wie in einer Spur. Immer wieder hatte er dieses Spiel gespielt, wie die Murmeln sich in den Rissen jagten, jeden Tag. Er erinnerte sich auch an die rußverschmierten Fenster des Zimmers. Aber der Name der Stadt fiel ihm nicht ein. Sicher hatte er ihn einmal gewußt, und selbst wenn er damals erst vier oder fünf gewesen war, hatte ihm der Name bestimmt etwas bedeutet. Seine Mutter hatte nicht oft mit ihm gesprochen, wahrscheinlich hatte sie es nicht wichtig gefunden, ihrem Kind zu sagen, daß sie in Seattle oder Portland oder sonstwo lebten. Aber er mußte den Namen des Ortes einmal gewußt haben. Ja, er würde sich einen Hypnotiseur suchen, der ihm dabei half, verschüttete Erinnerungen wieder wachzurufen.

Es war ihm klar, daß irgend etwas mit seinem Erinnerungsvermögen nicht stimmte. Allzu kraß waren die Lücken. Er fuhr mit dem Daumen unter den Pullover und tastete nach der Vernarbung, die sich dort gebildet hatte, wo eine Rippe nicht richtig zusammengewachsen war. Er wußte, wann er diese Narbe noch nicht gehabt hatte, damals in San Diego. Er erinnerte sich auch, daß er sie in Bakersfield schon hatte. Aber es gab keine Erinnerung daran, wie es zu der Verletzung gekommen war. Eine Prügelei? Ein Unfall? Genauso war es mit dem dick vernarbten hellen Wulst unter dem Haar, über dem linken Ohr. Der mußte auch etwas mit einem Vorfall in früher Kindheit zu tun haben, aber auch da gähnte ein Loch in Coltons Erinnerungen. Während der Zeit in Taylorville hatte er immer wieder versucht, sich zurückzuerinnern. Doch das ständige Grübeln machte ihn ganz krank, er hatte es aufgegeben.

Im Lautsprecher des Funkgeräts war wieder die Stimme des Funkers in Crownpoint zu hören, wie er Jim Chee rief.

Diesmal antwortete Chee. Colton legte das Sandwich weg und griff nach dem Notizbuch. Crownpoint übermittelte seine Nachricht.

«Alles gut und schön», hörte er Chee sagen, «aber wir stecken hier weit draußen beim alten Bisti Handelsposten.»

Colton notierte: ‹Wir sind bei Bisti.› ‹Wir› unterstrich er.

«Wenn Sie an kein Telefon rankommen, soll ich Martin anrufen und ihm sagen, wo er Sie treffen kann. Er sagt, daß er raus ins Reservat kommen will», gab der Funker an Chee durch.

Einen Augenblick Stille. Dann meldete sich Chee wieder. «Okay, dann muß er sich gedulden. Wir sind unterwegs zu einem Hogan nordwestlich vom Handelsposten, ungefähr neun Meilen entfernt, schätze ich. Aber es dauert wohl noch eine Weile, bis ich ihn gefunden habe. Sagen Sie Martin, er soll heute abend um neun in unser Büro in Crownpoint kommen. Sagen Sie ihm, daß ich versuche, pünktlich zu sein, aber es kann ein bißchen später werden.»

«Verstanden», antwortete der Funker. «Haben Sie den Wetterbericht gehört? Es soll Schnee geben.»

«Alles klar», sagte Chee, «wir passen schon auf.»

Colton notierte wieder ‹wir› und fügte ‹neun Meilen nordwestlich Bisti› hinzu. Das Treffen um neun notierte er nicht. Um diese Zeit war Jimmy Chee schon tot.

30

Der Handelsposten Bisti war vor vielen Jahren niedergebrannt, und zwar so gründlich, wie eben Gebäude niederbrennen, wenn es keine Feuerwehr gibt, die eingreifen könnte. Das Feuer hatte nur rußgeschwärzte Grundmauern und einen Wirrwarr aus geschmolzenem Glas und verbogenen Metallteilen übriggelassen. Immer wieder hatten Navajos die Trümmer nach brauchbaren Überresten durchsucht, und der Wind hatte Staub und dürre Zweige gegen die Mauerreste geweht. Die großen Zypressen, einst Schutz vor der sengenden Sonne, waren längst an Wassermangel eingegangen, so wie Hunde eingehen, wenn man sie in der Wüste aussetzt. Kahl ragten die toten Stämme empor: Orientierungspunkte, die sinnlos geworden waren, weil sie nur auf eine Ruine hinwiesen, die fast vollständig von wuchernder Natur zugedeckt war.

Hinter den toten Zypressen verließ Chee den Weg, der in seiner Karte als ‹unbefestigt› markiert war, und bog nach links ab, auf eine Spur, die es, wenn man der Karte Glauben schenkte, gar nicht geben durfte. Sie verlief ziemlich gerade und ohne größeren Höhenunterschied durch ausgedehntes Kreosot-Buschgelände.

«Bist du sicher, daß das der richtige Weg ist?» fragte Mary.

«Nein», antwortete Chee, «aber ich bin sicher, daß die Richtung stimmt.»

«Und du glaubst, daß wir den alten Hogan tatsächlich finden werden? Nach all den Jahren?»

«Höchstwahrscheinlich. Mrs. Musket hat ja gesagt, der Hogan läge neun Meilen nordnordwestlich von Bisti, direkt an der Südseite einer einzelstehenden Felsnadel. Und sie hat die Felsnadel genau beschrieben.» Chee deutete nach vorne. «Das muß sie sein, siehst du? Und da draußen konnten sie den Hogan nicht anders als aus Steinen bauen, also muß es ihn noch geben. Man muß nur gründlich genug suchen: Und ich bin gut im Suchen.» Er stutzte, dachte über den Satz nach und sagte: «Jedenfalls habe ich immer gedacht, ich wär's.»

Es ging jetzt leicht bergab, mitten in eine Landschaft, in die die Erosion ihre Spuren gegraben hatte. Die Kräfte der Natur hatten durch Jahrmillionen die Sandsteinebene zu einem verwunschenen Platz voller grotesker Formen erodiert. Tische ragten auf, steinerne Köpfe, Schichtkuchen, verschlungene Spiralen, herausstehende Rippen, Zackenformationen und bizarre Gebilde, bei denen Chees Vorstellungskraft nicht ausreichte, um sie zu deuten. Wind und Wasser hatten sich durch die Oberschicht bis zu flachen schwarzen Kohleflözen, Schichten aus rotem Ton und bläulich gemaserten Schieferadern hindurchgefressen. Alle Farben des Regenbogens fanden sich hier, nur das Grün fehlte. Die Bisti Badlands nannte man das Gebiet, das sich fünfzig Meilen weit unter einem

Himmel dehnte, an dem sich die dunklen Wolken immer bedrohlicher ballten.

«Ich hab das Gefühl, daß Windy Tsossie gar nicht tot ist», sagte Mary. «Mir kam's so vor, als hätte uns Mrs. Musket irgendwas verheimlicht.»

«Sie war einfach nur nervös», meinte Chee. «Vielleicht, weil sie gelogen hat, vielleicht auch aus einem anderen Grund. Wenn es die Überreste von Windy gibt, werden wir sie auch finden. Und wenn nicht, finden wir vielleicht den lebenden Tsossie.»

Chee war von seiner eigenen Zuversicht überrascht. Tsossie zu finden, tot oder lebendig, das forderte den Navajo in ihm heraus. Eine Art zu denken und einen seit frühester Jugend vertrauten Zustand innerer Harmonie. Versuchte er wie ein Weißer zu denken, dann spürte er sofort Unsicherheit und Zweifel. Eben jenen Mißklang, der ihm das Gefühl der Harmonie nahm. Aber gerade darauf kam es jetzt an. Im Einklang mit den Gegebenheiten zu sein, sich den Zustand innerer Harmonie zu bewahren, das war von entscheidender Bedeutung. Jeder Jäger brauchte dieses Gefühl. Und dieser Fall war von Anfang an eine Jagd gewesen, nichts anderes.

Ein paar Verse aus dem Gesang der lautlosen Pirsch kamen ihm in den Sinn, und er glaubte, die Stimme seines Onkels zu hören, wie er die Verse zitierte:

Ich bin Black God, und ich spreche dieses Gebet.
Ich bin Black God, ich steige aus dem Osten empor,
Und dort bin ich, beim Turquoise Mountain, dort bin ich.
Der Kristallhirsch kommt auf mich zu.
Da ich ihn rufe, da ich zu ihm bete.
Er schreitet daher, auf mich zu, versteht mein Wollen.
Er schmiegt sich in meine rechte Hand.
Läßt mich wohlig schaudern, während er in mir aufgeht.
Er wird eins mit mir, wird Teil von mir.
Im Tode, im Einswerden mit mir,
Gehorcht er meinem Gebet, meinem Wollen.
Und ich gehorche dem Kristallhirsch,
Denn er ist die Harmonie.

Das ist die vollkommene Übereinstimmung, dachte Chee, die vollendete Harmonie. Harmonie zwischen Tier und Mensch. Einswerden mit Tsossie – oder dem, was von ihm geblieben ist. Harmonie zwischen Chee und Tsossie auf der einen Seite und dem Denken derer, die dafür gesorgt hatten, daß Tsossies Leichnam zwischen den Felsen beerdigt wurde. Aber die Art, wie die Weißen dachten, verstand Jim Chee nicht. Und weder Changing Woman noch Talking God hatten die Navajos einen Gesang gelehrt, durch den sie das Denken der Weißen verstehen konnten. Was hätte sein Onkel zu diesem Problem gesagt? Chee wußte es, er hatte die Worte des alten Mannes genau im Ohr, er hatte sie oft genug gehört:

«Mein Junge, wenn du das Große verstehst, wirst du auch das Kleine verstehen. Deshalb mußt du lernen, zuerst das Große zu verstehen.»

Das aber bedeutete in diesem Fall, daß Chee zuerst lernen mußte, alle Menschen zu verstehen, das war das Große. Danach würde er auch die Weißen verstehen: das Kleine, das im Großen enthalten ist. Und sein Onkel hätte hinzugefügt, daß ein Navajo, wenn er imstande war, zur Harmonie mit einem Kristallhirsch zu gelangen, auch zur Harmonie mit einem Weißen finden könnte. Chee zog eine Grimasse. Denn nun würde sein Onkel, der nie versäumte, ein solches Thema zu vertiefen, seine Philosophie über Mensch und Hirsch darlegen. Der Hirsch, würde er sagen, hat vieles mit dem Navajo gemeinsam. Er liebt den Partner, die Nachkommen, seinen Lebensbereich, der ihm Nahrung und Wasser gibt. Und er haßt die Kälte, den Hunger, die Schmerzen, den Tod. Aber der Hirsch unterscheidet sich auch in vielem vom Navajo. Sein Leben ist kurz. Er baut keine Hogans. So ist der Navajo dem weißen Mann schließlich doch ähnlicher als dem Hirsch.

Ungefähr so hätte sein Onkel es formuliert, dachte Chee. Und der Gedanke ließ ein Gefühl der Unzufriedenheit zurück. Denn sein Onkel hatte nicht viel mit den Weißen zu schaffen. Wie würde er denn die Denkart eines Weißen erklären, der in seinem Haus Erinnerungsstücke an seine Verdienste und Erlebnisse anhäuft, die wichtigsten und bedeutendsten aber in einem verschlossenen Kästchen versteckte? Bei den Orden, die Tomas Charley beschrieben hatte, handelte es sich um den Bronze Star und den Silver Star, Orden, die – wie Chee aus dem Militärhandbuch der Universitätsbibliothek wußte – für hervorragende Tapferkeit vor dem Feind verliehen wurden. Und mit dem Purple Heart zeichnete man Soldaten aus, die im Kampf schwer verwundet wurden. Hätte man da nicht erwarten müssen, daß die Orden einen Ehrenplatz in Vines' Trophäensammlung erhielten? Aber nein, er versteckte sie zusammen mit ein paar Kindheitsfotos und einer Handvoll schwarzer Gesteinsbrocken in einem Kästchen und stellte das auch noch in einen Safe. Warum? Ein Navajo hätte entweder unbefangen über seine Heldentaten gesprochen oder sie bescheiden verschwiegen. Wie kam ein Weißer dazu, einige seiner Verdienste geradezu zur Schau zu stellen, andere aber zu verstecken?

Der Himmel hatte sich inzwischen immer mehr verdunkelt. Der Wind kam aus Nordwesten. Der Pickup wurde von Windstößen gebeutelt, die Böen warfen Sandfontänen und trockene Zweige gegen den Wagen.

«Da drüben, das muß unsere Felsnadel sein.» Chee zeigte nach rechts. «Die Richtung stimmt, und das mit den neun Meilen Entfernung von Bisti kommt auch hin. Eine andere seh ich nicht.»

Die Spur verlor sich auf einem kargen Granitplateau am Rande einer Sandsteinformation, über dem weißes Kalkgestein aufragte. Die Kalkformation saß wie ein Mützenschirm über dem Sandstein, weil die tiefer liegende Schicht herausgewaschen war. Ein Tisch, an dem Riesen ihre Festtafel aufbauen, ließ Chee seine Phantasie spielen. Kurz hinter der auffallenden Formation nahm er plötzlich den Fuß vom Gaspedal und ließ den Pickup ausrollen.

«He, was ist los?» fragte Mary.

Chee sah sie an. «Mann, bin ich blöde», sagte er. Er stemmte die Fäuste gegen das Lenkrad. Es gibt zwei verschiedene Arten von Andenken, dachte er. Ein Teil hängt an den Wänden. Ein anderer Teil wird im Safe versteckt. Warum? Worin liegt der Unterschied? Die Zeit macht den Unterschied aus, wurde ihm klar.

Mary starrte ihn an. «Also los, spuck's aus. Sag mir, was du ausbrütest.»

«Ich bin noch dabei, es zu ordnen. Aber es läuft darauf hinaus, die Frage zu beantworten, warum ein Mann, der soviel Wert darauf legt, Erinnerungsstücke aufzuheben und zur Schau zu stellen, die wertvollsten Stücke in einem Safe versteckt.»

«Zum Beispiel die Orden», sagte Mary.

«Die und die Fotos von seinem Footballteam aus der Highschoolzeit und ein paar Sporttrophäen.»

«Und schwarze Steinbrocken», sagte Mary.

«Laß uns das noch ein bißchen zurückstellen. Klären wir erst mal die einfacheren Fragen.»

«Alles ist einfach, wenn man die Antwort weiß», sagte Mary. «Zum Donnerwetter, hör endlich auf, eine Show abzuziehen. Sag mir, was dir da durch den Kopf geht.»

«Der einzige Unterschied bei Vines' Andenken liegt meines Erachtens darin, daß er die aus früheren Jahren versteckt. Die aus der Kindheit und der Militärzeit. Die anderen, die aus der Zeit, nachdem er reich geworden war, hängt er an den Wänden auf.»

Mary nagte an der Unterlippe. Sie suchte nach einer Erklärung. «Oder es geht um Andenken an die Zeit vor und nach der Bohrstellenexplosion. Ist das vielleicht der entscheidende Punkt? Und was ist mit den Felsbrocken?»

«Wir fahren besser weiter», meinte Chee, «es wird dunkel.» Er legte den Gang ein.

«Mit anderen Worten: bei den Felsbrocken weißt du selber nicht weiter, stimmt's?»

«Irgendwas muß daran ungeheuer wichtig sein. So etwas wie eine ständige Mahnung an etwas, was in seinem Leben eine wichtige Rolle spielt. An etwas, was irgendwann in seinem Leben eine bedeutsame Rolle gespielt hat.»

«Okay, das nehme ich dir ab», sagte Mary. Sie saßen eine Weile schweigend da, während der Pickup über das Geröll holperte. «He», machte Mary auf einmal, «du, ich hab eine Idee. Die Steine stammen aus den Uranerzfunden. Es sind die ersten Probeexemplare. Was hältst du davon?»

«Das könnte sein», sagte Chee. «Ja, sogar ganz sicher. Warum bist du nicht eher auf diese Idee gekommen?»

«Du hast mich ja nicht gefragt. Du hättest nur fragen müssen.»

«Na schön, okay. Dann erklär mir mal, warum er diese Orden im Safe aufbewahrt?»

«Vielleicht hebt er sie für einen anderen auf?»

Der Wind rüttelte wieder am Pickup und überschüttete ihn mit einem Sandschauer. Chee schaltete runter, um mit dem Wagen einen steilen Hang hochzukommen.

«Mary, du bist ein Genie», sagte er, schaltete den Sender des Funkgerätes ein und rief die Funkstelle Crownpoint. Er achtete darauf, alle Anweisungen präzise und unmißverständlich zu geben. «Rufen Sie Martin vom FBI an. Sagen Sie ihm, er soll Verbindung zum Veteranenverband aufnehmen und sich mit höchster Priorität Auskünfte aus der Akte von Benjamin J. Vines geben lassen. War

Vines Firstlieutenant in der 101. Luftlandedivison? Wurde er mit dem Bronze Star, dem Silver Star und dem Purple Heart ausgezeichnet? In welchem Status wurde er aus der Armee entlassen? Ehrenhaft oder unehrenhaft? Gibt es aus seiner Dienstzeit eine Strafakte über ihn?»

Der Funker in Crownpoint wiederholte die Aufträge. «Ist das alles?»

«Sagen Sie Martin, daß ich ihm heute abend alles erkläre. Es wird später als neun Uhr werden. Und dann... Warten Sie einen Moment.» Chee angelte nach seinem Notizbuch. «Geben Sie ihm folgende Namen durch.» Er las aus dem Notizbuch die Namen der Männer vor, die seinerzeit bei der Explosion am Bohrloch getötet worden waren. Beim Namen Carl Lebeck stutzte er. Lebeck, der Geologe. Verantwortlich für das Arbeitstagebuch an der Bohrstelle. Für einen Geologen konnten schwarze Steinbrocken durchaus einen Erinnerungswert haben. «Setzen Sie den Namen Lebeck an die erste Stelle. Und sagen Sie Martin, daß er, falls Vines nicht als Ordensträger verzeichnet ist, beim Veteranenverband nachprüfen soll, ob Lebeck oder einer der anderen mit diesen Orden ausgezeichnet wurde.»

«Verstanden», antwortete der Funker. «Sind Sie noch bei Bisti?»

«Inzwischen sind wir nordwestlich der abgebrannten Handelsstation. Sieht nicht danach aus, daß wir vor Einbruch der Dunkelheit hier draußen fertig werden.»

«Denken Sie an das Wetter», sagte der Funker. «Drüben im Westen schneit es schon. Fast drei Zentimeter bei Ganado. Soll allmählich aufhören, aber man weiß ja, wie das mit den Vorhersagen ist.»

«Wir passen schon auf», sagte Chee. Er schaltete den Sender aus und fuhr weiter.

«Woran denkst du?» fragte Mary.

Chee legte die Stirn in Falten. «Eigentlich grübele ich nur so vor mich hin.»

«So, eigentlich?» sagte Mary. «Fällt dir nichts Konkretes zum Zusammenhang zwischen Vines und dieser Bohrstelle ein?»

«Es muß da einen Zusammenhang geben. Wenn es nicht Vines ist, dann Gordo Sena. Einer von beiden muß in dieses Puzzlespiel reinpassen.»

Mary lachte leise. «Klar. Dann müssen wir ja nur noch rausfinden, wie.»

«Ich glaube, ich habe die Lösung gefunden», sagte Chee. «Mindestens einen Teil der Lösung.»

Die Spur führte nach rechts, einen Hang aus blauem Tonschiefer mit rötlichen Verunreinigungen hinauf. Als sie oben angekommen waren, betrug die Entfernung zur Felsnadel nur noch einige hundert Meter. Chee schaltete herunter. Mary sah ihn ungeduldig an.

«Ich warte», sagte sie.

«Also dann», begann Chee, «wir stimmen doch überein, daß es einen Grund für all das geben muß. Ob Weißer oder Navajo, keiner tut etwas ohne Grund. Für einen Navajo steht fest, daß etwas so Böses – Leute in die Luft zu sprengen – nur mit Hexerei erklärt werden kann. Böses um des Bösen willen zu tun – da kommt nichts anderes in Frage. Für einen Weißen kann es auch einen anderen Grund geben: Habgier.» Er schielte zu Mary hinüber. «Stimmst du mir soweit zu?»

Mary sah verblüfft aus. «Ja, doch, ich denke schon.»

«Wenn wir es aber mit Hexerei zu tun haben, dann paßt das, was nach der Explosion passiert ist, nicht mehr ins Bild. Natürlich könnte es einen Navajo geben, der die Charleys umbringen will, weil er sie für Hexer hält, die ihm Böses angetan haben. So etwas ist schon vorgekommen. Aber er würde das in der ersten Wut tun, nicht erst Jahre später. Demnach können wir diese Möglichkeit ausschließen.»

Mary zuckte die Achseln.

«Wir haben es also hier mit dem Verbrechen eines Weißen zu tun», fuhr Chee fort. «Das Motiv ist Habgier. Wer hätte einen Vorteil davon gehabt, die Bohrstelle in die Luft zu jagen? Dabei müssen wir bedenken, wo die Bohrstelle lag. Wir waren dort, haben aber so gut wie keine Spuren mehr gefunden, weil die Red Deuce alles regelrecht verschlungen hat. Der Ölkonzern, der die Bohrstelle seinerzeit betrieben hat, hatte einen Vertrag zur Ausbeutung aller Bodenschätze in diesem Gebiet. Wäre die Gesellschaft bei der Probebohrung fündig geworden, dann hätte der Vertrag automatisch bis zur Erschöpfung der Ölquelle gegolten. So wird ein solcher Vertrag üblicherweise abgeschlossen. Tja, und nun laß uns mal annehmen, jemand hätte gewußt, daß sich unter der Probebohrung ein großes Uranlager befindet. Wer hätte in diesem Fall profitiert?»

«Denkst du jetzt an die Senas, weil sich das alles auf dem Grund und Boden ihrer Ranch abgespielt hat?»

«Man könnte an die Senas denken», meinte Chee, «denn wie sich schließlich alles entwickelt hat, ist Gordo Sena durch das Uran zum reichen Mann geworden. Aber wenn ich mich auf Gordo konzentriere, dann paßt irgendwie eins nicht zum anderen.»

«Weil sein eigener Bruder bei der Explosion getötet wurde?» fragte Mary. «Vielleicht hat der das Ganze selbst geplant? Aber dann ging was schief, und er hat sich selbst mit in die Luft gesprengt.»

«Nein, ich denke an etwas anderes. Bei der Sena Ranch ist es wie bei den meisten anderen hier draußen. Es gibt nur ein relativ kleines Stück eigenes Land und eine angrenzende große Fläche Staatsland, verwaltet durch das Bureau of Land Management. Das Wertvollste, was der Rancher besitzt, sind im Grunde die Weiderechte auf dem BLM-Land. Und auf solchem Gebiet fand die Probebohrung statt. Auf Staatsland. Die Senas hatten dort zwar die Weiderechte, aber die Grenze zu ihrem Privatbesitz lag ungefähr eine Viertelmeile entfernt. Sie hätten also weder von einem Ölfund noch von einem Uranlager profitiert. Sena ist nur deshalb reich geworden, weil sich das Uranlager, wie sich später herausstellte, bis auf sein Privatland erstreckte.»

«Also kommt Sena deiner Meinung nach nicht in Frage? Wer war es dann?»

«Ich schließe die Senas keineswegs ganz aus», antwortete Chee, «aber irgendwas stimmt nicht. Ich muß noch weiter darüber nachdenken.»

Der Pickup schoß plötzlich die Böschung eines schmalen Bachbettes hinunter. Chee schaltete rasch in den ersten Gang, brachte den Wagen zum Stehen und inspizierte den Bachlauf und die gegenüberliegende Böschung. Es würde schwierig sein, auf der anderen Seite wieder hochzukommen. Der Arroyo schien zwar auch nach heftigen Niederschlägen nur wenig Wasser zu führen und war recht schmal. Es gab Mesquitesträucher und Kaninchenbüsche, die eine allzu starke Erosion verhindert hatten. Aber die Böschung auf der anderen Seite der Auswaschung sah sehr steil aus.

«Scheint so, als wären wir am Ende der Fahnenstange angekommen», meinte Mary. «Aber sind wir nicht schon so nahe, daß wir von hier aus zu Fuß weitergehen können?»

«Wir versuchen es mit dem Pickup. Wenn wir's nicht schaffen, haben wir da unten genug Platz zum Wenden.»

Der Wagen wirbelte eine Menge Kies und Sand auf, verlor auch einen Augenblick lang die Bodenhaftung und rutschte seitlich weg. Aber er schaffte den steilen Anstieg. Vor sich sahen sie jetzt, kaum vierhundert Meter entfernt, drei knorrige Balsampappeln. In einem Wüstengebiet bedeutet das, daß es dort Wasser gibt, entweder eine Quelle oder eine Wasserstelle, bei der man einen Brunnen anlegen kann. Und zugleich erklärte das auch, warum es die Spur, der sie durch die Badlands gefolgt waren, überhaupt gab und warum Tsossie diesen Ort für seinen Hogan ausgewählt hatte.

Sie konnten den Hogan jetzt sehen, etwa zehn Meter jenseits der Bäume. Er war in Form eines Sechsecks aus Sandsteinblöcken errichtet. Dünne Rundhölzer, die vom Rauchabzug in der Mitte strahlenförmig nach außen verliefen, hatten einst das Dach getragen. Aber die Lehmplacken, die die Holzkonstruktion bedeckt und den Hogan gegen Hitze und Kälte isoliert hatten, waren längst weggespült worden.

Chee stoppte den Pickup vor einer Felsnase, legte das Pistolenholster an und hängte sich das Futteral mit dem Fernglas um. «Allzeit bereit», sagte er, stieg aus und stiefelte hinaus in den Wind.

Der Eingang zum Hogan war durch kreuzweise vor die Tür genagelte Bretter und Bohlen versperrt. Es gab nur eine Öffnung, und zwar an der Nordseite. Dort hatte man ein Loch durch die Sandsteinmauer gebrochen, um dem Geist des Toten einen Weg nach draußen zu bahnen und um Fremde zu warnen, daß dies ein Totenhogan wäre. Chee sah durch die Öffnung nach innen. Im Abendlicht, das durch das Lattenwerk des Dachgerüstes drang, erkannte er nur vermodernden Müll und allerlei Gerümpel, das selbst für die Ärmsten der Armen keinen Wert mehr besaß. Der Wind hatte Staub und vertrocknete Unkrautbüschel durch das Geisterloch getrieben. Aber keines Menschen Fuß war über diese Schwelle getreten, denn dort zwischen den leeren Steinwänden hauste der *chindi*.

«Hier ist ein Navajo gestorben. Wenn nicht Tsossie, dann ein anderer», sagte Chee. «Komm, wir wollen den Platz suchen, den uns Old Lady Musket beschrieben hat. Den Ort, an dem Tsossie angeblich beerdigt wurde.»

Mary starrte immer noch auf den Hogan. «Ich hatte schon davon gehört», sagte sie, «daß Navajos einen Hogan nicht mehr bewohnen, wenn jemand darin gestorben ist. Ich hab mich immer gefragt, ob das nicht eine sinnlose Verschwendung von Wohnraum ist.»

«Nicht, wenn der Tote an einer ansteckenden Krankheit gestorben und der Hogan verseucht ist», erklärte ihr Chee. «Und ich denke, deswegen ist der Brauch ursprünglich aufgekommen.»

«Sie tragen den Toten durch dieses Loch nach draußen, nicht wahr? Und die Öffnung zeigt immer nach Norden?»

Chee hatte jetzt keine Lust, über solche Dinge zu reden. Eine Windböe zerzauste ihn, bestäubte ihn mit federleichten, trockenen Schneeflocken. «Norden ist die Richtung des Bösen», sagte er.

Mrs. Musket hatte ihnen erzählt, die kleine Höhle mit Tsossies Grab befände sich in der Sandsteinwand westlich vom Hogan. Die Felsnadel, die dort aufragte, bestand aus verschiedenen geologischen Schichten, bedeckt mit grauem Granit, der der Erosion getrotzt hatte. Darunter lag eine etwa zehn Meter hohe Schicht aus rotem Sandstein und noch tiefer, von Wind und Sickerwasser durchlöchert, eine Ablagerung aus porösem weißgrauem Vulkantuff. Nur zwei Aushöhlungen kamen nach Lage und Größe als Begräbnisstätte in Frage. Chee richtete sein Fernglas darauf, konnte aber nichts entdecken, was ihnen weitergeholfen hätte. Sie kletterten die Geröllhalde hinauf, auf die erste Aushöhlung zu. Die Erosion hatte aus der senkrechten Felswand große Blöcke weicheren Gesteins herausgebrochen, einige so groß wie ein Güterwaggon, und Stollen unter den Sandstein getrieben. Chee kletterte an der Hangseite auf einen der Blöcke, von dort aus konnte er in die Höhle hineinsehen. Geröll bedeckte den Boden, und unter einem Felsbrocken sah ein blauer Stoffetzen heraus, bewegte sich flatternd im Wind.

«Komm her», rief Chee, «ich glaube, wir haben Windy Tsossie gefunden.»

Der kalte Wüstenwinter bewahrt eine Leiche mitunter vor der Verwesung, er kann sie geradezu mumifizieren. So hätte es auch hier sein können, zumal der geschützte Platz in einer Höhle und die Steinschicht, mit der man den Toten zugedeckt hatte, Aasfresser und Raubvögel ferngehalten hatten. Aber bei Tsossies Tod war es Sommer gewesen, und die Insekten hatten dreißig Jahre Zeit gehabt, von seinen sterblichen Überresten nichts mehr übrigzulassen als ein blankes weißes Skelett.

Als Chee die letzten Steine beiseite geräumt hatte, ging er neben der Leiche in die Hocke und starrte auf das, was von ihr geblieben war. Das Skelett trug noch die Mokassins an den Füßen, den linken gegen den rechten vertauscht, um den *chindi* in die Irre zu führen, wenn er dem Toten auf dem Weg in die Unterwelt folgen wollte. Von den Baumwollhosen waren nur Fetzen übriggeblieben, aber merkwürdigerweise deckte das Hemd, ordentlich mit zwei Knöpfen über dem hohlen Brustkorb geschlossen, das Skelett noch zu. Chee sah sich die linke Hand des Toten an, ein Finger fehlte. Wie Mrs. Musket gesagt hatte: Tsossie hatte einen Finger verloren. Der Wind blähte das Hemd des Toten auf, wehte es ein Stück nach oben und legte den silberbeschlagenen Ledergürtel frei. Jetzt, da der schwere Gürtel nur noch die ausgebleichten Rippen zusammenhielt, fiel es schwer, sich vorzustellen, daß er einst um eine Taille geschlungen war. Unter der silbernen Schnalle hing ein Stück Lederschnur heraus, daran war der Medizinbeutel festgeknüpft, eingebettet in die Höhlung zwischen Brustkorb und Beckenknochen.

Am Oberschenkelknochen fiel Chee eine narbenähnliche Verwerfung auf, ein häßlicher Wulst, der fast bis zum Knie hinunterlief. Das sah aus wie auf der Abbildung, die ihnen Dr. Huff in einem medizinischen Lehrbuch gezeigt hatte. Knochenkrebs. Die unnatürliche Wucherung, von der ein Knochen befallen wird, wenn sich bösartige Metastasen bilden.

Chee nahm den Beutel und zog das brüchige Leder auf.

«Es schneit schon wieder», sagte Mary Landon. Sie saß auf einem Felsbuckel draußen vor der Höhle und suchte mit dem Fernglas die Umgebung ab. «Und es wird allmählich dunkel.»

«Nur noch ein, zwei Minuten», rief Chee ihr zu.

Das Leder zerbröckelte ihm unter den Fingern. Der Beutel enthielt einen gelblichen Staubklumpen: geweihter Blütenstaub, den Tsossie zu Lebzeiten im Medizinbeutel bei sich getragen hatte. Daneben, halb mit dem Klumpen verschmolzen, die Scherben von vier Muscheln, ein Gallenstein von irgendeinem Kleintier, ein ausgebleichtes Stück Wurzelholz und eine kleine aus Stein geschnittene Maulwurffigur.

Chee nahm den Maulwurf vorsichtig zwischen zwei Finger und wischte den Pollenstaub ab. Die Figur sah genauso aus wie die aus Emerson Charleys Medizinbeutel. Zum Verwechseln ähnlich.

«Jimmy, da kommt jemand.»

Tatsächlich, derselbe Maulwurf. Dasselbe Amulett. Und es fühlte sich unter Chees Fingern genauso an. Dieselben grob herausgearbeiteten Beine, dieselbe spitze, nach oben gereckte kleine Maulwurfschnauze.

Als Mary zum zweitenmal rief, ließ der Tonfall ihn aus seinen Gedanken hochschrecken, noch ehe er begriff, was sie ihm sagen wollte. Ihre Stimme war voller Angst.

«Was?» rief er zurück. «Wo?»

«Dort.» Sie deutete über das Hogandach und die fast kahlen Bäume die Spur hinunter, auf der sie gekommen waren.

Zunächst konnte er nichts entdecken. Dann lief ihm ein Mann ins Blickfeld. Ein Mann, der einen dicken blauen Anorak und eine marineblaue Golfmütze trug. Und ein Gewehr in der rechten Hand hielt. Und sich in leichtem Trab, halb gebückt, auf sie zu bewegte. Chee brauchte nur einen kurzen Blick auf das Gesicht zu werfen, dann wußte er, was er von Anfang an geahnt hatte. Es war der Blonde. Geduckt näherte er sich in lockerem Laufschritt Chees Pickup.

«Komm rein.» Chee hatte die Stimme zu einem heiseren Flüstern gesenkt. Er faßte Mary an der Hand und half ihr, in die Höhle zu klettern. «Er ist es. Aber ich glaube, er hat uns nicht gesehen. Er denkt, daß wir unten am Wagen sind.»

«Wieso hat er uns überhaupt hier draußen finden können?» flüsterte Mary.

«Weiß der Himmel.»

Der Blonde kauerte hinter einem Kaninchenbusch, offensichtlich beobachtete er den Pickup. Chee nahm das Fernglas und suchte die Fahrspur ab, der sie gefolgt waren. Auch der Blonde mußte mit einem Fahrzeug gekommen sein, aber er hatte den Wagen anscheinend irgendwo stehenlassen. Chee konnte ihn nirgendwo entdecken. Vielleicht hatte der Blonde ihn versteckt im Bachlauf geparkt, den sie vorhin auf dem letzten Stück ihrer Fahrt durchquert hatten.

Mary verkroch sich im hinteren Teil der Höhle, hinter dem Skelett und den Steinen, die es zugedeckt hatten. Sie saß eng an die Felswand gepreßt, ihr Blick pendelte zwischen Chee und dem Totengerippe hin und her. Die Höhle hatte die Form einer Ellipse, knapp zwei Meter tief und nicht viel mehr als einen Meter breit. Der Boden war ziemlich ebenmäßig, herabgefallene Steinsplitter und angewehter Staub hatten die Schrunden und Vertiefungen ausgeglichen. Sobald der Mann mit dem Gewehr, der da draußen nach ihnen suchte, erst einmal wußte, daß sie hier waren, wurde die Höhle zur Falle.

Chee senkte die Stimme. «Wir bleiben hier, bis es dunkel ist, und verhalten uns absolut ruhig. Ich möchte, daß du dich so flach wie möglich auf den Boden schmiegst. Er kann dich zwar im Augenblick nicht sehen, aber beweg dich trotzdem ganz langsam und vorsichtig. Ich leg mich auch hin. Wenn er dann herschaut, wird er denken, daß die Höhle leer ist. Er könnte uns nur sehen, wenn er nach oben klettert.»

«Und wir können ihn auch nicht sehen», wisperte Mary. «Wir haben nicht mal eine Ahnung, wo er sich gerade herumtreibt. Wir sind ihm wehrlos ausgeliefert.»

«Er hat ein Gewehr», sagte Chee. «Wir sind sowieso wehrlos gegen ihn. Jedenfalls so lange, bis es dunkel ist.»

Chee lag flach auf dem Bauch, die linke Hand auf den Boden gestemmt, die rechte am Pistolengriff. Jede Sekunde darauf gefaßt, daß er sich blitzschnell hochstemmen mußte. Staub und der Geruch von Asche drangen ihm in die Nase. Der Wind war lebhafter geworden, heftige kurze Böen fegten in die Höhle, trieben Chee winzige Tuffsteinsplitter ins Gesicht.

Ein Geräusch. Draußen. Der Blonde? Oder nur der Wind? Vielleicht ein dürrer Ast, den er gegen einen Stein geschleudert hatte. Am liebsten wäre Chee hochgesprungen und losgerannt, er mußte sich mit aller Vernunft dagegen wehren.

Wieder ein Geräusch. Ein Knacken.

«Was war das?» fragte Mary. Ihre Stimme war brüchig. Angst lähmte sie. Diesselbe Angst, die auch Chee empfand.

Er tastete über das Skelett hinweg mit der linken Hand nach ihr. Erst als er zufaßte, merkte er, daß die Hand auf ihrem Bein lag. «Das war nur der Wind», flüsterte er. «Mary, hör zu. Weißt du, wie eine Eule jagt? Sie sitzt in einer Pinie und stößt ihre Schreie aus. Sie kann die Kaninchen nicht sehen, und die Kaninchen können die Eule nicht sehen. Und darin liegt das Problem – aber für die Kaninchen. Die Eule stößt nur immer wieder ihre Schreie aus. Verhält sich eine Weile still, läßt den Kaninchen Zeit, sich etwas auszudenken, und dann schreit sie wieder. Und die Kaninchen versuchen verzweifelt, sich etwas auszudenken. Bis dann eins von den Kaninchen glaubt, es wüßte, was da gespielt wird. Es bildet sich ein, die Eule käme näher und näher. Es denkt, die Eule hätte ihre Beute längst entdeckt. Da springt es in seiner Angst auf und will davonrennen. Und so kommt die Eule zu ihrem Nachtmahl.»

Mary schob seine Hand weg. «Okay, du Klugscheißer», flüsterte sie, «ich hab's kapiert.»

Schneegestöber wehte in die Höhle, Chee spürte die Flocken kalt an den Wangen. Wieder verdächtige Geräusche draußen. Und wieder war die Angst da. Im Geiste sah Chee den Blonden hinter dem Felswulst vor der Höhle auftauchen. Erst schob sich die 22er mit dem Schalldämpfer über den Rand, dann der Kopf. Er spürte, wie seine Muskeln sich vor Anspannung verkrampften.

Er zwang sich, an etwas anderes zu denken. In drei Wochen würde er nach Albuquerque fahren, das Flugticket kaufen und sich bei der FBI-Akademie melden. Oder er fuhr hinaus zu Hosteen Nakai und sagte seinem Onkel, er hätte sich entschlossen, bei ihm zu bleiben und ihm zu helfen. Sagte dem Onkel, er könnte auf ihn zählen, wenn nun der Winter käme und immer mehr Leute darum bäten, daß ein Gesang für sie abgehalten würde.

Das eine oder das andere. Wie würde er sich entscheiden? Er konnte seine Gedanken nicht darauf konzentrieren. Sie wanderten weg, beschäftigten sich mit der Frage, was er tun sollte, sobald es dunkel war.

Am besten, wenn er noch im letzten Zwielicht losging. Den Wagen des Blonden suchte. Den Blonden, falls er drin saß, tötete. Und wenn nicht, am Wagen auf ihn wartete.

So wie er jetzt wartete. Lauschte, wie der Wind von Zeit zu Zeit auflebte. Und auf Marys Atem lauschte, sooft der Wind verstummte. Er hatte jetzt genug Zeit zum Nachdenken. Darüber, was ihm das Skelett und der kleine Maulwurf in Tsossies Medizinbeutel an neuen Erkenntnissen brachten. Das Volk der Finsternis war ermordet worden. Tsossie mochte ein unangenehmer Bursche gewesen sein, vielleicht sogar ein Hexer. Aber daß da nur noch ein Knochengerippe lag, hatte nichts mit Tsossies negativen Eigenschaften zu tun. Er war nicht gestorben, weil die anderen ihn nicht mochten, weil sie sich zeit seines Lebens über ihn geärgert hatten. Das Motiv für Tsossies Ermordung hatte nichts mit Gefühlen zu tun, sondern mit Logik. Irgend jemand hatte Tsossies Tod gewollt, um selber unbehelligt leben zu können. Das Verbrechen eines Weißen.

Ungeduldig wartete Chee darauf, endlich etwas tun zu können. Loszugehen. Die Entscheidung zu suchen. Es war dunkler geworden, aber noch nicht dunkel genug. Verse aus dem Gesang der lautlosen Pirsch kamen ihm in den Sinn. Er hörte die rauchige Stimme seines Onkels, hörte ihn die Verse singen, sah die Finger seines Onkels, wie sie dazu auf der tönernen Trommel den Rhythmus schlugen.

Ich bin Black God, im letzten Licht des Abends gehe
ich auf, eins geworden mit dem Zwielicht.
Im Westen gehe ich auf, beim Berg der Dunkelheit,
verborgen hinter schwarzem Feuerstein.
Der edelste Hirsch ruft aus der Dunkelheit nach mir,
lauscht meiner Stimme, die ihn ruft.
Unsere Stimmen verschmelzen in Harmonie,
Sein Rufen wird mein Rufen, und beide sind eins,
während ich, Black God, auf ihn zugehe
und der nächtliche Hirsch auf mich.
So nähern wir einander in Harmonie,
Harmonie umgibt uns, wenn wir aufeinander treffen.
Mein Pfeil wird ihm die geweihte Brust öffnen,
doch der Tod, den er ihm bringt, ist ein Tod in Harmonie.

Unablässig gingen Chee die Verse durch den Sinn. Ein Gesang, in dem sich die Worte wiederholten, bei jedem Kehrvers ein wenig verändert und dadurch mit einem neuen Sinn unterlegt. Ein Gesang vom Urinstinkt der Angst vor dem Tod. Ein Lied der letzten Besinnung vor der heiligen Jagd.

Jimmy Chee hatte sich besonnen, er war bereit. Der Wind frischte wieder auf, bahnte sich seinen Weg in die Höhle, wirbelte Tausende von winzigen Aschepartikeln auf und wehte Chee mit Eishauch an.

«Ich gehe jetzt», sagte Chee. «Bleib noch ein paar Minuten ganz ruhig liegen, bis es völlig dunkel geworden ist. Dann schleich dich hinaus, und such dir einen Platz, an dem du in Sicherheit bist. Aber geh nicht zu weit weg, damit du mich hören kannst. Sobald alles vorbei ist, rufe ich dich.»

Er stemmte sich hoch, ging in die Hocke und merkte dabei, wie steif seine Muskeln in der kurzen Zeit geworden waren.

«Ich hab eine bessere Idee», flüsterte Mary. «Gib mir die Pistole, dann geh ich raus und seh zu, daß ich mit ihm fertig werde. Der Gedanke, daß ich weit und breit die einzige bin, die nicht zurückschießen kann, gefällt mir überhaupt nicht.»

Chee grinste. «Kommt gar nicht in Frage. Es ist meine Waffe. Ich hab mir das Geld dafür vom Munde abgespart.»

Und noch während der letzten Worte schlüpfte er rasch nach draußen, ließ sich den Hang hinuntergleiten und tauchte im angrenzenden Buschgelände unter. Falls der Blonde die huschende Bewegung gesehen hatte, dann nur so kurz, daß ihm keine Zeit zur Reaktion geblieben war. Chee bewegte sich so schnell wie möglich, ohne dabei zu vergessen, daß Vorsicht in dieser Lage das oberste Gebot war. Der trockene Bachlauf war sein Ziel. Dort hatte der Blonde den Wagen abgestellt, da war Chee sicher. Und dort hoffte er auch den Blonden zu finden. Irgendwie mußte der Kerl gedacht haben, daß die Fahrspur ohnehin nur bis zur Felsnadel führte und daß Chee dort wäre. Weiß Gott, wie er auf die Idee gekommen war. Jedenfalls hatte er nicht riskieren wollen, sich durch den laut aufheulenden Motor zu verraten, wenn er den Wagen die steile Uferböschung hinaufjagte. Er hatte den Wagen im Bachbett stehenlassen und seine Jagd nach Chee zu Fuß fortgesetzt.

Und wie es dann weitergegangen war, darüber hatte Chee wieder und wieder gründlich nachgedacht. Der Blonde hatte Chees Pickup entdeckt. Aber leer. Wenn er sich vorgenommen hätte, das Buschgelände und jedes mögliche Versteck hinter einem Felsbrocken nach Chee abzusuchen, dann wäre das – um ein Sprichwort der Weißen zu gebrauchen – wie die Suche nach der Nadel im Heuhaufen gewesen. Nach einer Nadel, die stechen konnte. Also mußte der Blonde sich eine andere Lösung einfallen lassen. Er war zu seinem Wagen zurückgekehrt und wartete dort in aller Ruhe ab. Wenn er Chees Pickup starten hörte und die Scheinwerfer aufleuchten sah, blieb ihm noch genug Zeit, sich in den Hinterhalt zu legen. Was nirgendwo leichter war als dort im Bachbett.

Chee lenkt den Pickup vorsichtig die steile Böschung hinunter. Der Blonde erschießt ihn durch die Wagentür. Auf kürzeste Entfernung, mit absoluter Treffsicherheit. Und falls er wirklich nicht mit dem ersten Schuß traf, hatte er alle Zeit der Welt, um so oft abzufeuern, wie er wollte.

Chee hatte einen weiten Bogen geschlagen. An der Stelle, an der er den Bachlauf erreichte, war das Bett viel breiter und die Böschung weniger steil. Er ließ sich hinunterrutschen, lautlos bewegte er sich durch den weichen Sand. Wind und Schneegestöber hatten schon aufgehört, aber jetzt lebte der Wind wieder auf, eisig schlug er Chee ins Gesicht. Aber so muß es auf der Jagd sein: der Jäger steht gegen den Wind, die Beute kann keine Witterung aufnehmen, der Wind wird zum Gefährten der lautlosen Pirsch. Das Bachbett fiel leicht ab, Chee konnte im schwachen Restlicht des Tages abschätzen, daß es keine hundert Meter mehr waren bis zu der Stelle, an der die

Fahrspur den Trockenlauf kreuzte. Er entschloß sich, nicht hier unten weiterzugehen, wo er ein offenes Ziel geboten hätte, sondern sich vorsichtig oberhalb der Böschung durchs Buschwerk zu zwängen.

Das Fahrzeug stand genau da, wo er es vermutet hatte. Der Blonde war nur ein Stück weit das Bachbett hinuntergefahren, damit sein Wagen von der Fahrspur aus nicht zu sehen war. Chee hielt sich dicht an der Böschung, huschte von Busch zu Busch. Die Pistole hielt er durchgeladen in der rechten Hand, er brauchte nur noch mit dem Daumen die Sicherung nach vorn zu schieben, um feuern zu können.

Im Osten war der Himmel nun nachtschwarz, im Westen schimmerte noch das letzte Tageslicht durch die Wolkendecke. Der Blonde war mit einem dunkelblauen GMC Pickup gekommen. Chee kauerte auf halber Höhe zwischen Böschungsrand und Bachbett und konnte schräg von oben durch das rechte Seitenfenster in die Fahrerkabine sehen. Sie schien leer zu sein. Es sei denn, der Blonde hatte sich auf der Sitzbank geduckt oder war unters Lenkrad gerutscht. Aber das hielt Chee nicht für wahrscheinlich. Ein langer dünner Stab an der Rückwand der Fahrerkabine wippte schwankend im Wind – die Antenne einer Funkanlage. Daher hatte der Blonde also gewußt, daß er Chee in der Nähe von Bisti suchen mußte. Er hatte den Funkverkehr der Navajopolizei abgehört.

Chee versuchte sich zu erinnern. Was hatte er bei seinem Funkgespräch mit Crownpoint alles gesagt? Hatte er Mary Landons Namen erwähnt? Irgendwann die Formulierung ‹wir› einfließen lassen? Oder sonst irgend etwas gesagt, woraus der Blonde schließen konnte, daß Mary bei ihm war? Chee schloß die Augen, konzentrierte sich, versuchte sich zu erinnern. Sein Gedächtnis ließ ihn auch diesmal nicht im Stich. Ja, er hatte ‹wir› gesagt. Sogar der genaue Wortlaut fiel ihm wieder ein. «Inzwischen sind wir nordwestlich der abgebrannten Handelsstation. Sieht nicht danach aus, daß wir vor Einbruch der Dunkelheit hier draußen fertig werden.» Also wußte der Blonde, daß Mary bei ihm war.

Ohne den Pickup auch nur eine Sekunde aus den Augen zu lassen, beugte sich Chee zurück, stützte sich auf den Hacken ab und dachte nach. Der Blonde schien offensichtlich doch nicht hier auf ihn zu warten, in diesem Punkt hatte Chee sich geirrt. Aber wo war er dann? In der Nähe der Felsnadel, auf der Jagd nach Mary Landon und Chee. Oder er hatte sich irgendwo versteckt und wartete darauf, daß sie zu ihrem Fahrzeug zurückkamen. So oder so, wenn er sich dort herumtrieb, konnte es leicht sein, daß er Mary entdeckte. Oder daß sie ihm, halb betäubt von der Kälte und von ihrer Angst, geradewegs in die Arme lief.

Chee legte die Waffe auf einen Stein neben seinem Stiefel. Er griff nach der Brieftasche und zog den Scheck heraus, den Vines ihm gegeben hatte. Genau das richtige Stück Papier für die Nachricht, die er dem Blonden zuspielen wollte. Der Scheck würde dem Killer den Eindruck vermitteln, daß es Kontakte zwischen Vines und der Polizei gab. Chee malte sehr langsam Buchstaben um Buchstaben auf die Rückseite des Schecks, damit alles leserlich blieb, obwohl er die Nachricht im Dunkeln schreiben mußte.

> SINNLOS, UNS UMZUBRINGEN. VINES TREIBT EIN FALSCHES SPIEL MIT HILFE DES FBI. ER IST NICHT DER, FÜR DEN ER SICH AUSGIBT.

Hastig zog Chee wieder den warmen Handschuh an, griff nach der Pistole und pirschte sich vorsichtig an den Pickup heran. Die Tür der Fahrerseite war verschlossen. Chee klappte den Scheibenwischer zurück, wickelte den Scheck um das Wischerblatt und klemmte ihn an der Windschutzscheibe fest. Wenn der Blonde herkam, mußte der Scheck ihm sofort ins Auge fallen. Daß er ausgerechnet Vines' Scheck benutzt hatte, um die Nachricht zu schreiben, entsprach Chees Sinn für ausgleichende Gerechtigkeit und Ordnung und Harmonie. Navajodenken. Den Hexer mit seinem eigenen Gift töten. Den Fluch des Bösen dahin zurücklenken, wo er seinen Ausgang genommen hatte. So hatte es Changing Woman die Navajos gelehrt. Chee ging durch die beginnende Nacht zurück zur Felsnadel.

Eine Stunde später hatte die Dunkelheit auch im Westen das letzte Tageslicht verschluckt. Es begann wieder zu schneien. Trockene, federleichte Flocken, die ruhig der Fallinie folgten, bis der Wind, der oben an der Felsnadel wisperte und raunte, sie mit einer jähen Böe packte und eiskalt gegen Chees Gesicht trieb.

Er hatte sich gründlich umgesehen, dabei seinen eigenen Pickup als Ausgangspunkt genommen und von dort aus in immer weiter geschlagenen Kreisen die Umgebung abgesucht. Das war sehr zeitraubend gewesen, weil er sich nur zu bewegen wagte, solange der

Wind heftig genug blies, um mit seinem Heulen jeden Schritt und jedes Knacken eines dürren Zweiges zu übertönen. Sobald der Wind sich legte, hatte er sich reglos auf den Boden gekauert und gewartet. Hier, in der Nähe des Pickup, konnte der Blonde nicht auf der Lauer liegen. Es gab im weiten Umkreis keinen Busch, keinen Felsbrocken, keine Bodenmulde, die Chee nicht gründlich inspiziert hätte. Und nun kauerte er – einen Steinwurf weit vom Pickup entfernt – neben einem struppigen Wacholderbusch und dachte nach.

Wo konnte der Blonde sein? Was hatte er vor?

Chee rief sich ins Gedächtnis, was er bisher über den Killer gehört und was er selbst mit ihm erlebt hatte. Damals draußen im *malpais*. Später im Krankenhaus. Und alles, was Agent Martin ihm über die früheren Morde des Blonden erzählte hatte. Der Mann war immer mit akribischer Genauigkeit vorgegangen. Immer mit größter Vorsicht. Nie hatte er sich auf ein unkalkulierbares Risiko eingelassen.

Das war der entscheidende Punkt. Keine vermeidbaren Risiken. Alle Eventualitäten ins Kalkül ziehen. Deshalb hielt sich der Blonde nicht da auf, wo Chee ihn vermutet hatte und wo er nach aller Logik sein mußte. Denn der Killer hatte selbst gründlich nachgedacht. Sich klargemacht, daß Chee ihn möglicherweise entdeckt hatte und nun damit rechnete, daß der Blonde irgendwo im Hinterhalt lauerte.

Chee furchte die Stirn. Kaum anzunehmen, daß der Blonde aufs Geratewohl durch die Dunkelheit strolchte. Er mußte sich irgendwo versteckt halten und warten. Aber worauf wartete er? Darauf, daß Mary und Chee sich in den Pickup setzten, davonfuhren und in eine vorbereitete Falle tappten? Nein, wenn der Blonde die Möglichkeit einkalkulierte, daß sie ihn längst gesehen hätten, konnte das nicht sein Plan sein. Denn er mußte ja damit rechnen, daß Chee aus dem Pickup sofort die Funkstation in Crownpoint rief und Hilfe anforderte. Eine Sache von Sekunden, und schon hätte der Blonde selbst in der Falle gesessen.

Also mußte er alles daransetzen, Chee nicht ans Funkgerät zu lassen. Aber warum ist er denn nicht hier und bewacht den Pickup? fragte sich Chee. Wie will er mich sonst daran hindern, blitzschnell auf den Fahrersitz zu rutschen und das Funkgerät einzuschalten? Vielleicht weiß er nicht, daß bei Polizeifahrzeugen immer der Kontakt unterbrochen wird, der sonst automatisch die Innenbeleuchtung einschaltet, sobald die Wagentür geöffnet wird? Vielleicht lauert er doch irgendwo hier in der Nähe und wartet darauf, daß im Wagen das Licht aufleuchtet? Nein, dachte Chee, nein, er weiß bestimmt, wie das bei Polizeiwagen ist. Und wenn er nun im Pickup saß und auf Chee wartete? Unmöglich. Chee hatte abgeschlossen. Und das Türschloß aufzubrechen wäre erst recht riskant gewesen, weil Chee dann sofort geahnt hätte, daß jemand im Wagen war.

Also noch mal: was hatte der Blonde sich einfallen lassen, damit Chee nicht ans Funkgerät herankam? Wieder ging er in Gedanken alles durch, was er über den Killer wußte. Mit dem Mordanschlag im Krankenhaus fing er an, dann tastete er sich Punkt für Punkt zurück bis zu der Bombe, die der Blonde in Emerson Charleys geparkten Wagen gelegt hatte. Und als Chee dort angekommen war, wußte er plötzlich, was der Killer gemacht hatte und worauf er jetzt wartete.

Er hatte Chee eine Bombe in den Pickup gelegt. Und nun lauerte er irgendwo hier draußen in der Dunkelheit, an einem windgeschützten Platz, und wartete geduldig, bis Mary und Chee in den Pickup stiegen und sich selbst in die Luft jagten.

Hastig kletterte Chee auf die Felsnase, unter der er das Fahrzeug abgestellt hatte. Von oben aus konnte er die Ladefläche des Wagens überblicken. Nichts zu sehen. Soweit sich das in der Dunkelheit ausmachen ließ, lag auf der Ladefläche nichts, was nicht schon vorher dort gelegen hätte. Falls Chees Verdacht mit der Bombe stimmte, hatte der Blonde sie jedenfalls nicht in der gleichen Weise plaziert wie seinerzeit bei dem Anschlag auf Emerson Charley. Eher anzunehmen, daß er sie diesmal am Fahrgestell befestigt hatte, unter dem Bodenblech. Und wenn die Informationen des FBI zuverlässig waren, detonierten die Bomben des blonden Killers bei der geringsten Erschütterung. So eine Höllenmaschine, direkt unter der Fahrerkabine montiert, garantierte den Erfolg mit wahrhaft tödlicher Sicherheit.

Ein Stück weiter oben, wo die Felsnase bis an die Ausläufer der Sandsteinformation heranreichte, war eine kleine Geröllhalde. Chee suchte sich einen etwa zehn Kilo schweren Felsbrocken aus und schleppte ihn nach vorn, an den Rand der Felsnase. Er stellte sich so hin, daß die Ladefläche des Pickup genau unter ihm lag. Dann schleuderte er den Stein mit Wucht nach unten und sprang sofort zurück in Deckung.

Das laute Poltern, mit dem der Felsbrocken auf die Ladefläche prallte, wurde verschluckt vom Detonationsknall, der nur Sekundenbruchteile später folgte, begleitet von einem grellen Lichtblitz. Chee, der noch mitten im Sprung gewesen war, lag flach auf dem Bauch. Die Ohren klingelten ihm, vor seinen Augen tanzten feurig rote und blendend weiße Ringe. Er stemmte sich hoch, setzte sich auf den Fels und wartete darauf, daß die kreisenden Ringe verblaßten und er wieder hören konnte.

Und bald darauf hörte er, obwohl das Klingeln in seinen Ohren noch nicht verstummt war, ein prasselndes Geräusch. Noch halb geblendet vom gleißenden Detonationsblitz, sah er die Flammen. Der Pickup brannte. Der Tank war offenbar zerrissen worden, die Flammen folgten der Spur, die das Benzin bis auf die Felsnase gespritzt hatte, aber auf dem nackten Stein fand das Feuer nicht lange Nahrung.

Chee saß im Dunkeln und starrte in die Flammen und sah, wie ihr Schein die Umgebung ausleuchtete. Bessere Bedingungen hätte es gar nicht geben können. Wenn der Blonde jetzt kam, um sich davon zu überzeugen, daß er ganze Arbeit geleistet hatte, bot er ein ideales Ziel. Chee legte sich wieder flach auf den Boden und wartete, die Pistole schußbereit in der Hand.

Der Wind lebte auf, entfachte die Flammen zu lodernder Wut, ebbte ab, ließ das Feuer in sich zusammensinken. Benzin und Öl waren verbrannt, das Feuer fraß sich in die Reifen und in die Kunststoffverkleidung im Wageninneren.

Wieder setzte Schneefall ein, trockene, leichte Flocken, die schnell eine dünne weiße Decke über den Fels legten. Auch das buschbestandene Gelände war weiß bestäubt, für den Killer wurde es immer schwieriger, sich ungesehen zu nähern.

Aber der Blonde kam nicht.

Über das prasselnde Feuer hinweg hörte Chee einen Motor starten. Und dann das röhrende Geräusch, als der Wagen im ersten Gang anfuhr. Drüben im Bachbett, wo das Fahrzeug des Blonden gestanden hatte, leuchteten Scheinwerfer auf, schwenkten steil nach oben, wie suchende Lichtfinger, die nach den tanzenden Schneeflokken tasteten. Der Killer lenkte seinen Pickup aus dem Bachbett. Aber die Scheinwerfer suchten nicht den Weg zur Felsnadel, sondern die Fahrspur, die zurück zum Bisti-Handelsposten führte. Der Blonde fuhr weg.

31

Chee hatte den Platz sorgfältig ausgesucht und sich davon überzeugt, daß er alle Bedingungen erfüllte. Windgeschützt sollte er sein, und auch jetzt, da das Feuer brannte, durfte kein verräterischer Lichtschein nach draußen dringen. Zwei große, aus der Felswand herausgebrochene Steinblöcke ragten wie ein steinernes Zelt schräg nach oben – eine Schlupfhöhle, in der Mary und er Zuflucht gesucht hatten und sich am Feuer wärmten.

Der Blonde war davongefahren, Richtung Bisti, zur Straße hin. Chee hatte den Lichtern nachgesehen, bis sie weit drüben im Osten vom Schneegestöber verschluckt wurden. Kaum anzunehmen, daß der Killer noch mal zurückkam. Es gab keinen vernünftigen Grund, warum er das tun sollte. Trotzdem, ganz ausgeschlossen war es nicht.

Nun gut, wenigstens waren sie hier vor dem eisigen Wind geschützt. Mary saß ihm gegenüber, den Rücken an eine der Steinplatten gelehnt, die Beine lang ausgestreckt. Oben an der Felsnadel hörten sie den Wind heulen. Hier unten in ihrem Felsennest konnte er ihnen nicht viel anhaben. Höchstens, daß hin und wieder eine verirrte Böe das Holzfeuer flackern ließ. Mary hatte die Arme um die Schultern geschlungen, sie zitterte vor Kälte.

«Daß du ihm das mit Mr. Vines aufgeschrieben hast», sagte sie, «das war, glaube ich, ein Fehler.»

«So? Warum?»

«Darum», sagte sie. «Weil er vielleicht hinfährt und Vines erschießt. Und du weißt gar nicht genau, ob Vines die Männer an der Bohrstelle umgebracht hat. Du hast keinen Beweis dafür.»

«Ich weiß es trotzdem.»

«Du glaubst, daß du es weißt. Aber beweisen kannst du's nicht. Bist du etwa so etwas wie der oberste Richter?»

Chee ließ sich den Vorwurf durch den Kopf gehen. Die Flammen züngelten rot, als leuchtete in ihnen zum letztenmal die rötliche Maserung der Bergpinien auf. Feuerschein fiel auf Mary Landons Gesicht, tauchte die Stirnpartie unter dem nach vorn gefallenen Haar in tiefe Schatten.

«Ja», sagte er schließlich, «ich bin der Richter. Wenn der Blonde Vines tötet, dann geschieht Gerechtigkeit. Aber er wird ihn nicht umbringen. Er hat gar keine Zeit dazu. Bei dem Wetter schafft er es heute nacht nicht mehr. Hier unten haben wir vielleicht zwanzig Zentimeter Schnee, oben am Mount Taylor liegt er dreimal so hoch. Bevor sie dort nicht mit dem Schneepflug geräumt haben, ist die Straße unpassierbar. Und die Schneepflüge brauchen sie zuerst auf den Straßen, die häufiger befahren werden. Da oben fangen sie vor morgen früh nicht an.»

«Und trotzdem hast du nicht das Recht...»

«Gewalt ist uns Navajos ziemlich fremd», fiel ihr Chee ins Wort. «Wenn irgendwo einer Gewalt anwendet, dann hat es meistens etwas mit Hexerei zu tun. Changing Woman hat uns gelehrt, wie wir mit den Navajowölfen fertig werden. Wir kehren das Böse um, so daß es sich gegen den Hexer richtet.»

«Aber auch da mußt du vorher genau wissen, daß es wirklich ein Hexer ist», sagte Mary.

Es fing wieder zu schneien an, die Flocken waren jetzt größer. Der Wind jaulte um die Felsnadel, trieb die Schneeflocken zusammen, tanzte im roten Widerschein des Feuers einen wirbelnden Reigen mit ihnen. Ein paar Flocken stahlen sich davon, fanden den Weg nach unten, bis in ihr Felsennest. Sie fielen auf Marys Haar, auf Chees Knie, auf die Steine, und einige trudelten geradewegs ins Feuer, das ihrem tanzenden Übermut ein jähes Ende bereitete.

Eine lange kalte Nacht lag vor Mary und Chee. Es blieb ihnen nichts anderes übrig, sie mußten tatenlos auf das erste Licht des Morgens warten. Sobald es hell wurde, schickten die Pipeline-Gesellschaften Suchtrupps los, um kontrollieren zu lassen, ob der abrupte Temperatursturz irgendwo zu Rissen geführt, Schweißstellen aufgebrochen oder Ventile zerstört hatte. Aus tieffliegenden Hubschraubern suchten sie dann die Pipelines nach Leckstellen ab. Wie stellten sie eigentlich fest, ob irgendwo ein Leck war? fragte sie Chee. Wahrscheinlich erkannten sie es daran, daß Staub aufgewirbelt wurde. Er erinnerte sich, daß sie auf ihrem Weg von Bisti hierher die Pipeline der El Paso Natural Gas gekreuzt hatten. Sobald der Morgen graute, mußten sie sich zu Fuß aufmachen, dort ein Rauchfeuer entzünden und warten, bis man sie entdeckte. Und bis es soweit war, konnten sie nichts tun. Nur hier sitzen, sich so gut wie möglich gegen die Kälte schützen und nachdenken.

«Ich bin im Slow Talking People geboren», sagte Chee. «Aber ich gehöre auch zum Clan der Red Foreheads, weil mein Vater ein Red Forehead war. Und es gibt verwandtschaftliche Beziehungen zum

Mud Clan. Denn mein Onkel – du weißt schon, der, bei dem ich mich zum Sänger ausbilden lasse – hat in den Mud Clan eingeheiratet. Alle Clans haben dieselbe Tradition. Wenn einer von uns zum Hexer wird, aufhört, ein Navajo zu sein, und statt dessen zum Navajowolf wird, dann muß er ein strenges Tabu gebrochen haben. Inzest. Oder der Mord an einem nahen Verwandten. Es gibt allerdings eine uralte Legende, so alt, daß sie fast vergessen ist. In ihr wird erzählt, wie First Man zum Hexer wurde. Einen Verwandten konnte er nicht ermorden, er war ja der erste und einzige im Heiligen Volk. So ersann er einen Zauber, durch den er das allerstrengste Tabu brechen konnte: er zerstörte sich selbst. Aber der Zauber bewirkte, daß er wieder auferstand. Und von nun an besaß er die Kräfte des Bösen.»

«Über diese Legende habe ich nie etwas gehört», sagte Mary. «Ich dachte schon, du hättest das Thema gewechselt und wolltest mir einfach etwas erzählen. Aber du bist immer noch beim selben Thema, nicht wahr?»

«Ja, ich bin noch bei unserem Thema. Lebeck hatte den Entschluß gefaßt, ein Hexer zu werden. Er zerstörte sich selbst. Und er kehrte ins Dasein zurück.»

Mary runzelte die Stirn. «Lebeck? Meinst du den Geologen an der Bohrstelle?»

«Ja, den meine ich», sagte Chee. «Zähl mal alles zusammen, was wir über ihn wissen. Wir wissen, daß die Probebohrung seinerzeit durch eine uranhaltige Schicht getrieben wurde, denn inzwischen baut die Red Deuce dort Uran ab. Lebeck war der sogenannte Experte vor Ort, der Mann, der das zutage geförderte Gestein prüft und alle Feststellungen im Arbeitstagebuch festhält. Gleich zu Anfang der Probebohrung, in vielleicht vierzig Meter Tiefe, sind sie auf Pechblende gestoßen. Eine ziemlich mächtige Schicht mit besonders reichem Urangehalt. Lebeck hat sofort erkannt, daß sein Wissen Hunderte von Dollarmillionen wert war. Aber wie konnte er aus dem Wissen bare Münze schlagen? Die Lizenz für die Ölförderung mußte erlöschen, das war die Voraussetzung. Nur dann konnte er für sich eine neue Lizenz eintragen lassen, eine allgemeine Lizenz für die Ausbeutung von Bodenschätzen. Also hat er die Eintragungen im Arbeitstagebuch gefälscht.»

Mary beugte sich gespannt vor. «He, du hast dir die Unterlagen doch angesehen. Hat er da wirklich was gefälscht? Warum hast du mir kein Wort davon erzählt? Und woran hast du die Fälschung überhaupt erkannt?»

Chee verzog das Gesicht. «Ich hab's gar nicht gemerkt. Ich habe mir das Arbeitstagebuch angesehen und mit anderen verglichen, die alle von Probebohrungen im Valencia County stammten. Die Eintragungen waren überall ganz ähnlich. Alle Ölgesellschaften waren darauf aus, ölführende Schichten in geringer Tiefe zu finden. Also, wonach sollte ich suchen? Irgendwas mußten sie bei der Probebohrung zutage gefördert haben, und zwar ziemlich am Schluß, als sie sich für den Einsatz von Nitro entschieden. Ich konnte in den Eintragungen nichts Verdächtiges finden. Ich wußte ja nicht mal, wonach ich suchen sollte.»

«Aber du hättest etwas finden müssen, nicht wahr?» fragte Mary nachdenklich. «Da hätte stehen müssen, daß sie auf eine uraniumhaltige Schicht gestoßen waren.»

«Genau. Wie man mir gesagt hat, reicht das jetzt von der Red Deuce ausgebeutete Deposit ein paar hundert Meter tief. Irgendeine Eintragung darüber hätte es im Arbeitstagebuch geben müssen.» Auf einmal fühlte Chee das unbändige Verlangen nach einer Zigarette. Seit sie oben in der Grabhöhle gewesen waren und den Blonden gesehen hatten, war er einfach nicht dazu gekommen, ans Rauchen zu denken. Er zog das Päckchen aus der Tasche, bot Mary eine an und schob sich, als sie ablehnend den Kopf schüttelte, eine Zigarette zwischen die Lippen.

«Die Dinger bringen dich eines Tages um», sagte sie.

«Er muß die Unterlagen gefälscht haben. Sogar zweimal, denke ich. Das erste Mal, als sie auf die uranführende Schicht gestoßen sind. Und das zweite Mal am Schluß. Ich nehme an, daß sie auch auf Öl gestoßen sind. Aber das paßte nicht in Lebecks Pläne. Also hat er irgend etwas anderes eingetragen und weiterbohren lassen. Oder er hat im Arbeitstagebuch vorgetäuscht, daß sie auf eine Schicht gestoßen wären, die üblicherweise tiefer liegt als die ölführenden Schichten. Was den Eindruck erwecken mußte, daß weitere Bohrungen zwecklos wären, weil man an dieser Stelle nach aller Erfahrung nicht mehr fündig werden konnte. So oder so, er wollte die Gesellschaft veranlassen, die Bohrung abzubrechen und die Lizenz auslaufen zu lassen, damit er selbst Schürfrechte erwerben konnte. Denn wenn sie auf Öl gestoßen wären, hätte die Gesellschaft ihren Anspruch immer wieder erneuern lassen, und er hätte keine Chance gehabt, an das Uran heranzukommen. Es gab allerdings einen Haken. Wenn sich die Gesellschaft entschloß, das Bohrloch durch eine Sprengung zu verschließen, dann konnte es sein, daß durch die Erschütterung das Öl nach oben schoß. Und dieses Risiko durfte Lebeck nicht eingehen.»

Chee zog den Zigarettenrauch ein und paffte ihn in kleinen Kringeln vor sich hin. Die weißblauen Kräusel bahnten sich ihren Weg nach oben, den tanzenden Schneeflocken entgegen. Weit draußen im Dunkel, oben am Gipfel der Felsnadel, begann wieder der Wind zu heulen. Der Nordwind, der Wind des Bösen. Chee pustete den Rest Zigarettenrauch aus, und als er weitersprach, zerstoben die Kringel unter seinem Atem.

«Und darum beschloß Lebeck, alles in die Luft zu jagen. Alles und jeden. Er beschloß, ein Hexer zu werden.» Er warf Mary rasch einen fragenden Blick zu.

«Und selbst zu sterben», ergänzte sie. «Oder, richtiger gesagt, seinen Tod vorzutäuschen und als B. J. Vines weiterzuleben.»

Chee nickte. «Ja. Aber dann kam der Lastwagen mit dem Nitro, und irgend etwas lief nicht nach Lebecks Plänen. Dillon Charleys Team erschien nicht zur Arbeit.»

«Woher wußte Dillon Charley, was passieren würde?»

«Er hatte eine Vision», sagte Chee. «Lord Peyote hat es ihm verraten. Es könnte natürlich auch sein, daß Lebeck ihn gewarnt hat, aber das halte ich für unwahrscheinlich. Eher anzunehmen, daß Dillon Charley irgend etwas gemerkt hat und nervös geworden ist. Ich glaube, er war einer von denen, die ein Gespür für solche Dinge haben. Mrs. Vines hat mir erzählt, daß ihr Mann und Dillon Charley Freunde waren und sich regelmäßig trafen. Vielleicht war das schon früher so, schon zu der Zeit, als Vines noch Lebeck war.» Chee zuckte die Achseln. «Wer weiß, was dahintersteckte? Lord Peyote oder Nervosität, weil plötzlich so viel Nitroglyzerin angeliefert wurde, oder sonst irgendwas? Jedenfalls kam er an diesem Tag nicht zur Arbeit. Und er gab auch seinen Leuten einen Wink. Lebeck hätte, glaube ich, lieber alle dagehabt. Außer den Männern an der Bohrstelle gab es ja im weiten Umkreis niemanden, der ihn kannte. Niemanden, der ihn wiedererkennen konnte, wenn er in seine neue Identität als B. J. Vines geschlüpft war. Aber Lebeck blieb keine Wahl. Der Lastwagen mit dem Nitro kam. Er mußte sofort handeln, oder es war zu spät.»

«Und wie hat sich das dann abgespielt?» fragte Mary.

«Da bin ich auf Vermutungen angewiesen. Fest steht, daß er als einziger davongekommen ist. Also hat er wohl dafür gesorgt, daß er weit genug weg war. Und er hatte ein Gewehr. Er mußte nur den richtigen Augenblick abpassen und die Ladung durch einen Schuß in die Luft jagen.»

Schaudernd rieb sich Mary die Oberarme. «Und dann ist er einfach verschwunden, so daß jeder ihn unter den Toten vermuten mußte. Aber hatte er denn keine Familie? Vater und Mutter? Menschen, die an ihm hingen?»

«Ich weiß nicht das geringste über Lebeck», sagte Chee.

«Und als er später zurückkam... Mußte er da nicht befürchten, daß ihn doch jemand erkannte?»

«Wahrscheinlich kannte ihn niemand. Außer der Bohrstellenmannschaft hat ihn keiner richtig zu Gesicht bekommen. Das Ganze hat sich ja in einer einsamen Gegend abgespielt. Damals gab es hier kaum Straßen. Die Männer vom Bohrtrupp haben mitten in der Einöde gehaust, da ist sonst nie einer hingekommen. Und nach der Explosion ist Lebeck ziemlich lange untergetaucht. Ungefähr zwei Jahre, vielleicht auch länger. Er mußte abwarten, bis die Schürfrechte wieder frei waren. Und das ist allemal lange genug, um sich einen dichten Bart wachsen zu lassen. Vielleicht hat er sich auch sonst noch was einfallen lassen, um sein Aussehen zu verändern, wer weiß? Hab ich gesagt, daß ich nicht das geringste über Lebeck weiß? Ein bißchen was weiß ich doch. Zu den Fallschirmjägern muß man sich freiwillig melden. Und als er dazugehörte, ist er zweimal wegen Tapferkeit ausgezeichnet worden. Also war er bestimmt keiner von denen, die vor jedem Risiko zurückschrecken. Und auch keiner von denen, die Skrupel haben, jemanden zu töten. Er war ans Töten gewöhnt.» Und nach einer nachdenklichen Pause fügte Chee hinzu: «Für ihn stand von Anfang an fest, daß er noch mehr Menschen töten mußte.»

Mary verstand, was er meinte. «Das Volk der Finsternis.»

«Ja. Er konnte sich nicht darauf verlassen, daß Dillon Charley ihn vergessen hätte.»

«Du meinst. Dillon Charley hat Vines gesehen und in ihm Lebeck wiedererkannt?»

«Kann sein», sagte Chee. «Aber ich möchte wetten, Lebeck hat es gar nicht erst darauf ankommen lassen. Ich bin sicher, er hat Dillon Charley im Auge behalten. Vielleicht hat er ihm weisgemacht, er hätte auch eine Vision gehabt. Oder hat ihm Geld angeboten. Oder einen Job oder irgendwas. Lebeck wußte, daß Charley nicht zum Sheriff laufen würde. Dafür hatte Gordo ihm und seiner Kirche zu übel mitgespielt. Und noch etwas wußte Lebeck: Charley hatte nicht mehr lange zu leben.»

«Hat er denn gewußt, daß Dillon Charley krebskrank war?»

«Er hat gewußt, daß Charley Krebs bekommen mußte», sagte Chee. «Diese schwarzen Steine – das muß Pechblende gewesen sein. Als das Zeug bei der Probebohrung gefördert wurde, wußte Lebeck sofort, womit er es zu tun hatte. Pechblende, die stärkste Form der Urananreicherung, die in der Natur vorkommt. Ein verdammt heißes Zeug. Ins Arbeitstagebuch hat er nichts eingetragen, aber er hat ein paar Probestücke behalten und genau untersucht. Und daß er sie weiter aufbewahrt hat, das hat einfach etwas mit seiner Sammelleidenschaft zu tun. Die schwarzen Steine waren Erinnerungsstücke für ihn. Sie erinnerten ihn an den Augenblick, der sein Leben verändern sollte. Und ich denke, er hatte auch schon konkrete Vorstellungen, wie ihm das Zeug noch für andere Zwecke nützlich sein konnte.»

«Jetzt komme ich nicht mehr mit», sagte Mary. «Woher weißt du, daß es Pechblende war? Ich hör den Ausdruck heute zum erstenmal. Wieso kennst du dich mit solchen Dingen so gut aus?»

«Hier draußen buddeln alle dauernd irgendwo herum. Da kennst du dich schnell mit Steinen aus. Vor allem, wenn es um uranhaltige Schichten geht. Mir hätte das Ganze früher einfallen sollen. Ich glaube, wenn wir einen Mineralogen gebeten hätten, die Maulwurfamulette aus schwarzem Stein zu untersuchen, hätte sich sehr schnell herausgestellt, daß sie radioaktiv sind. Vines hat Charley das Amulett gegeben, wohl wissend, daß er es in seinem Medizinbeutel mit sich herumtragen würde, am Gürtel, unter der Kleidung versteckt. Er hat es immer bei sich gehabt, direkt in der Leistengegend.»

«Dillon Charley und Tsossie und Begay und Sam», sagte Mary. «Alle haben so einen Stein bei sich gehabt.» Wieder überlief sie ein Schaudern.

«Ja, er hat gründlich aufgeräumt. Dillon Charley war wohl der erste, der gestorben ist. Und Vines hat ihn auf seinem Grundstück beerdigt, damit es gar nicht erst zu einer Autopsie kam, bei der womöglich jemand Verdacht geschöpft hätte. Aber bei uns Navajos wird nicht viel Aufhebens um die Toten gemacht. Und die Behörden machen erst recht nicht viel Aufhebens um einen toten Navajo. Die wenigen, die sich für Charleys Leiche interessieren konnten, lebten weit verstreut. Wer sollte sich da schon die Mühe machen, nach dem toten Charley oder gar nach der Todesursache zu fragen? So sah alles danach aus, als hätte Vines jedem denkbaren Ärger einen Riegel vorgeschoben. Die paar Leute, die ihn von der Bohrstelle her kannten, waren tot oder würden bald sterben. Vines hatte seine Schäfchen im trockenen.»

«Bis dann auch Emerson Charley Krebs bekam», sagte Mary.

«Ja, ich glaube, das war's», gab ihr Chee recht. «Old Dillon hat als Führer seiner religiösen Sekte großen Einfluß gehabt. Und wenn Leute erst mal an der Macht geschnuppert haben, neigen sie dazu, ihre Position den Kindern vererben zu wollen. Ich vermute, Dillon hat Emerson seinen Medizinbeutel gegeben, weil er wollte, daß er einst Peyote Chief würde. Und eines Tages, Jahre später, beschloß Emerson tatsächlich, den Kult wiederzuerwecken. Er trug Dillons Maulwurf mit sich herum. Und da konnte es gar nicht ausbleiben, daß auch er krank wurde.»

Mary hatte sich vorgebeugt. «Und das hat Vines nervös gemacht. Aber das war schon so um 1980. Und Vines wollte um jeden Preis verhindern, daß Emerson sich in einer modernen Spezialklinik für Krebserkrankungen behandeln ließ, weil dort auf jeden Fall eine Autopsie gemacht worden wäre. Deshalb hat er einen Killer angeheuert, um Emerson aus dem Weg räumen zu lassen.»

«Oder um wenigstens die Leiche stehlen zu lassen, nachdem der Mordanschlag mißlungen war», sagte Chee.

«Und um das Amulett wiederzubekommen. Aber was den Maulwurf betrifft, da hat der Blonde danebengegriffen.»

«Tja, und dann war da noch Tomas Charley. Der hatte Verdacht geschöpft. Die Navajos am Mount Taylor verstehen nicht viel von pathologischen Untersuchungen und von dem, was bei einer Autopsie zutage kommen kann. Aber daß so viele Leute, die alle etwas mit B. J. Vines zu tun hatten, gestorben sind, das ist ihnen durchaus aufgefallen. Für die Navajos stand fest, daß er ein Hexer war. Tomas wurde mißtrauisch, als Emersons Pickup in die Luft flog. Er wollte beweisen, daß Vines ein Hexer war. Darum ist er in die Villa eingebrochen und hat das Kästchen gestohlen. Und Mrs. Vines wußte nur, daß ihr Mann etwas für ihn äußerst Wichtiges darin aufbewahrt hatte. Also bat sie mich, das Kästchen wiederzubeschaffen. Ich vermute, sie wollte endlich hinter Vines' Geheimnis kommen.»

Der Schneefall wurde heftiger, und da es windstill geworden war, fielen die Flocken sehr dicht.

«Können wir das Feuer nicht ein bißchen höher brennen lassen?» bat Mary.

«Ein bißchen.» Chee schob zwei Scheite Pinienholz in die Flammen.

«Aber Beweise für all das hast du nicht», sagte Mary. Es klang nicht wie eine Frage.

«Ich brauche keine Beweise. Ich habe dem Blonden gesagt, was er wissen muß. Und morgen werde ich alles Gordo Sena erzählen. Er wird nicht lange nach Beweisen fragen.»

32

An Sheriff Sena übermittelte Chee die Neuigkeiten per Funk, aus einem Hubschrauber der El Paso Natural Gas Company. Der Pilot hatte sie dort entdeckt, wo die Pipeline die Nagasi Wash kreuzte. Es war ganz einfach gewesen, sie brauchten nur ein paar dürre Sträucher anzuzünden, und zehn Minuten, nachdem die ersten Rauchwolken aufstiegen, hörten sie schon hinter der nächsten Anhöhe den Rotor knattern.

Der Pilot war ein junger Bursche mit einer mächtigen Narbe auf der Nase, einem Walroßschnauzer und dem Abzeichen der Kampfhubschrauberstaffel der First Cavalry Division auf seinem fleckigen Fliegerblouson. Er war vorher schon auf das Wrack des Pickup gestoßen, hatte es ein paarmal neugierig umkreist und stellte keine langen Fragen mehr, als Chee sagte, daß es sich um einen Notfall im Rahmen polizeilicher Ermittlungen handelte.

Chee sprach über Funk mit einem der Deputies in Grants. Er beschränkte sich auf das, was Gordon Sena unbedingt wissen mußte. «Sagen Sie ihm, daß der Mann, der Tomas Charley umgebracht hat, auf dem Weg zu B. J. Vines' Haus ist. Und daß es Vines war, der den Killer angeheuert hat. Und sagen Sie ihm, daß Vines' richtiger Name Carl Lebeck ist.»

«Le... was?» fragte der Deputy zurück.

«Lebeck», wiederholte Chee. «Sind Sie sicher, daß Sie das jetzt richtig verstanden haben? Carl Lebeck.» Dann beschrieb er noch kurz den Blonden und dessen Pickup, das mußte für den Augenblick genügen.

Alles andere wußte Gordo Sena sowieso. Dreißig Jahre lang hatte sich alles, was mit der Explosion an der Bohrstelle zusammenhing, tief in sein Gedächtnis eingegraben, jedes Detail. Er wußte sofort, wer Lebeck war. Und schlau genug, um sich den Rest zusammenzureimen, war Gordo Sena allemal.

Wie der Deputy Chee sagte, war Sena zur Anaconda Mine gefahren. Genau die Strecke, die durch die Ausläufer des Laguna-Reservats zu den Serpentinen auf den Mount Taylor führte, zu Vines' Haus. Fünfzehn Meilen für Sena, schätzte Chee. Rund sechzig Meilen für den Hubschrauber. Aber auf den letzten ein, zwei Meilen blieb alles, was sich auf Rädern bewegte, im Schnee stecken. Sena mußte zu Fuß weitergehen. Also war Chee doch vor ihm da.

Ein aufregender Gedanke. Einerseits hatte er Angst vor dem Blonden. Andererseits wünschte er sich, den Kerl endlich zu stellen. Seine Rippen schmerzten. Sie hatten schon den ganzen Morgen geschmerzt. Aber hier ging es nicht nur um Rache. Der Blonde hatte ihn angeschossen. Und er war anschließend noch zweimal hinter ihm hergewesen, um ihn zu töten. Damals – diese unendlich langen Minuten zwischen dem Beton und der Deckenverkleidung über dem Krankenhauszimmer. Und vorhin – das Gefühl der Hilflosigkeit und der panischen Angst in der Grabhöhle unter der Felsnadel. So etwas vergißt man nicht so schnell.

Jetzt war Chee der Jäger. Er versuchte, seine Gefühle zu analysieren. Angespannte Erwartung? Triumph? Ein bißchen was von beidem. Und trotzdem war da noch etwas anderes. Es hatte etwas mit Chees Kindheitserinnerungen zu tun. Mit der Mischung aus aufgeregter Vorfreude und verstohlenen Ängsten, sooft sie ihn damals zur Jagd mitgenommen hatten. Der Geruch von Holzfeuern, das Blubbern des kochenden Kaffeewassers, der würzige Duft, den der Wald in den Minuten vor dem Morgengrauen verströmt. Und Chees Onkel, wie er die Sonne mit dem Lied des Morgens grüßte, alle Jagdgefährten mit geweihtem Blütenstaub segnete und schließlich die guten Geister des Rehwildes rief.

Durch das verschrammte, ölverschmierte Plexiglas der Pilotenkanzel konnte Chee den Turquoise Mountain sehen. Der Berg schien auf sie zuzurasen. Die Hänge unter dem Gipfel strahlten in jungfräulichem Weiß. Aus einem blankgefegten Himmel fiel gleißendes Sonnenlicht auf den Schnee, bestäubte ihn mit goldenem Glanz. Das Knattern der Rotorblätter verschluckte jedes Wort, als Chee anfing, die Verse aus dem Gesang der lautlosen Pirsch zu rezitieren. Mary, die eingeklemmt zwischen dem Piloten und ihm saß, ahnte vielleicht, was er da halblaut vor sich hin murmelte. Sie sah ihn neugierig an.

Ungefähr drei Meilen vor Vines' Haus, kurz vor einer Steilstrecke mit Nadelkehren, entdeckten sie den Pickup des Blonden. Chee griff zum Fernglas. Die Spuren im Schnee gaben keine Rätsel auf. Der Wagen war an einer Steigung ins Rutschen geraten und seitlich über die Böschung der schmalen Forststraße geschlittert. Der Fahrer war ausgestiegen, ein paar hundert Meter weit hangaufwärts gegangen und dann zurückgekommen. Den Grund für dieses Hin und Her verrieten wieder die Spuren: gerade zu dieser Zeit hatte heftiger Schneefall eingesetzt, die Fußstapfen waren halb mit Neuschnee aufgefüllt. Später, als es aufhörte zu schneien, war er erneut losgegangen. Der neuen, fast knietief getretenen Spur hätten sie mühelos folgen können, aber das war gar nicht nötig. Sie wußten auch so, daß sie zu Vines' Haus führte.

Die einzige Frage war, ob der Blonde schon dort war. Wie schnell hatte er es geschafft, sich durch den tiefen Schnee nach oben zu kämpfen? Eine Meile pro Stunde? Draußen an der Felsnadel hatte es bis ungefähr vier Uhr morgens geschneit. Hier auf dem Berg hatte der Schneefall bestimmt später aufgehört, vielleicht um fünf oder um sechs.

«Fliegen Sie bitte so schnell wie möglich zu Vines' Haus», bat Chee den Piloten. «Wenn wir dort sind, gehen Sie tief runter. Versuchen Sie, in Deckung hinter den Bäumen zu bleiben. Daß man vom Haus aus den Hubschrauber hört, nehme ich in Kauf. Hauptsache, niemand kann sehen, wo Sie mich absetzen.»

«Absetzen?» fragte Mary entsetzt. «Du bist wohl nicht ganz bei Trost? Wir warten, bis der Sheriff da ist. Entwischen kann uns der Kerl jetzt nicht mehr.»

«Nein», sagte Chee, «aber ich hab noch eine Rechnung mit ihm offen.»

Der Hubschrauber schwebte in einer Wolke aufstiebenden Schnees hinter einer kleinen Schonung aus Blaufichten ein, nicht weit von der Garage. Chee sprang aus der offenen Tür, landete im tiefen Schnee und stand, während der Hubschrauber wieder abhob und nach oben zog, einen Augenblick lang blind in dichtem Schneegestöber. Dann hastete er, so schnell er im Schnee vorankam, auf die Steinmauer der Garage zu. Der Blonde, Vines, Mrs. Vines – jeder im Haus mußte den Hubschrauber gehört haben. Aber sie konnten ihn nicht gesehen haben, und sie wußten nicht, daß er jetzt einen Passagier weniger an Bord hatte.

Trotzdem mußte Chee vorsichtig sein. Er blieb an der Steinmauer stehen und versuchte, sich den Grundriß des Hauses vorzustellen. Die Rückfront war in den Berghang hineingebaut, aus den Fenstern fiel der Blick auf das großartige Panorama, das sich unter dem Mount Taylor ausdehnte. Aber nur auf einer Seite des Hauses. Auf der anderen Seite war das Mauerwerk niedriger, das Obergeschoß mit den Fenstern fehlte. Es gab sogar, soweit Chee sich erinnern konnte, ein paar Stellen, an denen es möglich sein mußte, vom Hang aus auf das Dach zu klettern.

Er stapfte durch den Schnee weiter, um die Garage herum. Die Grabsteine für Dillon Charley und für die erste, die allzeit treue Ehefrau trugen weiße Schneehauben. Hinter dem Haus blieb Chee stehen und lauschte. Die Lautlosigkeit kam ihm fast bedrückend vor. Es war die Stille eines Wintermorgens auf den Bergen. Kein Windhauch regte sich, die kleine Welt hier oben war durch den Schnee von der großen Welt da unten abgeschnitten. Irgendwo im Wald ein klagendes Singen, wie keuchender Atem. Der Ast einer Föhre war unter der weißen Last gebrochen. Im Haus blieb alles still.

Zehn Meter vor Chee war eine Tür. Vielleicht ein Waschraum. Oder irgendein anderer Arbeitsraum. Chee bewegte sich, immer dicht an die Wand geschmiegt, vorsichtig darauf zu. Die Pistole lag durchgeladen in seiner rechten Hand. Er drehte den Türknauf. Nicht verschlossen.

Über dem Dach hörte er den Hubschrauber. Das Geräusch kam rasch näher. Die Maschine wurde lauter, entfernte sich, kam wieder auf ihn zu. Die erste Kavalleriedivision flog ein Ablenkungsmanöver für ihn. Vielleicht war das Marys Idee. Chee stieß die Tür auf und schlüpfte nach innen.

Der Raum war fast dunkel. Chee blieb – die Tür im Rücken – stehen und wartete, bis sich seine Augen, noch halb geblendet vom gleißenden Weiß der sonnenbeschienenen Schneelandschaft, an das Halbdunkel in diesem Kellerraum gewöhnt hatten.

Er war so etwas wie Waschraum und Vorratskeller zugleich. Vorn führte ein kurzer, schmaler Flur in die Küche. Kein Geräusch. Lautlose Stille, wie draußen im Schnee. Aber irgendein schwacher, fast unmerklicher Geruch lag in der Luft. Ein ätzender Geruch. Schießpulver. Chee stützte sich auf dem Wäschetrockner ab und zog seine schneenassen Stiefel aus. Lautlos schlich er auf Socken den Flur hinunter. Die Küche war leer. Durch eine Reihe hochgesetzter schmaler Fenster fiel Tageslicht herein, zusätzlich kam Licht durch die breite Glastür, die in einen Fitnessraum führte. Chee schob sich mit dem Rücken an der Wand entlang auf die Glastür zu. Als er kurz vor dem Ziel war, erstarrte er.

Er hörte jemanden atmen. Hinter ihm. Hastiges Einatmen. Und Ausatmen, genauso hastig. Und schon folgte der nächste Atemzug. Irgend jemand mußte hinter einer der Schranktüren stehen, nur wenige Zentimeter von ihm entfernt.

Chee trat lautlos einen Schritt zurück. Er wußte jetzt, hinter welcher Schranktür er die Atemzüge hörte. Er stand dicht daneben, die Pistole durchgeladen und entsichert. Vorsichtig schob er den Kopf vor, bis fast an den Türrahmen heran. Mit der linken Hand langte er nach dem Türgriff.

Dann begriff er, daß es nicht der Blonde sein konnte. Hier, hinter einer Schranktür, hatte er sich bestimmt nicht versteckt. Draußen näherte sich wieder der Hubschrauber dem Haus, die Rotorblätter gaben Chee eine willkommene Geräuschkulisse. Er riß die Tür auf.

Die Acomaindianerin. Sie starrte ihn ängstlich an. Kein Laut kam von ihren Lippen.

Chee legte den Zeigefinger auf den Mund. «Wo sind die anderen?» Er stellte die Frage flüsternd auf englisch.

Die Acoma starrte auf seine Waffe. Sie war direkt auf ihren Bauch gerichtet. Chee ließ die Mündung sinken.

«Da ist ein blonder Mann zu euch gekommen. Wo ist er?»

Sie schien ihn nicht zu verstehen, wirkte wie gelähmt. «Also, wo sind die anderen alle?» fragte Chee noch einmal.

Die Acoma atmete tief aus. *«El brujo es muerto»*, sagte sie. Sonst nichts. Sie wiederholte den Satz, dann drehte sie sich abrupt um, ging den kurzen Flur hinunter und verschwand im Waschraum. Chee hörte die Tür klappen, die nach draußen führte.

«Der Hexer ist tot.» Hatte sie damit den Blonden gemeint? Oder Vines? Mit Sicherheit nicht Mrs. Vines. *Der Hexer*, hatte sie gesagt. Also meinte sie einen Mann.

Chee fand den Toten im Arbeitszimmer. Vines. Er saß hinter dem mächtigen Schreibtisch. Er saß aufrecht da, leicht zurückgelehnt, denn die lederne Rückenlehne war ein Stück nach hinten gewippt, und die Wucht des Geschosses hatte Vines' Kopf gegen das Nackenpolster gedrückt. Sonnenlicht, vom Schnee reflektiert, flutete durch die großen Fenster, beleuchtete Vines' Gesicht, schien sich auf den kleinen, kreisrunden Fleck auf seiner Stirn zu konzentrieren, dicht über der Nasenwurzel. Er hatte nicht viel geblutet, aber eine dünne Blutspur war ihm doch über die Wange gelaufen und im weißen Bart versickert. B. J. Vines blickte aus starren Augen geradeaus. Der Hexer war tot.

Aber wo war der Blonde? Chee postierte sich hinter der Tür, wieder mit dem Rücken an der Wand, und lauschte. Er hörte nichts. Der Hubschrauber hatte sich entfernt. War er irgendwo gelandet? Ein rascher Blick zum Schreibtisch. Vines' Gesicht spiegelte Erschrekken wider. Und grenzenlose Verblüffung. Er hatte den Tod kommen sehen. Ein Tigerweibchen schaute Vines über die Schulter. Die Glasaugen schienen Chee anzustarren.

Wo war der Blonde?

Chee ertappte sich bei dem Gedanken, wie es wohl wäre, wenn Vines' Kopf da oben an der Wand hinge, mitten unter den anderen Raubtieren, die blauen Augen so gläsern starr wie bei allen Trophäen.

Vielleicht war der Blonde längst verschwunden. Er war mit einem ganz bestimmten Ziel hergekommen, und er hatte das Ziel erreicht. Es gab keinen Grund für ihn, länger zu bleiben. Chee ging rasch zum Schreibtisch zurück und legte den Finger an Vines' Kehle. Die Haut fühlte sich warm und geschmeidig an. Die Blutspur, die seitlich der Nase nach unten lief, war noch nicht geronnen. Vines konnte erst wenige Minuten tot sein. Fünf. Höchstens zehn. Also hielt sich der Blonde noch in der Nähe auf. Aber wo war dann Rosemary Vines? Vielleicht war sie gar nicht zu Hause gewesen?

Chee blieb am Schreibtisch stehen, behielt die Tür im Auge, lauschte. Was würde der Blonde jetzt tun? Das Knattern der Rotorblätter war wieder zu hören, sehr nahe, der Hubschrauber schien über dem Eingangsbereich zu schweben.

Mary wollte ihm helfen. Aber der Blonde hatte ein Gewehr.

Bleib weg, Mary! Bleib außerhalb seiner Schußweite!

Sie war irgendeine Frau. Eine von vielen.

Nein. Eine, in deren Nähe er sich glücklich fühlte. Eine gute Freundin. Sooft sie bei ihm war, war ihm zum Singen zumute. Es durfte ihr nichts zustoßen. Sie verdiente es, in Harmonie zu leben, in Harmonie mit sich und mit allem, was sie umgab.

Geh weg, Mary, geh weg. Der Blonde muß noch im Haus sein. Ganz in der Nähe.

Was tat der Killer jetzt? Suchte er nach den Hausangestellten? Wollte er dafür sorgen, daß es keine lebenden Zeugen gab? Chees Blick fiel auf das Telefon. Natürlich war die Leitung tot, was sonst? Er nahm den Hörer auf, rechnete damit, daß der Summton ausblieb. Aber die Telefonverbindung war nicht unterbrochen. Chee wählte eine Null. Der Ruf ging hinaus, dann meldete sich eine weibliche Stimme. «Vermittlung. Was kann ich für Sie tun?»

«'tschuldigung», flüsterte Chee und hängte auf.

Warum hatte der Blonde das Telefon nicht gekappt? Chee begriff das einfach nicht. Und dann hörte er das Geräusch. Ein Röcheln. Gleich danach noch einmal.

Chee fand ihn in der Eingangshalle. Der Blonde saß auf dem Boden, die Schultern gegen die schwere Tür gelehnt, überall Blut. Die Holztäfelung war blutbespritzt, die Hosen des Blonden waren blutgetränkt, Blut sickerte auch jetzt noch aus seiner Wunde, lief bis auf den Boden, sammelte sich auf den Keramikfliesen zu einer Lache. Und in der Blutlache lag die Pistole mit dem Schalldämpfer.

Wieder röchelte der Blonde. Er sah zu Chee hoch, man merkte ihm an, wieviel Anstrengung es ihn kostete. Erst bewegten sich nur seine Lippen. Dann sagte er leise: «Es ist kalt.»

Chee ahnte, was geschehen war. Der Schuß hatte ihn getroffen, als er gerade bei der Tür angekommen war. Wahrscheinlich ein Schuß aus einem der Jagdgewehre. Ein großes Kaliber. Das Geschoß hatte ihn durchbohrt, darum war das Blut auf die Tür gespritzt. Es hatte den Blonden gebrochen wie einen dürren Zweig.

«Ist es denn überall so kalt?» fragte er. «Ist es nirgendwo warm?»

«Vielleicht am Kamin», sagte Chee. Er schob die Pistole ins Holster, trat in die Blutlache, kauerte sich neben den Killer. Er schob ihm einen Arm unter die Knie, legte ihm den anderen um die Schulter und hob ihn hoch. Ganz vorsichtig hob er ihn hoch, denn durch das viele Blut war der Boden schlüpfrig, und ohne Stiefel hatte Chee keinen festen Stand. Und er trug ihn vorsichtig; denn er trug einen Sterbenden.

Die Scheite Feuerholz waren fast heruntergebrannt, nur ein paar glühende Reste lagen noch auf dem Rost. Chee kniete vor dem Kamin und bettete den Mann auf das Eisbärenfell. Das Rückgrat des Blonden war gebrochen, irgendwo zwischen den Schulterblättern. Sein Kopf kippte zur Seite, zum Feuer hin.

Seine Stimme war nur ein Hauch.

«Da ist eine Detektei. Webster. In Encino. Sie versuchen meine Mutter zu finden. Man muß ihr Bescheid sagen. Sie wird kommen und mich beerdigen.»

«Ja, schon gut», sagte Chee. «Machen Sie sich deswegen keine Sorgen.»

«Ich dachte, ich hätte ihn getötet.» Rosemary Vines stand mit einem Gewehr unter der Tür. Die Mündung der Waffe zielte dahin, wo Chee kniete.

«Sie haben ihn getötet», sagte Chee. «Es dauert nur noch wenige Minuten.»

Ihr Gesicht war so bleich, daß ihr Lippenstift wie das Überbleibsel einer grotesken Maskerade wirkte.

«Wußten Sie, wer Ihr Mann in Wirklichkeit war?» fragte Chee.

Rosemary Vines starrte an ihm vorbei, auf den Blonden. Sie steht unter Schock, dachte Chee, sie hört mich gar nicht.

Doch dann begann sie sehr langsam zu sprechen. «Ich wußte, daß er irgendwann ein anderes Leben gelebt hat. Ich hatte das schon vermutet, ehe wir geheiratet haben. Er hat viel von sich erzählt. Aber es gab einen Punkt, über den ist er nie hinausgegangen. Wie eine Zeitsperre. Über die Kindheit und über die Collegejahre hat er nie gesprochen. Fast immer über die Zeit hier am Mount Taylor, nach der Entdeckung der Uranmine. Wenn etwas weiter zurücklag, machte er nur vage Andeutungen. Er mußte etwas zu verbergen haben. Und er gab ja auch offen zu, daß er seine Geheimnisse hätte. Aber er wollte nie erklären, was er damit meinte. Als ich ihm auf den Kopf zugesagt habe, er müßte wohl etwas verbrochen haben, sonst könnte er doch darüber reden, hat er mich nur ausgelacht.»

Der Blonde lag jetzt reglos auf dem Eisbärenfell. Rosemary Vines starrte auf den Toten. Das Gewehr hielt sie immer noch schußbereit in der Hand.

«Ich wußte, daß der Beweis in seinem Safe liegen mußte. In dem Kästchen. Es konnte gar nicht anders sein. So war B. J. nun mal. Er mußte alles, was er getan hatte, irgendwie dokumentieren. Trophäen, Felle, Fotografien, das brauchte er. Er war wie besessen davon. Als ob er den Beweis haben wollte, daß all das wirklich passiert war. Also wußte ich, daß er bestimmt nicht einfach fünfundzwanzig Jahre seines Lebens weggeworfen hatte. Wenn ich das Kästchen in die Finger bekam, bevor er aus dem Krankenhaus zurück war... Darin mußten Dinge versteckt sein, die mir verraten konnten, was B. J. in seiner Jugend getan hatte. Eine Erklärung dafür, warum er sich so scheute, darüber zu sprechen.»

Ihr Gesicht nahm wieder ein wenig Farbe an, verriet etwas wie späte Genugtuung, begleitet von der Andeutung eines Lächelns. «Aus Scham oder aus Angst», sagte sie, und das Lächeln war noch immer da.

Chee wandte den Blick ab. Er wollte sie jetzt nicht ansehen. Und nicht den Toten und nicht das blutgetränkte Fell. Draußen vor den großen Fenstern sah er nur Himmel und Schnee. Reines Blau und reines Weiß. Zu jeder anderen Zeit hätte ihn so viel Schönheit verzaubert. Aber jetzt regte sich kein innerer Jubel. Er fühlte nur dumpfe Müdigkeit. Und er fühlte sich krank.

Aber er wußte, woher das kam, und er wußte, wie er davon geheilt werden konnte. Changing Woman hatte es ihnen gesagt, als sie die ersten Clans des Dinee geformt hatte, aus ihrem eigenen Fleisch und Blut. Die Fremden und ihre Art zu denken machen den Geist eines Navajos krank. So krank, daß er sich nicht mehr in Harmonie befindet. Und es gibt nur eins, was den Kranken heilen und zurückführen kann zur Harmonie: ein Gesang.

Morgen würde er zu Hosteen Nakai gehen und ihn bitten, alles für den Gesang des Sieges über die Feinde vorzubereiten. Die Familie zusammenrufen, die Verwandten aus dem Slow Talking Clan und die aus dem Red Forehead Dinee, die Brüder und Schwestern gleichen Blutes, die Freunde und alle, die ihm nahestanden. Acht Tage lang sangen sie dann die heiligen Verse und malten die Bilder in den Sand, die das Vergangene lebendig werden ließen und den Geist erneuerten.

Er würde Hosteen Nakai dazu überreden, auch für Mary einen solchen Gesang zu zelebrieren. Auch für sie, obwohl sie nicht im Dinee geboren war.

Es würde wochenlang dauern, bis die Vorbereitungen abgeschlossen waren. Es brauchte Zeit, den richtigen Ort auszusuchen. Alle zu benachrichtigen, die es wissen mußten. Den richtigen Sänger zu finden. Essen und Getränke zu kaufen, genug für alle.

Aber wenn sie den Gesang für ihn gesungen hatten, befand er sich wieder in Harmonie mit allem, was ihn umgab.

Tony Hillerman

«Bei **Tony Hillerman** wird das Erkunden fremder Welten zum Abenteuertrip. Nach wie vor gibt es keinen aufregenderen Weg, die Kultur und die Denkweise der Navajos und Pueblos kennenzulernen, als Tony Hillermans Kriminalromane, in denen endlich einmal nicht nur tote Indianer gute Indianer sind.» Hannoversche Allgemeine Zeitung

Schüsse aus der Steinzeit
(thriller 2810)
Lieutenant Joe Leaphorn von der Navajo Tribal Police ist selbst Indianer. Aber er glaubt keine Sekunde daran, daß ein Geist dem jungen Zuni mit einer Machete den Kopf abschlug...
Ausgezeichnet mit dem «Edgar» der Mystery Writers of America

Das Tabu der Totengeister
(thriller 2807)
«... der wohl beste Roman Hillermans, der bislang den Weg zu uns gefunden hat.» Frankfurter Allgemeine Zeitung Magazin

Die Wanze
(thriller 2897)
Vorwahlkampf in einem US-Bundesstaat. Erst stürzt ein Reporter im Capitol in den Tod, dann wird ein zweiter Opfer eines angeblichen Verkehsunfalls. Der Journalist Joseph Cotton hat zunächst nur eines im Sinn - sein eigenes Leben zu retten... «Eine Mordsgeschichte» Darmstädter Echo

Wer die Vergangenheit stiehlt
(thriller 2931)

rororo thriller

Die Nacht des Skinwalkers
(thriller 2846)
Navoja-Polizist Jim Chee muß einiges einstecken - unter anderem eine satte Portion Schrotkugeln...

Das Labyrinth der Geister
(thriller 2857)

Der Wind des Bösen
(thriller 2849)
Ein Privatflugzeug stürzt im Reservat der Hopi- und Navajo-Indianer in New Mexico ab. Offenbar ist bei einer Schmuggelaktion mit Rauschgift etwas schiefgelaufen. Im Flugzeugwrack findet Navajo-Polizist Jim Chee einen Toten und einen sterbenden Mann... «eine faszinierende Story, gut geschrieben und spannend bis zum letzten Buchstaben.» Norddeutscher Rundfunk

Paula Gosling

«Es sieht so aus, als seien zur Zeit die besten Krimi-Autoren weiblichen Geschlechts. **Paula Gosling** zu versäumen, wäre ein Fehler für Krimi-Fans.» Frankfurter Rundschau

Ein echtes Gaunerstück
(thriller 2939)
Wahrscheinlich hätte die schöne Ariadne noch ein paar fröhliche Jahre vor sich gehabt, mit einem Mann, der sie anbetete und einer liebevollen Stieftochter - wenn sie nicht im unpassendemn Moment gelacht hätte...
«Ein spannender und amüsanter Krimi für Strandkorb-Tage.» Frankfurter Rundschau

Tod auf dem Campus
(thriller 2858)
Professor Aiken Adamson war ein gehässiges, hinterhältiges Ekel. So hat Lieutenant Stryker beim Motiv ein Dutzend Verdächtiger, beim Alibi aber keine - zunächst jedenfalls...
«Bildung schützt vor Dummheit nicht - zum Vorteil des Lesers, der in genußvoller Spanung gehalten wird, wenn Selbstüberschätzung die Wissenschaftler zu verhännisvollen Begegnungen mit dem Täter führt, wenn überraschend akademische Fassaden bröckeln und aus der wütenden Gegenerschaft zwischen dem Polizisten und einer Verdächtigen eine Liebesgeschichte entsteht.» Frankfurter Allgemeine Zeitung Magazin

rororo thriller

Der Polizistenkiller
(thriller 2971)
In Grantham versetzt eine Mordserie Polizisten in Panik. Drei Kollegen sind schon tot, aus dem Hinterhalt erschossen. Den ersten Tip gibt kein Informant, sondern der Polizeicomputer...

Töten ist eine einsames Geschäft
(thriller 2796)
«Eine straff erzählte Geschichte, die an einem heißen Wochenende in San Francisco beginnt und bei Regen und Sturm irgendwo in den Wäldern Kaliforniens endet... im wahrsten Sinne des Wortes irrsinige Spannung.» taz

Blut auf den Steinen
(thriller 2826)
Wychford ist ein kleines verträumtes Städtchen am Ufer des Flusses Purle - bis grausame Frauenmorde die Idylle zerstören.

Christine Grän

«Anna Marx, 35, tizianrot und rubensdick ist das ausgekochte Phantasiegeschöpf der Bonner Journalistin **Christine Grän**, die ihre Krimiheldin als sinnenfrohe Gerechtigkeitsfanatikerin gegen die sattsam bekannte lakonische Melancholie alter Krimihaudegen antreten läßt.» Neue Presse Hannover

Ein Brand ist schnell gelegt...
(thriller 2901)
Anna, Klatschspaltenjournalistin aus Bonn, begleitet ein Fernsehteam auf die Philippinen. Als in der Nacht die Guerilla das Dorf überfällt und Hannibal Matzke ums Leben kommt, ist das Bild von der paradiesischen Idylle endgültig zerstört. Und Anna weiß noch gar nicht, daß sie einem tödlichen Komplott auf der Spur ist...

Weiße sterben selten in Samyana
(thriller 2777)
Die Frau eines deutschen Entwicklungshelfers wird in Samyana ermordert. Anna Marx soll einen farbigen Bericht schreiben, am Tatort recherchiert. Aber je mehr sie erfährt, desto geheimnsivoller wird der Fall...
«Vergnüglich plaudernd begleitet Christine Grän ihre Heldin auf Mördersuche, läßt die Liebe nicht zu kurz kommen und sorgt an den richtigen Stellen für einen Schuß Spannung.» Hamburger Abendblatt

Dead is beautiful
(thriller 2944)
Peter Münzenberg ist nicht der Mann, der sich seine Politikerkarriere von einer Frau zerstören läßt. Als er mit unzweideutigen Fotos erpreßt wird, soll Anna Marx ihm helfen. Sie hätte lieber nicht zusagen sollen. Erst ein Frontalangriff auf ihre Linie, dann auf ihr Leben...

rororo thriller

Nur eine läßliche Sünde
(thriller 2865)
Ein rotzfrecher Teenager zwingt ihre Mutter, den rechtmäßigen Vater um Geld anzugehen. Dem paßt die Sache überhaupt nicht in den Kram - er ist nämlich Bonner Politiker auf der höchsten Ebene. Ein gefundenes Fressen für Anna Marx...

Ein mörderischer Urlaub *Stories*
(thriller 2950)

3008/1

Ruth Rendell

«Mich fasziniert jedesmal wieder, wie leise-harmlos die Romane von **Ruth Rendell** beginnen, wie verständlich und normal die ersten Schritte sind, mit denen die Figuren ins Verhängnis laufen. Ruth Rendells liebevoll-ironisch geschilderten Vorstadt-Idyllen sind mit einer unterschwelligen Spannung gefüllt, die atemlos macht.» Hansjörg Martin

Eine Auswahl der thriller von Ruth Rendell:

Alles Liebe vom Tod
(thriller 2731)
Ruth Rendells erster Kriminalroman, 1964 erschienen.

Dämon hinter Spitzenstores
(thriller 2677)
Ausgezeichnet mit dem Gold Dagger 1975, dem begehrtesten internationalen Krimi-Preis.

Der Pakt
(thriller 2709)
Pup ist sechzehn und möchte seine Stiefmutter loswerden. Aus dem Spiel mit der Schwarzen Magie wird tödlicher Ernst...

Flucht ist kein Entkommen
(thriller 2712)
«...ein sanfter, trauriger Thriller. Mit einer Pointe wie ein Feuerwerk.» Frankfurter Rundschau

Die Grausamkeit der Raben
(thriller 2741)
«...wieder ein Psychothriller der Sonderklasse.» Cosmopolitan

rororo thriller

Der Kuß der Schlange
(thriller 2934)

Die Masken der Mütter
(thriller 2723)
Ausgezeichnet mit dem Silver Dagger 1984.

Mord ist des Rätsels Lösung
(thriller 2899)

In blinder Panik
(thriller 2798)
«Ruth Rendell hat sich mit diesem Krimi selbst übertroffen: die Meisterin der Spannung ist nie spannender zu lesen gewesen.» Frankfurter Rundschau

Die Tote im falschen Grab
(thriller 2874)

Mancher Traum hat kein Erwachen
(thriller 2879)

«Ruth Rendell - die beste Kriminalschriftstellerin in Großbritannien.» Observer Magazine